国家出版基金项目

华西坝文化丛书
·第二辑·

华西坝的钟声

谭楷 著

天地出版社 | TIANDI PRESS

图书在版编目（CIP）数据

华西坝的钟声 / 谭楷著. —成都：天地出版社，2022.6
（"华西坝文化"丛书. 第二辑）
ISBN 978-7-5455-7222-3

Ⅰ.①华… Ⅱ.①谭… Ⅲ.①纪实文学–中国–当代 Ⅳ.①I25

中国版本图书馆CIP数据核字（2022）第154353号

HUAXIBA DE ZHONGSHENG
华西坝的钟声

出 品 人	杨　政
策　　划	漆秋香
作　　者	谭　楷
内文供图	金开泰　邓长春　戚亚男等
责任编辑	杨　丹　王　荻　刘俊枫
责任校对	张思秋
封面设计	今亮后声
电脑制作	跨　克
责任印制	白　雪

出版发行	天地出版社
	（成都市锦江区三色路238号　邮政编码：610023）
	（北京市方庄芳群园3区3号　邮政编码：100078）
网　　址	http://www.tiandiph.com
电子邮箱	tianditg@163.com
经　　销	新华文轩出版传媒股份有限公司

印　　刷	四川华龙印务有限公司
版　　次	2022年6月第1版
印　　次	2022年6月第1次印刷
开　　本	700mm×1000mm　1/16
印　　张	18
字　　数	280千字
定　　价	62.00元
书　　号	ISBN 978-7-5455-7222-3

版权所有◆违者必究

咨询电话：（028）86361282（总编室）
购书热线：（010）67693207（营销中心）

本版图书凡印刷、装订错误，可及时向我社营销中心调换

序

"峨眉山月半轮秋……"

李白的这句诗，写绝了峨眉山。一个"秋"字是什么意蕴？是秋霜？是秋水？还是身体感觉到的秋天之清凉与干爽？现代诗人洛夫曾对我说："李白才是中国'朦胧诗'的先锋。'半轮秋'是很美的意象，一个'秋'字，奥妙无穷！"

在峨眉山，眼睛醉了，耳朵呢？静谧之中，你会听到弹琴蛙"噔噔噔"的琴声。那琴声清亮如溪水，脆响似钟磬，更像是仙姝们在调弦，这是极简约又极动听的天籁！

琴声中的峨眉山，真是太美了：山上冷杉直立，沉醉于琴声；古寺缥缈的香烟，也随琴声起舞。那山路，那山溪，那林海，那花丛，在琴声中，显得更加神秘。

峨眉之蛙，让古诗中的仙山与现代科学结缘。

1938年夏天，年轻的两栖类学者刘承钊，带着十几名学生，走进峨眉山，发现这里是一座生物大宝库。他们听到了满山满谷的弹琴蛙此起彼伏的琴声，还发现了之前书上没有记载的罕见的长胡子的青蛙，这是第一次由中国人发现并记录下来的两栖动物。

一轮明月已经爬上峨眉之巅。夜半更深，女学生胡淑琴发现，刘承钊老师还没有回来。他到哪里去了？学生们都着急了，决计四处去寻找。胡淑琴仿佛有心灵感应，说："我去找，我晓得他在哪里。"

在弹琴蛙优美的琴声中，胡淑琴径直走向一条山溪。不远处，月光勾勒出一个熟悉的身影——刘承钊老师完全沉醉在青蛙的世界里。橘黄色的手电光，轻轻扫过溪边的灌木丛，他在观察，在倾听，在感受，在记录。而胡子蛙并不害怕刘承钊，它们鼓着大眼睛，可能只是把那一束手电光当作亘古不变的、亮一点的峨眉月光罢了。

在月光下，在琴声里，青年教师和他的女学生相爱了。这树林，这小溪，这美丽的夜色让这份爱情充满了诗情画意。

同时，峨眉山成为刘承钊学业的光辉起点。

1951年，刘承钊教授被任命为华西大学*校长，全国院系调整之后，任四川医学院院长。他在华西坝扎下了根。

"当——当——"华西坝的钟声应和着峨眉弹琴蛙的琴声。我在华西坝的钟声里长大成人，不知不觉已年近八旬。回首往事，我想，我应当尽力为故乡华西坝留下些文字记录。

仰望刘承钊的背影，他定格在峨眉山月光下的琴声中。

仰望乐以成的背影，她正抱着新生儿，叮嘱幸福的产妇。

仰望蒋旨昂的背影，他正在做社会学田野调查，留下一串黄泥脚印。

仰望王永贵的背影，他正在埋头签一份遗嘱，把遗体献给医学。

……

我想写中国顶尖神经内科专家黄克维、著名化学家何伟发，还有口腔医学大师邹海帆、夏良才、肖卓然，药学大师谢成科，他们分别是我发小黄竟成、何勤、邹玲莹、夏宁、肖崇俊、谢晋逸的父亲。那时，父辈们年富力

---

* 华西大学，创办于1910年，始名为华西协合大学，1951年更名为华西大学，1953年更名为四川医学院，1985年更名为华西医科大学，2000年与四川大学合并，更名为四川大学华西医学中心。

强，正值事业的鼎盛时期。他们那和蔼可亲的面容，在我的少年时代留下了深刻印象，至今清晰。而他们的暮年形象，反而有些模糊。

我想写传奇人物罗忠恕。他曾是华西协合大学文学院院长，创立了"东西文化学社"，还直接与普朗克、爱因斯坦、李约瑟交流过。他致力于东西文化交流，功劳卓著。

我想写著名作家韩素音。1995年冬天，我与她一起参加了一个座谈会，才知道她曾是进益产科学校的学生。学校旧址在小天竺街，与我家离得很近。

我很想写尽华西坝的大师，才发现自己力不从心！

这两年，陆陆续续写下了陈志潜、曹钟樑、曹泽毅、吴和光、邓显昭等大师的故事，而刘承钊、乐以成、蒋旨昂等大师的故事未能成篇，实在遗憾。

但愿本书就是一块砖，扔出去，引出一块块美玉来。

才思枯竭之时，我常去钟楼下，在荷塘边徘徊。

细听华西坝的钟声，振聋发聩，激荡人心！

民族危难时，它每一个声响都是出征的号角；和平建设时，它每一次跳动都是奋进的鼓点。

近百年来，华西坝的钟声化作一条奔腾的时光之河，浪涛送走了多少令人敬仰的前辈。

仰望前辈们远去的背影，真觉得，要跟上他们的脚步，不容易！

目录
Contents

上篇　烽火英雄

第一章
罗盛昭，你在哪里？ / 003
　　一、打开被尘封的历史档案 / 004
　　二、斗志昂扬上前线 / 007
　　三、另一支凶恶的"敌军" / 009
　　四、惨烈的牺牲，刻骨铭心之痛 / 010
　　五、你能问心无愧地说"我是罗盛昭的校友"吗？ / 013

第二章
岳以琴，书写在南京上空的血誓 / 015
　　一、决战前夜写自传 / 016
　　二、英雄故居，学者摇篮 / 018
　　三、知其不可为而为之 / 020
　　四、终于成为中央航校学员 / 023
　　五、风云际会壮士飞 / 024
　　六、七天击落六架日寇飞机 / 029
　　七、南京上空的孤鹰 / 034

第三章

参与"曼哈顿计划"的蓝天鹤 / 037

  一、弟子心中的蓝天鹤 / 038

  二、留美博士突然失踪 / 039

  三、科学救国梦不断 / 041

  四、在华西坝崭露头角 / 043

  五、在罗切斯特"一飞冲天" / 044

  六、向民众解说原子弹 / 047

  七、磨难虽多心无瑕 / 050

  八、弟子严孝强的回忆 / 054

  九、铜像永流芳 / 057

第四章

三次弃学从军的曹振家 / 059

  一、芷江受降,难忘的一天 / 060

  二、第一次弃学从军 / 062

  三、第二次弃学从军 / 065

  四、一生中最快乐的一天 / 066

  五、第三次弃学从军 / 069

  六、"曹骨头"的半生坎坷 / 072

  七、烈士暮年,壮心不已 / 074

第五章

飞行员张义声答光明路的孩子 / 077

  一、养鸽子的张爷爷藏着大秘密 / 078

  二、加入空军,明白"知耻而后勇" / 079

  三、为什么要选择驾驶轰炸机 / 082

  四、绕了大半个地球 / 085

  五、驾驶着B-25轰炸机回来了 / 087

六、轰炸，轰炸，再轰炸 / 091
七、痛心疾首与永远怀念 / 095
八、怀念空军生活，开始养鸽子 / 097
九、光明路的孩子，绝不会忘记 / 100

下篇　大师剪影

第六章
"中国公共卫生学之父"陈志潜 / 105

一、陈志潜还在人间吗？ / 106
二、成都，北平，晓庄 / 108
三、"定县模式"取得成功 / 112
四、奔忙在抗战的大后方 / 117
五、"永向前"，颠簸在穷乡僻壤 / 120
六、最美的夕阳 / 122
七、为人民，重实践，吐真言 / 124

第七章
曹钟樑、曹泽毅，父子校长，两代名医 / 127

一、老子告儿子 / 128
二、内科医生的童年 / 129
三、拖不垮的曹哥子 / 130
四、三级跳 / 132
五、二十年大战钩体病 / 133
六、医德，接受严峻考验 / 135
七、又一个"曹哥子" / 136
八、从外科到妇产科 / 138
九、磨砺，磨砺，再磨砺 / 139

十、在巴塞尔大学拿下博士学位 / 141
  十一、著书立说 / 143

第八章
华西"刀神"吴和光 / 145
  一、解读"和光" / 146
  二、"中场"大将 / 147
  三、大道至简 / 148
  四、泰山压顶 / 150
  五、摘取"皇冠上的宝石" / 151
  六、中西医结合出奇效 / 152
  七、"老船长"的眼光 / 155
  八、他穿着灰大衣走来 / 159

第九章
华西泌尿外科泰斗邓显昭 / 161
  一、共同的回忆 / 162
  二、一生与华西结缘 / 163
  三、街头演出《放下你的鞭子》 / 164
  四、荣获莫尔思奖章 / 166
  五、在抗美援朝手术队 / 169
  六、建设华西泌尿外科 / 171
  七、平凡之人，勇担责任 / 173
  八、为什么学生喜欢听他讲课 / 174
  九、与人相处，磨擦系数为零 / 176
  十、打开那只秘藏的盒子 / 179

第十章
杨振华，让时间证明一切 / 181

　　一、走近杨振华教授 / 182

　　二、莫尔思金质奖章与罗斯福总统奖学金 / 183

　　三、克利夫兰总统号 / 186

　　四、在朝鲜第十四兵站医院 / 190

　　五、闲置的柳叶刀 / 194

　　六、"哑巴"和"二十四个女儿" / 196

　　七、三十四年之后才被评为教授 / 199

　　八、瑰丽晚霞，缓缓落下 / 202

　　九、让时间证明一切 / 204

第十一章
中国有朵"麻醉云" / 207

　　一、刘进教授捐了一个亿 / 208

　　二、经历：四个"四年半" / 211

　　三、刘进来到华西医院麻醉科 / 213

　　四、麻醉亚学科在迅速发展 / 216

　　五、"一个亿"的来历 / 218

　　六、在华西想起路遥叔叔 / 223

　　七、不要一人麻，要麻大家麻 / 226

　　八、一生中最幸福的时光 / 230

附 篇

附 篇 一
川医创造的松田宏也的奇迹 / 235

一、不仅仅是一位日本母亲的期望 / 236

二、攻克死神盘踞的顽堡 / 239

三、在"钢丝绳上"移动脚步 / 243

四、明亮的眼睛灵巧的手 / 245

五、生活在姐妹兄弟中间 / 247

六、中国四川，第二故乡 / 249

附 篇 二
欢乐颂 / 253

一、贝多芬与《欢乐颂》 / 254

二、华西坝的歌声 / 255

三、奥运火炬手龚锦源教授 / 259

四、把"快乐足球"踢到多伦多 / 264

五、"华西坝第一耍哥" / 267

后 记 / 273

上篇

烽火英雄

第一章

罗盛昭,你在哪里?

一、打开被尘封的历史档案

"烽火连三月,家书抵万金。""诗圣"杜甫寥寥十字,便道出了特殊历史时期书信的价值。

研究华西校史的金开泰老师,最早阅读到一批经历抗战烽火遗留下来的信件。这些信全是投笔从戎的华西学子写给学校的。当时这些信书写匆忙,属于急就之章,如今细细研读,发现它们极具史料价值。其中,一位

罗盛昭

名叫罗盛昭的学子写给张凌高校长的几封信，尤为突出，每封信都充满燃烧的激情。信中不仅描绘了战争的惨烈，字里行间还充溢着视死如归的英雄气概。

金老师被深深地打动了。他断定，罗盛昭绝非等闲之辈。他想寻找更多有关罗盛昭的资料，却找不到了。

罗盛昭是谁？罗盛昭在哪里？

没有人知道他的踪迹。金老师也一直没有放弃对他的找寻。

同样关注抗战史的华西子弟曹国正，在与金老师交流时说道："罗盛昭是华西的骄傲，是全国著名的军医模范！"2015年，一个非常偶然的机会，曹国正打听到了罗盛昭的"下落"。罗盛昭有一个外甥女叫金贵主，曾在华西医院麻醉科进修，后在四川省肿瘤医院做麻醉师，已近退休之年。

金贵主回忆道：

"我的舅舅罗盛昭，目光总是那么冷峻。他总是这样对我妈说：'你太娇惯娃娃了！'

"他曾任成都市金牛区防疫站站长。不过，他的日子过得清贫。比如，他家徒四壁，床上就一床棉絮，连一个温水瓶都没有。他的腿有点瘸，我一直以为是小儿麻痹的后遗症。舅母早逝，没有留下子女，他后来也一直单身未娶。他用自己不多的工资，先后抚养了三个孩子，其中有一个是他战友的后代。

"舅舅在1971年就去世了。"

金老师断定，金牛区防疫站那位低调的罗盛昭，绝非他的真面目。经金老师的一再努力，金牛区档案馆紧锁的档案柜终于打开了。

金老师小心翼翼地翻开那一本本厚厚的卷宗，细细阅读起来。

按档案格式化的书写，罗盛昭的基本情况如下：

> 罗盛昭（英文名Peter），男，1906年3月28日生于涪陵县大顺场瓦窑坪。父亲罗振宣，基督徒，行医传教。罗盛昭于1928年考入

华西协合大学，1930年入医科。历经九年的学习生活，于1937年6月毕业，获博士学位。

毕业后，罗盛昭到成都四圣祠仁济医院工作。抗日战争全面爆发后，他意识到，成都虽属于大后方，但普及防空救护工作迫在眉睫，否则日机空袭定会危及市民的生命财产安全。他与同学杜顺福开办防空救护训练班，联络华西协合大学医科七八位高年级同学，利用业余时间授课。训练班两个月一期，每期招收国中毕业生一百人，每天晚上六点到八点上课。他们使用上海出版的《防空救护常识》和自己编写的讲义授课和培训。结业学员全部移交给成都市防空指挥部，编为防空救护大队，一旦有空袭即可参与抢救工作。

之后，为了更好地参与抗战救护工作，为前线将士提供医疗救急，他辞去优裕的医院工作，受聘为重庆国际联青社医生，同时在中国红十字会重庆分会组织救护队。1937年底，中国红十字会成立临时救护委员会。根据战争需求，决定建立灵活机动的医疗救护队，上前线实施救护。

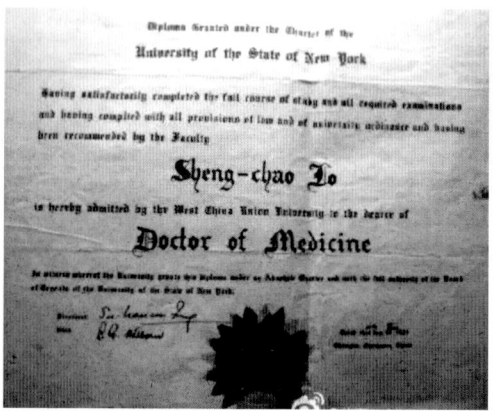

罗盛昭大学毕业照（摄于1937年）及毕业文凭

金老师迫不及待地往下翻……

一张"陆海空军奖章执照（证书）"保存如新，执照上的烫印，在幽暗处熠熠生辉。它证明罗盛昭是"光华甲种一等奖章"获得者。

这是抗战时期国民政府给军医颁发的最高奖章。

档案中还收集了1939年到1945年间多家报纸关于优秀军医罗盛昭事迹的报道。

拨开历史的迷雾，一个真实的罗盛昭终于现身。

二、斗志昂扬上前线

1938年6月12日，日寇占领安庆，武汉会战拉开了序幕。

进入7月，战火燃向长江中游。民生轮船公司的船队，烟囱冒着滚滚浓烟，载着一船又一船的"草鞋兵"，急赴前线。他们是王陵基率领的由保安团改编的川军第三十集团军。罗盛昭在宜昌上船，挤进狭窄的通道，已是满头大汗，顿觉口干舌燥。迎接他的第三十集团军后勤参谋，把他安排在一个二等舱房间里，房间里堆满了军需品。

罗盛昭在摇晃的小桌子上写"紧急报告"——两万人的队伍，需要多少军医、多少护士？他去宜昌"招兵买马"，应者寥寥，收效甚微。他明白了一个冷酷的现实：医生护士，本来就稀缺，大多数西医有着稳定的收入，过着较为优裕的生活，让他们放弃拥有的一切，投身抗战前线去救死扶伤，不那么容易。而愿意参加医疗队的男女青年，却没有学习过任何医护知识，徒有一腔热血。怎么办？

船在颠簸，心在颠簸。

说起抗战，五年前，罗盛昭就开始心潮激荡。

1933年春，继九一八事变后，日寇又制造了热河事变，将带血的刺刀插向山海关之内。华西协合大学学生会组织了抗议集会，特别邀请东北流亡学生现场演讲，当东北学生说到家破人亡、骨肉分离时，台上台下一片悲泣之声，继而是震天动地的口号声。会后，罗盛昭作为学生代表，向邓锡侯提交了出川抗战的请愿书。

1937年6月，罗盛昭从华西协合大学毕业，获博士学位，他与好友邬作楷一起，赴河北定县（今定州）参加晏阳初、陈志潜组织的平民教育促进会的农村卫生实验区建设。7月7日，卢沟桥的炮声震惊了世界，全面抗战爆发。他在定县仅仅待了二十天，便南下长沙。不久，回到四川。当时，他完全可以选择在成渝两地任何一家医院当医生，或开一家私人诊所，过相对舒适的生活。但是，他选择了上前线，于是到了重庆的红十字会工作。

在重庆，罗盛昭亲历了多次日寇飞机的狂轰滥炸，那燃烧的房屋、殷红的鲜血以及揪心的哭喊声，让他刻骨铭心，他深深地感到"中华民族到了最危险的时候"，更坚定了上前线的决心。

闷热的房间，让他感觉压抑，透不过气来。他走上甲板，看到睡在底舱的士兵爬上来扶着栏杆呕吐。细看那几个穿着宽大军装的士兵，分明是十五六岁的孩子。

回到房间，罗盛昭不由得长叹一声。他放下"紧急报告"，开始给张凌高校长写信，其主题是：即将投入惨烈大战，急需医护人员！

船到武汉，他又转车到了长沙。警报声不时撕裂天空。趁着爆炸声停下来的间隙，他四处奔波——他要组建十队二百人的医疗队。

在湘雅医学院，他招募到几名护士。

第三十集团军终于组建起五队一百人的医疗队。新手太多，几乎没有任何战地救护的经验。

盛夏的长沙，烈日喷火，光焰灼人。医疗队只有十天的培训时间！

罗盛昭和吴崇福医生，加上刘万春护士长，一边上课，一边做示范，不一会儿就汗流浃背，衣衫湿透。听课的学员，认真做着笔记，汗水不时嗒嗒地滴落在本子上，洇湿了一片字迹。

罗盛昭在培训过程中强烈地体会到，必须有一本简洁实用的教材提供给前线的医疗队，遇到难题时可以翻阅、借鉴。于是他夜以继日，在培训的间隙努力编写教材。十天的培训结束时，罗盛昭的教材也编写得差不多了。

后来，罗盛昭的教材经过不断的补充和修订，成为抗战时期军医们普遍使用的极具价值的医护宝典。

罗盛昭，眼熬红了，人晒黑了，嗓子哑了，胡子深了，腿上被蚊子叮出大包小包。只有精神气，仍然盛而昭！

三、另一支凶恶的"敌军"

为了阻止日寇对武汉的包围，第三十集团军在赣北不断设防阻击。

刚刚培训了十天的医疗队队员，立即奔赴前线。罗盛昭带领二十多人前往江西箬溪，在距前沿阵地仅三十五公里的树林中的一座小庙里安置病床，救治伤病员。不远处，传来隆隆的炮声，不时有日寇飞机低飞，掠过一片片农田和村庄，沿着公路搜寻第三十集团军的踪迹。

炮声越来越近，从前线抬下来的伤员越来越多。

"止血！""包扎！""快！快！快！"

"切开！取弹片！""麻药用完了，兄弟，你得忍一忍啊！"

呻吟声、叫喊声、哭闹声，搅成一片，从深夜到黎明。

罗盛昭和另外三位医生，每天诊治上百名伤兵。十多位护士，每天为数百名伤兵换药。在紧张得透不过气来的日日夜夜，另一支潜伏在水草丛中的"敌军"——携带着疟原虫的按蚊，开始袭击伤员。

"罗队长，又有人打摆子了！"

真是雪上加霜！刚发现有几名伤员出现发冷发热、头痛面红、恶心呕吐、全身酸痛、神志模糊等症状，护士们就立即给他们分发奎宁药片，然而不到两天，还是有上百名伤员染上了疟疾。前线的官兵也有人开始打摆子了……

军部传来急令：必须迅速遏制住这种非战斗性减员！

正忙得不可开交之时，炮声更近了。上级急令，医疗队带上数百名伤兵，在瓢泼大雨中，后撤十公里。

刘万春让民工挑着一担瓦罐和中草药，在泥泞中艰难前行，拖了整个队伍的后腿。罗盛昭见状，发了脾气："快点！快点！弄这么多坛坛罐罐干什么？"

刘万春一身湿透，在雨中喊："熬中药呀——我们没有奎宁了！"

罗盛昭耳畔惊雷炸响："没有奎宁了？上个月才进了五万颗啊！"

刘万春吼："五万颗？每天消耗上千颗，还会有多少？"

罗盛昭又问："你都没有给自己留一点？"

刘万春摇摇头。她一边催促民工赶路，一边跟上了队伍。

罗盛昭真的愤怒了："你——这是干啥子哟！"

刘万春是最先染上疟疾的，折腾了大半月，基本康复。

罗盛昭说："我们的医生不能倒，倒下一个医生，可能会有十个伤员做不成手术！我们的护士也不能倒，倒下一个护士，可能会有一百个伤员无法止血，无法换药！为了战争的胜利，我们千万要爱护自己啊！"

罗盛昭的眼睛模糊了，他狠狠地在脸上抹了一把，不知道抹下的是雨水还是泪水。

不久，张凌高校长收到了罗盛昭的呼救信：

"疟疾在部队里流行。医疗队的五万颗奎宁很快耗尽，只能熬中药来勉强救治。我们急需药品！"

四、惨烈的牺牲，刻骨铭心之痛

1938年10月21日，广州沦陷。10月25日，武汉沦陷。夹在广东省与湖北省之间的湖南省是全国的大粮仓，更是敌我双方的必争之地。在第二次世界大战中，长沙是举世罕有的受灾最严重的城市之一。长沙会战是全面抗战中中日双方出动兵力最多、规模最大、历时最长的一次惨烈的大会战。

罗盛昭的医疗队参加了长沙会战，一直在湘北、赣北一带救治伤员。他还开办了两期军医培训班，自任教官，颇得好评。1942年，罗盛昭任军医处长后，曾率队到桂林参加东南干部训练团，并主讲战创急救、伤兵运输、军队传染病防治等课程。那些用鲜血与生命换来的经验得到了军医们的认可，并得到推广。

第二次长沙会战一开始，敌我双方便呈胶着状态。我军顽强抵抗，战况惨烈。医疗队后撤时，一位护士说："有几个受伤的娃娃兵，硬是不下来，说是要与阵地共存亡！"

罗盛昭一下子想起那些曾同乘一条船，坐在船舱底部，呕吐得脸色苍白的娃娃兵。他们正值上学的年龄、游乐的年龄，该享受与家人团聚的幸福——战争，使他们不得不用稚嫩的肩膀，担负起救国的重任。他们才十六七岁，还是孩子啊！

罗盛昭压抑着心中的悲愤，向着硝烟弥漫的山头，深情地敬了一个军礼。

后来的战争史，记录了一个细节：南犯长沙的日军第十一军司令官阿南惟几，战后到战场去巡视，看到有的中国士兵手中的老式步枪拉拴坏了，便用一根绳子替代，还看到怒目圆睁、死不瞑目的娃娃兵，他感到无比的震惊与羞惭——面对这样的中国军人和武器，居然久攻不下，打得如此窝囊，怎么可以夸耀胜利？

流血，牺牲，是中国军队每一次胜利付出的高昂代价。

自从投身于抗战，罗盛昭随时都做好了牺牲的准备。一次死里逃生，使他更懂得珍惜生命。

那天是1938年11月10日，罗盛昭奉命带队赶赴长沙。

卡车载着医疗队在山间公路上疾驶，刚越过一个山口，突然一架日机从背后飞来，卡车完全来不及躲闪。日机一个俯冲，扔下一枚炸弹，一声巨响后卡车被掀翻。罗盛昭被狠狠地甩在路边，右腿受伤，脸部擦伤，脑震荡使他昏迷了一个多小时。

他从昏迷中醒来时，听见了呻吟声。他跌跌撞撞地走向躺在路边的医生和护士：医生吴崇福和护士小马，尚在昏迷之中；护士小凌肩胛骨骨折，痛得汗如雨下，呻吟不止；伤情最严重的是护士长刘万春，她的腹部被弹片划破，渗出大量鲜血。

罗盛昭和小凌爬上公路，拦下了一辆军车。

罗盛昭把刘万春抱上了车，军车以最快的速度驶向长沙医院。主刀的医生面对呼吸微弱的刘万春，皱紧了眉头：大肠断成几截，大便污染了腹腔……

罗盛昭强忍着右腿受伤引发的剧痛，一直在手术室外盯到半夜。

午夜的钟声，响得十分凄厉。手术室走出双眼含泪的主刀医生。

罗盛昭大吼道："她不能死啊！她是我们医疗队最能干的护士长！她要倒下了，哪个来救护伤员？"

抗战胜利后罗盛昭（右抱孩子者）与家人合影（摄于1946年）

在长沙，罗盛昭受伤的右腿未能痊愈，从此只能一瘸一拐地行走。在长沙，无法痊愈的还有他心里的创伤。

他又一次给张凌高校长写信：

"红十字总会，现共有七十余队，医生百数十名，大多来自协和医学院，华西大学医科仅昭与吴崇福二人……除我二人外，第三十集团军有李光祖医生，第二十七集团军有杨正萱医师……"

罗盛昭呼吁：希望更多的华西学子，来到抗战最前线！

五、你能问心无愧地说"我是罗盛昭的校友"吗？

1939年1月27日的《大陆晚报》发表社论，表彰罗盛昭的事迹，称赞他为"模范医生"。社论中写道：

> 罗盛昭医生系华西协合大学医学博士……闻日寇暴力侵我疆土杀我同胞，乃愤然投笔从戎，舍其安适之职业，别其天伦快乐之家庭奔赴前线，救护伤亡……其所领导的救护队所治之受伤军民十二万以上，其队员亦皆英勇报国之男女青年，其中如女队员刘万春之殉职，罗氏及六队员之受伤，均为抗战以来救护史上值得吾人深切记忆之事。今罗氏言伤愈后，将重整旗鼓，再上前线，盖既以身许国，于抗战未完成以前，前方战场，即为归宿地也。其言之壮烈如此，其行之果敢如此，其志之坚决如此……

1971年，罗盛昭病逝后，中国经历了巨变。如今，国民党军队在正面战场的作用受到肯定，三次长沙会战的种种细节得以呈现。2022年，当金贵主再次谈起舅舅罗盛昭时，她说："实际上，到上个世纪五六十年代，舅舅还没有走出'抗战情结'。他心中还长存着那些不畏艰苦、奋勇抗战的娃娃兵的形象。相比之下，他觉得，现今的父母都太娇惯娃娃了。"

如今，再读罗盛昭给校友们的信，仍觉得振聋发聩，震撼人心：

"我们是中华民族的儿女，我们是黄帝的子孙，我们应该尽我们保卫国土的责任，争取民族的生存，起来和我们的敌人做殊死的抗战，我们要站在斗争的最前线，把强盗都赶尽！我们是学医的，我们应该将我们所学的，在国家最需要你的时候，最需要你的地方，把你的力量贡献给国家……抗战一天不完，就一天不停工作……谁不在中华民族艰苦奋斗的时候尽他的责任，在将来独立、自由、光明的新中国里，他便够不上做一个中华的国民。谁不在祖国呻吟的时候努力，在将来的新中国里，他不配呼吸中国的空气！"

亲爱的华西学子，你们可以不无骄傲地说"我是华西医科的学生"，但是，当祖国需要你挺身而出的时候，你能问心无愧地说"我是罗盛昭的校友"吗？

第二章
岳以琴，书写在南京上空的血誓

一、决战前夜写自传

1937年11月底，日寇进逼南京，南京保卫战即将打响。

眼看南京守不住了，为了保存中国空军最后一点实力，第三、第五航空大队都撤往了大后方。最后撤离的第四航空大队大队长李桂丹，召集手下的精兵强将，做了最后的安排。兄弟们个个要求留下，与守城军民共存亡。在激烈的争执中，高大威猛的乐以琴猛地站起来，声若洪钟："你们全都撤走，我留下！"

李桂丹面对乐以琴，严肃地说："以琴，说一说你的想法。"

乐以琴说："南京的天空，不能这么白白地拱手送给日本鬼子！只要南京还没沦陷，军民抬头还能看见我们的飞机从头顶飞过，那就是很大的鼓舞。大队长，民众称我为'江南钢盔，空中子龙'，他们对我寄予了多大的期望啊！在这紧急关头，作为'钢盔'，若不能保护民众，作为'子龙'，若不能杀敌，我还算个男子汉吗？"

李桂丹说："你知道，南京周边的日寇飞机有九百多架，而我们只能留下两架飞机。"

乐以琴笑了笑，说："自从进入笕桥航校，我们都明白以身殉国是或迟或早的事。大队长，请不要犹豫了！"

李桂丹拍了拍乐以琴的肩膀，说："好，你留下！"

由五大队借调到四大队的董明德也主动报名，留了下来。

最后的晚餐，李桂丹带着众兄弟向乐以琴、董明德敬酒。所有的铁血汉子，眼圈发红，硬把泪水憋在眼眶里。一个个说话斩钉截铁，把生离死别当作寻常之事。

随着轰鸣声响过，李桂丹率领的第四航空大队机群，飞离了大校场机场。昔日日夜繁忙的机场，顿显荒凉、沉寂，无边的枯草在寒风中瑟缩。疾风夹着冷雨，扫过空荡荡的跑道。

南京四周，炮火连天，风中似有一股血腥味。这沉寂，是台风中心的沉寂，是恶战之前暂时的沉寂。

偌大一座机场，只剩下几名地勤人员和乐以琴、董明德两名飞行员。白天，乐以琴和董明德驾驶战机在南京上空盘旋、低飞，好让守城军民看见自己的空军还在巡航首都。返航之后，他们隐蔽好战机，商量好第二天的行动计划，再各自回寝室休息。

乐以琴怎能安然入睡？他深深怀念着故乡四川芦山的老屋、迁居成都后的家院、讲解《朱柏庐治家格言》时虔诚的父亲、川剧舞台上的英雄人物……二十三岁，他已经是亿万中国人爱戴的空军"四大天王"之一。

他真想仰天长啸！

他又想起了华西协合中学（今华西中学）校友们常去聚会的成都武侯祠。

成都武侯祠约建于南北朝时期，与始建于公元221年的刘备（汉昭烈帝）陵寝相邻，后来合为一体，是中国唯一的君臣合祀祠庙。百姓们习惯于叫它武侯祠。唐朝大诗人杜甫曾有诗云："丞相祠堂何处寻，锦官城外柏森森。"

在武侯祠中，祭祀诸葛亮的庙堂上高悬的岳飞手书《前后出师表》的拓片，常让华西协合中学的校友们读得热血沸腾。

南宋绍兴八年（1138年），岳飞路过南阳，拜访当地的武侯祠，遇到大雨，便宿于祠中。深夜，岳飞秉烛观看祠中咏叹诸葛亮的诗文，读着读着，便泪如雨下。当天夜里，他耿耿难眠，一直坐到天色微明。道士端来热茶，呈上纸笔，恭请岳大元帅留下墨宝。于是，岳飞挥泪走笔，不管工整还是朴拙，随着心诵诸葛亮的《前后出师表》，憋在胸中的抑郁，尽随笔端倾吐而出。

乐以琴深深感受到，这一幅岳飞手书《前后出师表》的拓片，淋漓尽致地展现了从诸葛亮到岳飞那支撑着民族精神的浩然正气。

于是，乐以琴铺开稿纸，写下一行字：我的自传。

二、英雄故居，学者摇篮

1914年11月11日，乐以琴生于四川省芦山县一名门望族。

历经百年沧桑，闻名遐迩的乐家大院，还残存着约二百平方米的破败老屋。2020年夏天，一场暴雨后，老屋积水二尺，淹了数日。处于"华西雨屏"的雅安地区本来就雨多晴少，经浸泡后的老屋，弥漫着一股霉味潮气。尽管如此，仍然有不少人前来参观。因为堂屋正中，悬挂着空军英雄乐以琴烈士的画像以及介绍他英雄事迹的展板。守着乐家老屋的是乐以琴的侄子乐近刚，年近古稀，看上去身体还很壮实。

老屋周边是一片工地，正在新建的孔庙，机器轰鸣。已经建成的颇有气势的乐以琴纪念馆，即将开馆。

乐近刚介绍："乐家大院，坐落在芦山县芦阳镇东街大水塘，是乐氏先祖在清朝中后期代代传承、不断扩建而形成的一座占地二十余亩的大院。大院包括川西民居风格的三进庭院，还有作坊、当铺、菜地、花园、碉楼、楠木林。高高的碉楼，原是小县城的标志性建筑。还有四棵桢楠，每棵粗得两人都合抱不住，像擎天巨柱，挺立在大院之中。后来，经过几次变迁，四棵大桢楠早已经被锯掉，占地一万多平方米的深宅大院，就残存这二百平方米了。"

乐近刚还说："2015年，纪念抗战胜利七十年，市委领导还在这里主持了纪念活动。后来，这里不断有人前来参观，我就来充当义务讲解员了。"

乐近刚还介绍："这乐家有十七名子女，除长女、三女、四女只上了中学外，其余十四人，全是大学生。其中九人毕业于华西协合大学。"

这芦山乐氏家族中，除六子空军"四大天王"之一的乐以琴外，最为著名的要数二女乐以成了。

乐以成自幼勤奋好学，聪颖过人，性格独立。为了逃婚，更为了读书，她私自跑到成都读中学，1924年考入华西协合大学。当时，女子上大学是成都一大新闻，为了避免好奇者围观和流氓纠缠，毕启校长下令派出小轿一乘，天天接送。这位坐轿子上大学的乐以成，1932年毕业，获得博士学位，后成为中国妇产科的泰斗之一。

乐家的女婿也很杰出，最著名的是二女乐以成的丈夫谢锡瑑和六女乐以纯的丈夫吴和光，一位曾长期担任四川省人民医院院长，一位长期担任华西医院院长。

一部《朱柏庐治家格言》，被乐氏家族奉为传世宝典、行为准则。

遵从格言"祖宗虽远，祭祀不可不诚；子孙虽愚，经书不可不读"，乐家非常重视教育，所以花重金送子女去成都读书，去海外留学。

遵从格言"黎明即起，洒扫庭除，要内外整洁"，乐家家长乐和洲每天早起，规定年满十岁的孩子必须参加洒扫家院。

遵从格言"一粥一饭，当思来处不易；半丝半缕，恒念物力维艰"，乐家不准孩子抛洒粮食，更不准铺张浪费。

遵从格言"与肩挑贸易，毋占便宜；见贫苦亲邻，须加温恤"，乐家的孩子从未有芦山豪门大户的优越感，与佣人、长工相处融洽。

乐以琴读小学时因调皮常被老师惩戒，他却不知道这座小学是乐家出资兴办的。乐以琴属虎，体格健壮，生性好动，小小年纪，便喜欢在铁索桥上跑来跑去，还让桥身摇晃起来，连成年人都不敢走。他还喜欢同玩伴们下河坝摸螃蟹，上城墙掏鸟窝，成天玩得很开心，似乎有无限的精力。哥哥姐姐们对这个虎头虎脑的弟弟更是宠爱有加。

每天早饭后,孩子们齐聚客厅,听乐和洲讲《朱伯庐治家格言》以及历代忠臣孝子的故事。"早课"之后,孩子们才背上书包去上学。

放学回家后,乐以琴喜欢坐在母亲膝下听故事。

岳飞的故事,他从小就烂熟于心。母亲说,乐家都是岳飞后人,因为秦桧疯狂追杀岳家后代,祖上才改姓乐的。当时,乐以琴就明白,这是母亲故意说出来勉励后人的,但他不愿意说破。

如果要研究中国近代乡绅家族,探索"耕读传家"的历史渊源与演变,请到芦山来吧。芦山的乐家,足以写一部砖头厚的家族史。

在遥远而偏僻的芦山县,乐家之所以能够成为英雄故居、学者摇篮,归根结底,在于良好的家风与严格的家教。

三、知其不可为而为之

1929年,初中毕业后的乐以琴来到成都,就读于华西协合中学。

这时,乐以琴的二叔乐和济在华西协合大学当校监(学生宿舍管理员),二哥乐以篪、二姐乐以成在华西协合大学上学。在芦山,乐家经营的店铺常受到地方的勒索却无力反抗,乐和洲索性将生意移往成都。所以,乐以琴在成都有亲人相伴,更是逍遥自在。

华西协合中学又称华西协中,创办于1908年,坐落于华西后坝,曾用名"华西协合预备学堂",先后有外籍人士陶维新、罗成锦和本地名人杨少荃、吴先忧任校长。学校的历届校长均比较开明,提倡独立的思想、自由的精神。学生们竞选学生会干部,发表竞选演说,举行辩论会,真是热闹非凡。华西协中还被誉为"民主的摇篮"。抗战以来,蒋介石就指示,全国高中生搞军训,要求束皮带、打绑腿,男生要剃光头。华西协中居然掀起"护发运动",拒不执行。校长吴先忧说:"硬性规定剃光头,是搞形式主义,有损人格,我协中不宜提倡。"有人将此事报告了蒋介石,气得蒋介石破口大骂。

身体健壮、喜爱体育运动的乐以琴，在华西协中赢得了"球王""短跑王"等称号，八百米跑还打破了当时的四川省纪录，直到他牺牲的1937年，都没有人打破这一纪录。

乐和洲曾与陈嘉庚合作在成都开了一家四川橡胶公司，公司就位于成都第一街——春熙路。橡胶公司的胶鞋店，与春熙大舞台相邻。为躲避地痞流氓的纠缠，剧场老板与乐和洲商量，想请胶鞋店开一道侧门，以便女演员借道安全撤离。乐和洲欣然允诺，于是剧场老板给了乐和洲一面铜牌，凭此可以免费看戏。这面铜牌，乐和洲顺手就给了乐以琴，为他洞开了一片历史的天空。

胡冶钧是乐以琴的同学加表亲。他在回忆录中特别说道，乐以琴是个川剧迷，喜欢武戏《三岔口》《战吕布》，喜欢喜剧《做文章》《柜中缘》，而最让乐以琴看得入迷的是文天祥、岳飞、诸葛亮的戏，每每说到戏中的英雄人物，便滔滔不绝。

《柴市节》是川剧里著名的折子戏，再现了文天祥慷慨赴死、震天撼地的英雄形象。高亢激昂的川剧锣鼓一响起，就让乐以琴面红心跳。

"人生自古谁无死，留取丹心照汗青！"瘦骨嶙峋的文天祥，衣衫褴褛，难掩一身浩然正气，他踉踉跄跄，走向刑场，终于站稳脚跟，像一尊雕像，伫立在舞台中央。顿时，全场掌声雷动。

"人生……自古……谁无死……留取……丹心……照汗青……"

文天祥的千古绝句，随着高亢的演唱，仿佛融入乐以琴的血脉之中，让他浑身热血沸腾，禁不住热泪盈眶。

碧血喷洒柴市口，顿时天昏地暗，狂风大作，文天祥的灵位竟腾空徘徊，高悬天上！曾亲自出面劝降、又暗中监斩的元世祖，惊骇得面色如土，直到他承应将柴市口改为教忠坊，文天祥的灵位才落在祭坛之上。戏剧的结尾虽属虚构，却表达了千万观众的强烈愿望。

一场好戏，会让乐以琴沉浸多日。川剧看多了，就会上瘾。《风波亭》

里的岳飞,《空城计》里的诸葛亮,那些忠臣良将的形象,在乐以琴心中已栩栩如生。

乐以琴曾与同学们多次谈论诸葛亮的雄才大略和人生格局。

有同学说:"诸葛亮最伟大的是具有大智慧、大眼光,在高卧隆中时,就能将天下大势分析得非常透彻,提出了三分天下的战略。"还有同学说:"诸葛亮最伟大的是政治品质高尚,使得刘备在临死前能举国托孤于他,放心而去。"

接着,同学们又热议诸葛亮"出师未捷身先死,长使英雄泪满襟"。在曹魏已经雄霸中原,无论是经济实力还是军事实力均胜于蜀国之时,他亲自率兵"六出祁山",以"鞠躬尽瘁,死而后已"的精神战斗到生命的最后一息。这是他特别令人感佩之处。《论语·宪问》里有一句名言,叫"知其不可而为之"。明末清初的张岱,在《四书遇》中说:"不知不可为而为之,愚人也;知其不可为而不为,贤人也;知其不可为而为之,圣人也。"

乐以琴离开华西协合中学前留影(摄于1931年)

华西协中的乐以琴，已经懂得了"圣人的境界"，那就是"知其不可为而为之"。

四、终于成为中央航校学员

1931年秋，学校接到通知，次年4月将在南京举行全国运动会，要求学校组织运动队参加。八百米跑的四川纪录保持者乐以琴当然是选手。年底，乐以琴随四川代表团抵达南京。

正在集训的时候，一·二八事变爆发，国民政府下令全运会停办，全国各地的集训队纷纷返回。四川代表团的参赛队员也回来了，但始终不见乐以琴的身影。原来，他想方设法离开了队伍，买了一张车票，一人去了上海。

他的目标是到上海，参加十九路军，投身抗战队伍。他苦苦寻找，可怎么也找不到十九路军的驻地。后来才知道，这支孤立无援的军队激战一个多月后，已经撤离上海。

那时，三哥乐以钧正在上海美术专科学校读书，他便找到三哥。

可在当时，乐以钧也是个穷学生，自己的生活也过得拮据，无法照顾他。无奈之下，他只得离开上海，到山东济南去投奔大哥乐以壎。

乐以壎大学就读于华西协合大学，学的是牙科。1930年毕业时，恰逢齐鲁大学请华西协合大学支援口腔科医生一名。经学校推荐，乐以壎便到了齐鲁大学任教。

大哥劝六弟："先在山东读书吧，有机会再去当兵。"乐以琴由于高中尚未毕业，没有学历证明无法报考。于是，大哥想了个办法，让乐以琴借用四哥的高中文凭报考齐鲁大学，后被录取。

虽然乐以琴在齐鲁大学读书，但是他想加入抗战队伍的愿望一直没有改变。他终于等到了一个好机会。

与蒋介石、汪精卫意见不合的冯玉祥将军，一直隐居泰山。由于常常牙痛，他便去济南，找乐以埙治疗。

冯玉祥在跟乐以埙闲聊时，聊到了中央航校正在扩建，要招收一批身体素质特别好、文化程度较高的学员。

冯玉祥的话被乐以琴听见了，他迫不及待地向冯玉祥表示："我要去读中央航校，还请将军推荐。"

看着眼前这个脸涨得通红、身体强壮的小伙子，冯玉祥乐了，顺口问了一句："你知道中央航校是干什么的吗？"

乐以琴说："报告将军，我知道，中央航校是培养战机飞行员的。"

冯玉祥又问："你知不知道，当飞行员可不是儿戏，不仅要身体好，还要勇敢，不怕死！"

乐以琴说："请放心，绝不给将军丢脸！"

冯玉祥拍了拍乐以琴宽厚的肩膀，露出了满意的笑容。

虽然有冯玉祥将军的推荐，中央航校还是对乐以琴进行了严格的考核。强壮的体魄、运动员的天赋、扎实的理工科知识，使他顺利被中央航校录取，成为第三期飞行队学员。

也许是独立自主性格的人会心灵相通，乐以琴从小就与二姐乐以成感情深厚。乐以琴报考中央航校的事，只有大哥乐以埙、二姐乐以成知道。离开山东，南下浙江，乐以琴给远在成都的二姐写了一封信，信中说："父母生我，祖国养我，此时此刻，弟唯有投笔从戎耳！"

五、风云际会壮士飞

1932年秋，中央航校第三期从全国各地七千多名报考的大学生中，录取了包括乐以琴在内的四十三名学员。因人数不够，又招收了四十二名高中毕业生，还有九一八事变后从东北航校南下的学员，一共一百五十人。

从梅东高桥到笕桥，只有十公里。所有学员都要在梅东高桥进行为期半年的严格训练，吃不下苦的、身体素质差的全被淘汰。这十公里，仿佛一道天堑，有五十多名学员未能走到笕桥就被淘汰，只有不到一百名的学员来到了笕桥。后在飞行训练中又淘汰了一批，最后仅有六十一名学员毕业。

中央航校的大门口，石碑镌刻着的校训，写的不是激励人心的话语，而是让学生们"去死"——

> 我们的身体飞机和炸弹，当与敌人兵舰阵地同归于尽！

这是一所与死神签约的年轻人的学校。

因为招收的是高中生和大学生，学员大多数出自非富即贵、颇有社会地位的家庭。林徽因的弟弟林恒，南开大学校长张伯苓的儿子张锡祜，还有来自清华的贵公子沈崇诲……这些原本锦衣玉食，属于当时社会精英的年轻人，却为了国家民族的生存慷慨赴死。

开学典礼的会场上有一幅横标：

> 风云际会壮士飞，誓死报国不生还！

航校培养了十六期毕业生，一千七百名学员冲上了天空，而前几期的学员大多数都壮烈牺牲，平均年龄仅二十三岁。

航校的教官有意大利人，也有美国人，教学方法大相径庭，常让学员们无所适从。而学员们最喜欢的还是年轻教官高志航。

高志航，1908年生于吉林通化，十二岁考入沈阳中法中学，十三岁入东北陆军军官学校，十六岁加入东北军空军科，后赴法留学，开始学习驾驶歼击机。1927年1月，十九岁的高志航以优异成绩毕业回国，被任命为东北军航空教官。20世纪20年代，"东北王"张作霖便开始投入巨资组建空军。但在九一八事变后，东北空军的二百多架飞机，全部落入日本关东军之手。痛心疾首的高志航，从东北一路逃亡到南京，后来成为中央航校的教官。

乐以琴在笕桥中央航校训练期间留影（摄于1933年）

飞行的第一课，高志航就给学员们讲东北的沦陷、日军的残暴、民众的凄惨，而中国的天空，沦陷的范围更是广阔，没有空防等于没有国防，亿万中国人随时可能被日寇屠杀。我们航校学员重任在肩，一定要保卫中国的天空！

高志航问学员："你们有为国牺牲的决心吗？"

所有的学员都举拳怒吼："有！"

高志航将一支熊熊燃烧的复仇的火炬，传递给每一位学员。

然而，由于中国空军起步晚，实在太年轻、太稚嫩了，恶劣的天气、糟糕的机场、经常阻滞的导航信号、操作中的失误等，往往造成机毁人亡的惨剧。就在与日寇开始空战之后，还出现过误投炸弹的情况，一次投向了上海闹市区，一次投向了美国商船，造成严重的生命和财产损失。中国空军在成长过程中，不断付出高昂的代价。

乐以琴的战友龚业悌，在1937年10月17日（学员们已经毕业参战）的日记中，记下了来自南京的消息，那是令人悲痛欲绝的一幕：

> 出发时，天气忽然变化，机场低云弥漫，斯洛勃机在起飞时极其危险地穿过云层而飞了起来，接着马丁战队起飞，刚离地的领队机即在云中失速下坠，所带炸弹坠地后即轰然爆炸，人机俱成齑粉，跟随起飞的飞机也蹈覆辙坠地焚毁。这次牺牲的人员，我们仅知道就有张琪和马丁队的大队长，其他的人员总数在四个以上。
>
> 大略估计，过去，在战场上，真确被敌人击下而阵亡的人和损失的飞机只占我们全部阵亡牺牲的人和损失飞机的三分之一，那三分之二的人员（和损失）全是失事造成的。

龚业悌还记下了乐以琴在训练中受伤的情况：

> 飞机在不小心中又失事，二十二分队乐以琴（等）成队飞起……升至近一百英尺……转弯降下，机右腿及翼微伤，人无恙。

幸亏乐以琴反应敏捷，基本功扎实，才避免了一场大事故。

回头再看高志航，严苛的训练很有道理，他要每一位学员注意力高度集中，做好每一个细节。

在训练打靶时，学员们的命中率达到了百分之九十，已超过了教材的要求，但高志航并不满意："你们平时以轻松的心情打飞靶还做不到百发百中，到了真正与敌人空中缠斗时，在紧张的心情下命中率还能高吗？你打不中敌机，敌机就会把你打下来！"

在学员们午休时，高志航叫来乐以琴，让他拖着飞靶，飞到鄱阳湖上空，自己尾随其后，瞄准飞靶按钮射击。第一天命中率为百分之九十五，第二天命中率为百分之九十七，第三天命中率为百分之百。

高志航把学员们集合起来说："乐以琴，你告诉他们，这三天我是怎么训练的？我能做到的，你们也要做到！完不成任务，不准吃饭，不准睡觉！"

岂止是不准吃饭和睡觉，还不准恋爱和结婚。这不是航校立下的规定，而是乐以琴和他的铁哥们儿（均为航校第三期学员）郑少愚、沈崇诲、罗英德的共同誓言：三十岁之前，不谈恋爱不成家。

还在芦山老家时，就有人为乐以琴说媒，直到进了航校，同学、朋友想为乐以琴当月老的还大有人在。

1936年10月31日，中国航空建设协会搞了一个规模盛大的关于"献机祝寿"的活动。新购的三十架美制霍克-3型战斗机的飞行表演，迷倒了成千上万的观众。高志航、乐以琴下了飞机，立即被美女和鲜花包围。一些狂热的女孩子大胆而直白地表达着爱意，恨不得立刻投入英雄的怀抱。高志航频频表态："我有太太了，我有太太了！""不信！不信！""骗人！骗人！"

高志航脱不了身，便把乐以琴推出来："他，不但没有结婚，还没有女朋友呢！""啊！""啊，好帅呀！"

哇！身高一米八的乐以琴，仪表堂堂，高大威猛，一下子被女孩子们团团围住。乐以琴只是微笑着点头，一直说着"谢谢"，不回答任何问题，很快便突出了重围。

乐以琴，坚守着和铁哥们儿立下的誓言。

四位铁哥们儿都信守了誓言。沈崇诲，于1937年8月19日撞毁敌舰牺牲；乐以琴，于1937年12月3日在南京为国捐躯；郑少愚，于1941年4月22日因接收的新飞机突然起火坠地殉职；只有罗英德活了下来，抗战胜利后才娶妻生子。

二十三岁的乐以琴，留下的文字资料少之又少。

在航空队驻防南昌期间，乐以琴曾去"瓷都"景德镇，定制了写有父母、兄弟姐妹名字的六十八套件杯、碗、盘、勺，寄回了芦山老家，让父母分赠给亲朋好友。当时，烧"抗战瓷"成为风气，表现出民众"抗战到底""誓雪国耻""国家至上"的理念。

1985年，二姐乐以成在重庆讲学时，听说博物馆在收集文物，便将乐以琴给她的三件瓷器全部捐出，现存于重庆三峡博物馆。

这是乐以琴为亲人们预备的自己的遗物。

六、七天击落六架日寇飞机

1937年8月，淞沪会战爆发，日寇大举向上海发起进攻，而中国军方早就制订了对日军的轰炸计划。

8月14日凌晨两点半，中国空军第五航空大队第二十四中队中队长刘粹刚率领九架霍克–3型战斗机，从扬州机场起飞，沿着长江往东搜索前进，寻找敌人行踪。他们一直搜索到川沙县（今上海浦东新区）附近才发现日舰。中国战机立即俯冲，对准敌舰投弹，击中了敌舰尾部，敌舰马上冒起滚滚浓烟。

这一天，中国空军共出动飞机七十六架次，分九批集中轰炸了日军司令部、弹药库、登陆码头等重要军事目标。时任第九集团军总司令的张治中后来在回忆录里写道："大家都把这一次淞沪会战称为'八一三'战役，实际上8月13日并未开战，不过是两军对垒。"

年轻的中国空军勇敢地成为"正式开战"的揭幕者。

从1937年8月14日天不亮开始，日本海军第三舰队司令长官长谷川清接连收到关于中国空军轰炸日本军队的消息，这让他大为恼火。长谷川清一向不相信中国空军有什么力量，没想到中国空军竟大显神威，把日本军队炸得狼狈不堪。于是他命令航空队出击，但老天爷也不愿帮他，强台风使得九州的航空队和航空母舰上的飞机都不能起飞。最后，只有出动驻台北的十八架"九六式"陆上攻击机。

就在几天前，台风袭扰中国东南沿海。受台风影响，杭州湾一带浓云密布，能见度极低。8月14日，从台北松山机场起飞的日本空军鹿屋航空队十八架轰炸机飞越台湾海峡，一路北上，后兵分两路，一路攻向广德机场，一路直扑笕桥机场。他们的目的非常明确，捣毁笕桥，给中国空军主力以毁灭性的打击。

由于航程过远，战斗机无法为轰炸机护航，且日本空军指挥官认为，"九六式"陆上攻击机配备有任意旋转的机关炮，火力强大，对付中国歼击机不在话下。如此藐视中国空军，为日本空军首战惨败埋下了伏笔。

台风布下的浓云，以及暴雨天气，让分布在周家口、南京等地的中国空军第四航空大队各中队均无法动弹。心急如焚的高志航，搭乘一架民航机，辗转赶到笕桥，立即下令紧急布防，等待各中队集结。所幸，骤雨初歇，有了一小段窗口时间，李桂丹率领九架霍克-3型战斗机趁机直飞笕桥。机场上，地勤人员已经在跑道上摆出"T"形红白布标，向空中飞来的各中队示意，暂不降落，而是在空中直接拦截敌机。

当日寇轰炸机编好队，准备在笕桥上空投弹时，高志航早已钻进云层，爬升到日机上方。一架日机刚从云中钻出，高志航便迎头而去，吓得日机掉头就钻进云层。高志航紧追不舍，在团团浓云中穿过。第二十一中队的三架霍克-3型战斗机，发现了高志航在驱赶日机，便立即合围过来，并开炮射击，因距离远，没能命中。仓皇之中，日机再次钻进云层，没料到高志航的战机就跟在身后。待敌机进入射程，高志航瞄准敌机尾部，狠狠按下发射按钮，一排子弹射去，敌机中弹，空中发出一声巨响，接着一团火球炸开，燃烧的日机，拖着浓烟，翻滚坠落。日本空军不可战胜的神话破灭了！

紧接着，李桂丹率领的三架霍克-3型战斗机围住了一架日本的"九六式"陆上攻击机，并将其击落；王远波、张慎贤和龚业悌驾驶战机重创了一架日机，此机逃回台北松山机场迫降时坠毁。

而参战的中国空军无一伤亡，举国为之欢庆。后来，8月14日被国民政府定为"空军节"。

这一天，乐以琴既为战友高兴，又深感遗憾，因为他所在的第二十二中队在安徽广德机场加油，在飞往笕桥机场的途中，空战已经结束。

高志航要求大家毫不懈怠，立即为第二天的战斗做好准备。

由于油罐车被炸毁，乐以琴和战友们只好提着五加仑的小桶，多次往返于油库和战机之间，在漆黑的雨夜跑了好多趟，直到午夜一点过才给战机加好油。

8月15日，按计划中国空军第四航空大队准备飞往上海，轰炸日军舰队。军械员正忙着往飞机上挂炸弹时，警报突然响起，高志航紧急下令："卸掉炸弹，升空迎敌！"

原来，是日寇木更津航空队的三十多架战机轰鸣着向笕桥猛扑过来。高志航亲率一批战机升空，奋勇迎敌。

乐以琴一钻进云层，就与两架日机相遇。乐以琴禁不住大吼："来得好啊，老子玩死你！"眼看着日机临近、开火，乐以琴驾驶战机来了一个鹞子翻身，扎进云中，不见了踪影。日机还没回过神来，一排子弹扫过来，擦着翅膀，冒着轻烟。原来，乐以琴驾驶战机已钻到后面的有利位置，来了一阵猛打。另一架日机一个大转弯，直冲乐以琴的战机飞来，乐以琴仿佛猜透了敌机意图，突然拉高，顺便又是一排子弹扫去，随后又一次隐入云中。

此时，两架日机的飞行员急了眼，分进，合围，包抄，想死死缠住乐以琴，伺机开打。可是乐以琴的战机忽隐忽现，忽左忽右，忽上忽下，像幽灵一样难以捕捉，日机飞行员被玩得晕头转向。在空中捉迷藏时，一架日机被击中，空中爆开了巨大的火球。

乐以琴后来回忆说："当时，我摸了摸脑袋，哈，我没死，人还在，够本了！继续干！"

另一架日机想趁机逃脱，却结结实实挨了一顿"胖揍"，空翻几下，燃烧着，嘶叫着，坠向大地。

也许是足球射手临门一脚的冷静，也许是乒乓球运动员控球的精准，也许是排球扣手瞬间爆发力的凶狠，也许是八百米跑冠军惊人的体能，这些结合在一起，使得支配运动的神经特别发达，瞬间反应疾如闪电，面对日寇飞机，乐以琴保持着"玩死它"的高度放松的心态。乐以琴曾表演过筷子夹苍蝇的绝活，引得战友一片叫好声。乐以琴笑笑说："这算不了什么，要把鬼子的飞机打下来，才算真本事。"

打下两架日机，极大地刺激了乐以琴，他迅速发现了新目标。那架日机见乐以琴的战机气势汹汹地杀来，立即逃窜。乐以琴哪肯让它逃脱，从杭州湾一口气追到了曹娥江上空。日机利用云团东躲西藏，侥幸逃脱。乐以琴正在怒骂时，又见几架日机迎面飞来。也许是它们迷失了方向，此时已不成队形。乐以琴趁它们不注意，一个鹞子翻身，突然出现在它们身后，还没等日机飞行员反应过来，乐以琴便火力全开，两架日机立即中弹起火。乐以琴大喜："今天'大开杀戒'，干掉四架了！"

幸存的日机开足马力逃窜。乐以琴按动发射按钮时才发现，子弹已经打光了，他不得不掉头返航。

这一战，中国空军击落日机十七架，乐以琴一个人就击落了四架。8月22日，中日空军再次激烈交锋，乐以琴驾驶战机再次击落两架日机。这样，乐以琴在七天之内击落六架日机，成为与高志航、刘粹刚、李桂丹齐名的中国空军"四大天王"之一。

当人们盛赞乐以琴出神入化的飞行技术时，乐以琴总是谦逊地归功于高志航教练的"真传"。比如鹞子翻身——飞机的突然极限加速和强大的离心力撕扯得肌肉和脏腑剧痛，没有超强的身体素质和意志力，实难承受。跟着高志航教官，乐以琴一次次苦练各种飞行技巧，终于在实战中大显神威。

日本空军在上海、杭州湾一败再败，在松山机场，六十架日机只剩下十二架。大本营对赫赫有名的木更津和鹿屋航空队的失利大为光火，愤怒地表示要向联队长石井义大佐问罪。

就在中国民众为欢庆空军英雄们的胜利敲锣打鼓、大放焰火之时，日本空军联队长石井义切腹自杀了！

日本空军实在不服气！

跳伞后被俘的日本飞行员川田胜次郎根本不相信中国空军有本事打下他的战机，他一口咬定："肯定是美国人帮忙，替你们作战！"

高志航听懂了这名日本俘虏的嘟囔，用日语回答说："请你看看，是谁把你的飞机打下来的。"

高志航把乐以琴叫来，对川田胜次郎说："是他，一战就击落了你们四架飞机，你的飞机只是其中的一架！"

在侵华日军的一本日记中，这样描绘了"八一五"空战：

天空是墨黑色的，飘着小雨。我的两个同学没有回来，他们被顽强的中国空军击落了……我甚至不知道该怎么告诉野口君的母亲。这个现实很残酷，小川君被吓坏了，依然在角落里颤抖着。他亲眼看到了野口君的军机被打得凌空解体，亲耳听到了野口君最后的凄厉的惨叫。据小川君讲述，那个英勇的中国空军不顾生死地冲过来，他能清楚地看见那张坚毅的面孔。如果不是野口君掩护，他也就回不来了。野口君在飞机解体坠落时应该还活着（可能受了重伤），因为他的惨叫声断断续续持续了十余秒的时间！

那个中国飞行士的座机编号是"2204"！

昭和十二年8月16日凌晨

2204号，正是乐以琴战机的编号。这篇日记，成为乐以琴英勇杀敌的重要佐证。

按国际惯例，击落五架敌机的飞行员，就是"王牌飞行员"。乐以琴成为中国空军第一位"王牌飞行员"。在一片欢呼声中，他始终保持着清醒的头脑。

8月25日，毛泽东从延安发来了贺电，电文如下：

所有前线的军队，不论陆军、空军和地方部队，都进行了英勇的抗战，表示了中华民族的英雄气概。中国共产党谨以无上的热忱，向所有全国的爱国军队爱国同胞致民族革命的敬礼。

七、南京上空的孤鹰

乐以琴写完《我的自传》已近凌晨。一弯冷月，几颗疏星，在云团中时隐时现，有枪炮声从远处传来。

他将"我的自传"，还有这两年珍藏的照片，一并交给地勤的战友。应该交代的事，他早就一一做了交代。

仰望云天，他默默地说："高志航大队长，我来了！"

十天前，11月21日，高志航在周家口机场，安排新购买的苏联造伊-16战机飞往南京，不想这一情报被日军破译，九架日本轰炸机突然出现在机场上空，投下大量炸弹，高志航还未来得及打开机舱门，炸弹就在身后爆炸。中国最优秀的飞行教官，中国空军"四大天王"之首，倒在血泊之中……噩耗传来，乐以琴浑身颤抖，难以自持，大哭一场。可以说，他一生也没有这样哭过。

"八一四"和"八一五"大捷之后，又有多少兄弟为国捐躯？

8月17日，阎海文与战友驾着六架战机，挂满炸弹，直飞虹口的日本海军陆战队司令部，让罪恶的巢穴陷入火海。返航时，阎海文的战机被日寇高射炮击中坠落，阎海文跳伞，因风向缘故，飘向了敌军阵地。日寇四面围来，妄图活捉他。他举枪射敌，高喊着："中国没有被俘虏的空军！"并将最后一颗子弹射进了自己的太阳穴。

二十一岁的阎海文视死如归，连日寇也深为佩服，厚加殓葬并为之立碑。

8月19日，沈崇海与战友驾机飞往长江口外，执行对海上敌舰的轰炸任务。沈崇海的座机由于突然发生故障，不得不脱队飞行。返航时他发现白龙港有敌舰数艘，便驾机对准敌舰俯冲而下。飞机如一枚巨型炸弹，直撞甲板，随着一声震天巨响，飞机与日舰同归于尽。

高志航、阎海文、沈崇诲……他们的音容笑貌如在眼前，他们永远活在乐以琴的心中。

这是1937年12月3日，南京城已经陷入日军的层层包围之中。数十架日寇飞机飞过空中，一番番狂轰滥炸，耀武扬威地宣告南京的天空已经被占领。

突然，一架中国空军伊-16战机升空，直扑日寇机群而来。

先是一对三，接着是一对六，日机的编队被打散了，只想将这架伊-16团团围住，却一次次被玩得团团转。慌乱之中，两架日机险些相撞。

南京的上空，乐以琴进行了生命中最精彩的飞行表演！

乐以琴正玩得兴起，忽见红灯闪烁，燃油即将告罄。那一瞬间，埋伏于上方的日机击中了乐以琴的座机。

顿时，一团火焰散开，眼前浓烟滚滚，飞机迅速下坠。乐以琴想起9月的那一次经历："2204"被击中后，他从四千米高空跳出飞机，拉开了降落伞，凶残的日寇不顾国际公约，不断向失去战斗力的自己开枪射击。

此刻，他一跃而下，决定延迟开伞，不让罪恶的子弹碰着自己的躯体——也许，他离地面太近了，来不及张开伞；也许，他的降落伞出了故障；也许，他已经负伤，手脚不灵便……

乐以琴坠落之处，是南京最美的栖霞山。

那一刻，漫天红叶飘零，如血雨纷飞。

那一刻，乐以琴若一息尚存，他会听到热辣辣的川剧锣鼓为他送别："人生……自古……谁无死……留取……丹心……照汗青……"

第三章
参与"曼哈顿计划"的蓝天鹤

一、弟子心中的蓝天鹤

1977年，严孝强从川北苦寒的山村考入省会成都的四川医学院。走惯了家乡坎坷、泥泞、狭窄山路的他，第一次脚踩柏油路，大为惊奇：世界上竟然还有这样平坦、宽阔的路？

入学后，他再次感到惊奇的是，生化教研室主任的名字叫蓝天鹤。

他念叨着"蓝——天——鹤"，不由得仰望天空，仿佛在湛蓝的天空，有一只天鹤优雅地飞着。真是个富有诗意的名字！他没想到，自己后来也会成为紧随蓝天鹤飞翔的研究生。

如今的严孝强，大名鼎鼎，一直从事人类疾病的分子机理研究，曾为中药国际化及中药的分子机理研究树立了一个典范。

在弟子心中，蓝天鹤是什么人？

严孝强说："本科四年加上硕博四年，在和蓝老师相处的八年里，我感觉他就是一位父亲，慈爱但充满神秘感！不管我们做儿女的犯多少糊涂，做多少傻事，讲多少错话，他总是轻言细语，笑容可掬，除了爱，还是爱！我读研究生时，自由散漫，不喜欢被人管，说话也挺冲，因此常挨批评写检讨。事后去见他老人家时，我总是提心吊胆的，而他脸上永远都是充满慈祥的微笑。我想，他一定喜欢我的直率和傻劲，原谅了我的所有过错。"

天鹤高邈，难觅行踪。

2003年，四川大学华西基础医学与法医学院生物化学与分子生物学教研室刘秉文教授，组织了一个纪念蓝天鹤教授一百周年诞辰的活动。那时，严孝强已经在国外学习工作了十八年，他也回来参加了这次活动。在纪念会上，蓝老师的学生几代同堂，追忆蓝老师对华西、对中国生物化学的杰出贡献。这让严孝强"深深悔悟对蓝老师的认识太少太肤浅，当年真是身在福中不知福"。之后，严孝强开始收集蓝天鹤老师在美国学习工作期间发表的论文，以及学术方面的第一手资料。

通过采访蓝天鹤的家人、学生，我根据有限的资料，希望能尽量把镜头拉近，让更多的人认识他——飞翔在中国生化科学寂寞长空中的蓝天鹤。

二、留美博士突然失踪

1943年10月，在美国罗切斯特大学从事生物化学研究的蓝天鹤博士，竟然神秘地"失踪"了。所有在美国的亲友，均得不到他的任何消息。经过四处打探，终于得到官方正式而简洁的回答：请放心，蓝天鹤博士很安全，目前不方便联系，敬请谅解。

原来，因蓝天鹤在生化研究领域做出了杰出贡献，他受邀参加美国"曼哈顿计划"，任医学部高级生化学专家和副组长。一切试验都在极端保密的情况下进行。有消息表明，希特勒控制下的科学家也在进行原子弹的研究与制造，若是让希特勒抢得先机，人类就可能坠入万劫不复的深渊。

在爱因斯坦的建议下，美国政府投入巨资，加上军方严密组织，科学家们争分夺秒，努力工作，使得计划迅速推进。

蓝天鹤是上千名科学家之中，能进入内圈层，比较了解"内情"的重要项目负责人。他很清楚，他参与的"曼哈顿计划"的最后成果是什么。

在"爆炸"前夜，"曼哈顿计划"主要领导者之一奥本海默的一位助手信心满满地说："地球也会震一震。"一位教授反击道："要是结果什么奇迹也没有发生呢？"两人当场打赌，赌注是十美元。蓝天鹤见证了这场"赌博"。

1945年7月16日凌晨五点半，在美国新墨西哥州的大沙漠中，人类历史上的第一颗原子弹试爆成功。

地壳震颤了！有一团"比一千个太阳还要亮"的火光，瞬间照亮了大漠，仿佛把天地熔入灼热的炼钢炉中。光辐射之后，是冲击波掀起的大风暴。疯狂的费米跳出掩体，向空中撒了一把碎纸片，以测试风暴的威力。他大声喊道："天哪，两万吨TNT（三硝基甲苯，一种烈性炸药）！"

物理学家的直觉就是这样了不起！不用任何仪器，费米测出了第一颗原子弹所产生的TNT当量。

二十一天之后，1945年8月6日，一颗绰号"小男孩"的原子弹在日本广岛爆炸。紧接着，8月9日，另一颗绰号"胖子"的原子弹在日本长崎爆炸。8月15日，日本宣布无条件投降。

原子弹的出现，加速了第二次世界大战的结束，也让蓝天鹤受到强烈震撼。科学技术使欧美国家日益强大，这触动了他最敏感的神经：科学救国。

想一想，爱因斯坦的质能转换公式是何等简洁：

$$E=mc^2$$

某个物体所具有的能量等于该物体的质量乘以光速的平方。

据说意大利天才物理学家费米偶然在书摊看到这个公式后，像被电击了一下，于是把这一公式当作神谕，从此迷醉于此。他追随爱因斯坦来到美国，在芝加哥大学建立了原子核反应堆，寻找到了促使原子裂变瞬间产生巨大能量的那把金钥匙。

科学，特别是新锐科学（那时候，还没有"尖端科学"之说）的发展竟能如此快速地倍增国力，让敌人都不得不屈服。科学救国的梦想在蓝天鹤心中埋下了种子，这让他激动得彻夜难眠。

三、科学救国梦不断

1903年9月1日，蓝天鹤出生于四川荣县程家场（今成佳镇）一个贫穷的中医之家。他幼年丧母，由祖母抚养。1912年入本地福音堂小学读书，后在荣县的华英小学和华英初中读书。蓝天鹤学习刻苦，喜欢英语，这为他以后上大学和留学美国打下了良好的英语基础。

1918年，蓝天鹤贷款到成都华西协合中学读书。因为经济困难，直到1926年，他才完成高中学业。其间，他三次辍学，到自流井（今属四川自贡）教书，攒钱还贷款，交学费。

在自流井教书期间，震惊世界的"五卅惨案"发生了。

年轻的蓝天鹤手握报纸，给学生们讲解："你们看，上海的日商纱厂工人，因为日本财阀随意开除工人、欺压工人，举行了大罢工。日本资本家竟然开枪打死一名叫作顾正红的工人，还有十余名工人受伤，引发上海工人、学生和市民的愤怒。两千余名学生在租界内散发传单，发表演说，声援工人斗争，租界巡捕逮捕了百余名学生。随后，上万名群众集中在老闸巡捕房门

高中毕业时的蓝天鹤（摄于1926年）

口，要求释放被捕学生，英国巡捕居然开枪射击，当场打死十余人，伤数十人……同学们，我们中国人难道不是人？我们要抗议！我们要呐喊！"

蓝天鹤带着自己的学生，走上街头，汇入游行队伍之中。

那时候，在华西协合中学，学生们讨论得最多的是如何救中国。有说"主义救国"的，有说"实业救国"的，还有说"科学救国"的，各种观点相互碰撞，有时争得面红耳赤，相持不下，这引起了蓝天鹤的深思。

1926年，蓝天鹤在大哥和好友的资助下，考上了齐鲁大学。

就在这一年7月，国民革命军誓师北伐，轰轰烈烈的大革命风暴从南向北席卷全国。在济南读书的蓝天鹤，时时关注着北伐的进展。

1928年5月1日，济南人民欢天喜地地迎接北伐军进城。然而早在这年4月，日本就借口保护侨民，决定出兵山东，侵占济南。先行入城的日军设置警备障碍，严禁北伐军通行。5月3日，日军故意挑起事端，趁机发动突然袭击，残杀中国军民，甚至公然破坏外交惯例，残杀山东特派交涉员蔡公时及署内职员十七人。5月6日，蒋介石为避免"冲突扩大"，命令各军撤出济南，绕道北伐。日军占领济南后，烧杀掳掠，无恶不作，制造了震惊中外的"济南惨案"。

火光映红了夜空。密集的枪炮声中，上万中国军民倒在血泊中。蓝天鹤和同学们恨得咬牙切齿，却又无能为力。有同学亲眼见到日军的机枪狂扫，他说："机枪一响，街上的人啊，像一茬一茬割倒的麦子，倒在地上。我军的'汉阳造'步枪，根本抵挡不住日军的火力。"

1929年，在英、美等国的干预下，日军虽然撤出了济南，但亲日势力仍很猖狂。蓝天鹤积极参与驱赶亲日校长李天禄的活动，早已经被列入开除的"黑名单"。经老师傅葆琛（四川成都人，时任齐鲁大学教授）介绍，蓝天鹤转学到北平（今北京）燕京大学化学系学习。

1930年6月，蓝天鹤获得理学学士学位，继而入燕京大学研究生院学习。1931年，蓝天鹤因经济困难辍学，经当时在燕京大学进修的川籍教授罗忠恕介绍，他回川到华西协合大学任教。

四、在华西坝崭露头角

1931年，经华西协合大学校长张凌高同意，蓝天鹤受聘到华西协合大学化学系任讲师，教授临床检验和生物化学。

1933年，华西协合大学化学系代理主任、加拿大人柯理尔介绍蓝天鹤去北平协和医学院生化科进修生物化学，在著名生物化学家吴宪教授的指导下，从事食品营养学研究。

1936年秋，蓝天鹤回到华西协合大学，任生物化学科讲师。同年，他在世界著名学术刊物美国《科学》杂志上发表论文《四川自流井盐水之分析》，在学术界轰动一时。

1936年底，蓝天鹤与1934年毕业于华西协合大学化学系的乐山姑娘张玉钿结婚。

1937年秋，蓝天鹤任生物化学科主任，升副教授，教授生物化学和高级生物化学，并从事"谷类-豆类混合蛋白质的生理价值"研究，论文在《中国生理学杂志》上发表。曾任华西协合大学医学院院长的加拿大人莫尔思在其撰写的回忆录《紫色云雾中的华西》一书中专门评价了他的中国同事："蓝天鹤教授工作出色，除了完成本职的教学工作，还协助我们教授内科学。"

1937年，抗日战争全面爆发，中央大学医学院、金陵大学、金陵女子文理学院、齐鲁大学、燕京大学相继迁入华西坝。在此期间，蓝天鹤与中央大学医学院生物化学系主任郑集、齐鲁大学教授李骥合作，以自身代替大鼠，研究黄豆、鸡蛋和肉类蛋白的生理价值。郑集是一位和善、谦逊又有大襟怀的学者，他阐明了研究的目的，是"关注我国战时国民的营养问题"，了解"中国国民最低营养需要"。这个课题，很接地气，郑集与蓝天鹤、李骥配合默契，研究进展顺利。

在敌机轰炸、物资匮乏、生计艰难的情况下，中国最杰出的生物化学专家仍在坚持教学与科研，还不断地发表论文，展示科研成果，这让时任华西协合大学医牙学院院长的加拿大人启真道非常佩服。于是，启真道致信美国洛克菲勒基金会，为蓝天鹤申请奖学金，由陈志潜教授审查研究论文。最终，蓝天鹤获得了去美国罗切斯特大学生物化学和药理学系攻读博士学位的机会。

1940年初夏，蓝天鹤辗转到达香港，乘海轮赴美。

那时，太平洋上战云密布，日本与美国的矛盾日益激化。在横穿太平洋的漫长旅途中，不时有日本侦察机低空盘旋，显出不可一世的狂妄。蓝天鹤惦念着在战火中煎熬的祖国，想起赴美学习的重任，不禁心潮起伏，一直难以平静。

五、在罗切斯特"一飞冲天"

地处纽约州的罗切斯特大学，是一所建于1850年的研究型大学，被誉为"新常春藤"。古老的石质建筑群如绿荫中的隐士，沉静而威严。阳光，给条条林荫道铺满了金色花斑。这里，天高地阔，离战火中的中国远了，而离科技的最前沿近了。蓝天鹤，有了充分的条件展翅高飞。

第一个冬天，蓝天鹤就见识到了什么叫"朔风怒号，大雪狂飘"，那彻骨之寒、风力之强让他在积雪中步履维艰。学校主校区有一个"Ice Alert"的标志，距离地面大概一米四，如果积雪达到这个位置，人们就应该停止一切活动了。但是，即便是积雪"达标"，蓝天鹤也没有停止过去实验室或图书馆。

最让蓝天鹤开心的是，图书馆藏书丰富，资料如山，而且通宵开放。还有那么多学子，以图书馆为家。遇到一个好的座位，就"霸占"它一天一夜！在浓烈的学习氛围中，仿佛人人都在比定力、耐力和注意力。

蓝天鹤拼命高飞，像一只充满活力的大鸟，直冲云霄！

1942年至1943年，蓝天鹤获得国际癌学基金会每年三千美元的研究费用，并发表了四篇论文。

特别值得一说的是，在淘汰率极高的情况下，蓝天鹤在罗切斯特大学仅用两年时间，即于1942年就获得了博士学位，并很快获得了副教授的聘书。在旁人看来，这是令人眼花缭乱的"冲天一飞"。

1942年，华西协合大学张凌高校长为蓝天鹤教授在教育和科研工作中取得的突出成绩向国民政府请奖。

蓝天鹤还频频出席科学家的各种聚会，与"顶尖高手"切磋，这也使他受益匪浅，获得更多的灵感。

1943年，经罗切斯特大学化学系主任墨尔林和导师罗伯特等人介绍，蓝天鹤加入美国实验生物学及医学学会、美国生物化学学会及美国化学学会等学会。

继镭之后，铀成为放射性物质的"新贵"。放射性物质对人体细胞与癌细胞究竟能起到怎样的作用，一直是热门课题。

1943年秋，蓝天鹤受聘参加罗切斯特大学原子能研究工作，研究放射物质所引起的生物化学变化。

早在1942年6月，美国陆军部开始实施绝密的"曼哈顿计划"时就注意到了蓝天鹤所研究的课题，这些课题稍作延伸，就可触及"曼哈顿计划"的核心。

1943年10月，蓝天鹤受邀参加"曼哈顿计划"，任医学部高级生化学专家和生化实验组副组长。该课题组核心成员一共有十三人，主要研究放射性铀化合物的药理、毒理与作用机理。

1944年，蓝天鹤在美国知名期刊《生物化学杂志》上发表了《正常和维生素C缺乏的豚鼠肝脏和肾脏组织中酪氨酸的体外代谢》，这是他获得博士学位的重要论文。

1945年7月，蓝天鹤作为医学部高级生化学专家、生化实验组副组长，参加了美国第一颗原子弹爆炸试验。他对"铀化合物的药理学和毒理学"的论述，成为美国原子能委员会报告书中的重要内容。

此后，蓝天鹤成为美国国际癌瘤研究基金委员会研究员、美国纽约肿瘤科学院院士。此外，他还是美国科学家协会、生物化学学会、化学学会、癌症协会等七个协会或学会的会员。在留学美国的五年时间里，他在众多知名期刊上发表了多篇论文，并在肿瘤细胞核及铀的生物化学研究方面颇有建树，对生物化学与分子生物学的发展产生了积极的作用和影响。

1945年，蓝天鹤开始酝酿回国的计划。

1946年底，蓝天鹤告别了大雪纷飞的罗切斯特，回到了祖国。他自费购买了大量的先进仪器和科技书籍带回华西协合大学，筹备建立生化研究室并招收研究生。当时，校方并不认可生化研究室，所以研究室的所有经费由他自行解决。回国后他继续主持华西协合大学生物化学科，晋升为教授。

1947年，蓝天鹤回荣县程家场老家祭祖，家乡人民为他举行了盛大的欢迎会。鞭炮齐鸣，锣鼓喧天，大街小巷挤得水泄不通，乡亲们像欢迎状元回乡一样，欢迎蓝天鹤荣归故里。老老少少争相目睹这位荣县第一个留美博士、美国原子弹的生化研究科学家的尊容，都为有这么一位老乡而感到自豪。

同年，蓝天鹤受聘为英国伯明翰大学生物化学系客座教授，每年讲座费六百英镑，其中四百五十英镑作为研究室经费，余下的一百五十英镑储存在英国，作为五年后赴英讲学之用。

1948年初，蓝天鹤兼任华西协合大学教务长，之后还加入了华西边疆研究学会。

1948年7月，经国民政府教育部批准，蓝天鹤主持的国内第一个生物化学研究所成立，蓝天鹤被任命为首任所长。10月29日，华西协合大学生物化学研究所举行成立典礼。

生物化学研究所成立后，由蓝天鹤、张玉钿、郑梁、启真道、林则等担任教授，招收了二十多名研究生。

蓝天鹤异常兴奋，仿佛"科学救国"的梦想正在成为现实。

六、向民众解说原子弹

抗战胜利后,对原子、原子弹一无所知的民众,还有对物理知识略知一二而对原子弹很陌生的记者,都渴望了解"原子弹为什么那么凶""原子弹是怎么造出来的"一系列热点问题。

蓝天鹤不得不到处做报告,回答记者的问题。

他特别透露:在向日本广岛投下原子弹的前夕,所有参与"曼哈顿计划"的工作人员都收到了一封美国政府的信。信中首先说了一番杀人救人的大道理,并赞扬大家对全人类做的巨大贡献,然后请大家镇静些,毋为即将爆发的事件困惑而失去理智,因为这件事在不久之后就会见诸报纸,也会传到每位工作者的耳朵里。美国政府要求大家要异常镇静,不要对任何人说你做了什么。最后安慰大家说,你们所做的工作是救人的事,是拯救世人于战火的,不要误认为是残酷杀人的工作。第二天,原子弹在广岛爆炸的消息传来,参加原子弹工作的科学家才恍然大悟,他们三年来是在制造原子弹!

蓝天鹤说:"许多被蒙在鼓里的参与者,比日本人还吃惊!"

他告诉记者,原子理论并非一种新的理论。早在1905年,爱因斯坦就说过,人类若能够分裂出原子,就能得到很大的能量,物质的质量与能量是可以转换的。

原子能开始为人注意,是在居里夫妇发现了放射性元素之后。然而原子能研究,初期并没有得到足够的重视。直到1940年,欧洲战场形势渐趋险恶,纳粹德国全力研究原子的同时,有几位犹太科学家逃到了美国,同美国科学家共同组织了一个研究团体,这被美国政府视为军事机密。1941年12月7日,珍珠港事件发生以后,美国卷入二战,美国政府才决定,立即开展原子武器的研究。

抗战胜利后,有一种浮夸风在舆论中扩散,最典型的是:"我大中华系中、苏、美、英、法世界五大强国之一!"开口闭口,言必称"我们五强"

如何如何。说起来过瘾，听起来舒服，而看看广大民众在饥饿线上挣扎的惨状，所谓"强"，实在有点虚张声势。

蓝天鹤是清醒的。

针对有人提出"过三五年，我们也要造出原子弹"，蓝天鹤委婉地表示，中国距离造出原子弹还有很长的路要走。他还总结归纳出三条原因，解读为什么美国能很快造出原子弹。这与后来官方和科学家们的总结，竟如出一辙。

他说，原子弹的研究基于三个先决条件：第一是人才，第二是物资与金钱，第三是强有力的组织。这三点在其他国家看来是相当棘手的，但在美国却很容易解决。

一是美国战时动员最全面。当时总统令一下，全国居民不分男女老少，一律前往政府设立的特别登记处进行登记，表明本人专长技术。比如，三十岁的史密斯是位化学专家，五十二岁的弗兰克是个缝纫老手，十八岁的丹尼尔会修汽车，二十三岁的托马斯善于射击……三天之内，全部登记完毕。登记之后，政府很快就会寄来一张卡片，上面写明你适合做某一件事，现在政府需要你前往某地报到。这样，人尽其才，很快就把全国的力量集中起来了。

二是财力物力充足。美国是当时世界上最大的债权国，财力雄厚。铀是制造原子弹的主要材料，美国很缺乏，但它最亲密的邻邦加拿大把这个问题解决了。加拿大是世界上已知铀储藏量很丰富的国家之一，而且它与美国的关系很好。

三是研究机构众多，制造体系庞大、复杂而完整。研究和制造原子弹的大小机构有数百个，分布在全国各地，就连邻邦加拿大也有。主要的原子弹制造中心就有三个，一个在西北部的华盛顿州，一个在东南部的田纳西州，一个在西南部的新墨西哥州。此外，还有很多关于专业及技术理论方面的研究机构。美国政府调动了所有理工类高校及有专长的学校参加这项工作，成为研究机构中的一分子。

当问到蓝天鹤在"曼哈顿计划"中的具体工作时，蓝天鹤回答，生化方面共有二百多位专家，其中只有两位中国科学家。生化组主要是研究α射线、β射线、γ射线对生物所产生的损伤。

生化实验组属于原子弹研究部门中的医学部。医学部还要研究如何保护研究人员不受原子辐射的伤害。因为研究工作是军事机密，所以各部门间没有联系。数十万工作人员中，有百分之九十七以上的人不知道自己在做原子弹方面的工作，剩下的不到百分之三的人知道自己在做原子弹研究，但这当中又有百分之九十七以上的人不知道自己做的是哪一部分的工作。了解全部情况的只有少数高层领导。

当时，蓝天鹤已经感觉到自己在做什么，因为他们研究的是原子裂变后三种射线对于人和其他生物的影响，这就说明要造一种原子武器。

蓝天鹤还根据自己的观察分析，告诉记者：原子裂变产生的巨大能量已经为世人所知，和平利用原子能的呼声越来越高。今后，原子能在能源、医学方面的运用会越来越广。

华西协合大学哲史系第三十五届毕业摄影（前排左七为蓝天鹤）（摄于1949年）

多年之后，翻阅那些相关报刊资料，我们能感觉到蓝天鹤不仅是科学大家，也是科普大家，他深入浅出地回答了当时公众急需了解的知识，完成了有关原子弹的大科普。这在中国，也是独一无二的。

七、磨难虽多心无瑕

在解放战争的隆隆炮声中，1949年来临。

1949年春，蓝天鹤收到美国迈阿密大学寄来的出任该校研究教授的聘书。1949年10月，美国圣路易斯大学研究院聘请蓝天鹤前往该院讲学并主持生物化学研究工作；美国佛罗里达大学也电聘蓝天鹤，请他前往该校担任教授并主持有关辐射物质对医治癌瘤方面的工作。除了以上三所美国大学，英国伯明翰大学也邀请蓝天鹤前去担任教授，并安排好了具体职位。夫妇俩和两个孩子的护照都办好了，也买好了机票。

临行前，蓝天鹤犹豫了。

走进华西协合大学生物化学研究所，那些漂洋过海，好不容易运到成都的仪器、设备，还有书架上沉甸甸的大部头英文书籍，以及那些实验用具，哪一样不是省吃俭用积攒起来的？一帮年轻的学子，正期待着跟随蓝老师攻坚克难，攀登生化科学的高峰……

他觉得，这一切难以割舍。他认为，在自己亲手创建的研究所工作，更容易实现科学救国的夙愿。

就在这时，两个重要人物出现了：内弟张平竭力劝阻他赴英，园艺专家袁子静受中共地下党委托也力劝他留下来，为新中国培养人才。

蓝天鹤最终放弃了出国当教授的机会。想不到，这后来竟成为他"潜伏下来当特务"的罪名。

当时，华西协合大学的中国教授如果要去台湾，国民党政府就会提供交通工具，可是华西没有一个中国教授去台湾。不仅如此，1947年至1951年赴美国、加拿大留学的学生大多数也都回国了。

蓝天鹤以巨大的热情拥抱新中国。

1950年5月，他应邀参加西南军区后勤卫生部组织的"西南卫生工作研究团"，沿途为进藏解放军战士进行身体检查，测定饮用水成分和紫外线强度等。7月，蓝天鹤与助手徐仲吕在道孚一带首次发现野生植物醋柳（沙棘），并证明醋柳果汁中富含稳定的维生素C，此举对后来醋柳在食品和药品中广为开发和应用起到了先导作用。他对黄连、鸦胆子等中药的结晶分析以及对黄豆、鸡蛋及肉类蛋白的生理价值的研究均获重要成果。

1950年冬，他又参加了西南空军后勤处"西康考察团"的工作，主要研究解决高寒地区防寒及航空人员的营养问题，为保障解放军进藏部队的健康做出了重要贡献。

1956年，蓝天鹤和张玉钿夫妇赴京，参加全国知识分子问题会议，见到了周恩来总理，聆听了周总理的亲切勉励。那时候，全中国吹响了"向科学进军"的号角，这让蓝天鹤夫妇备受鼓舞。会后，他们又去了上海和武汉等地，同行的知识分子纷纷摩拳擦掌，准备大干一场。

火车上，不断播放着郭小川的诗《向困难进军》：

> 骏马
> 在平地上如飞地奔走
> 有时却不敢越过
> 湍急的河流；
> 大雁
> 在春天爱唱豪迈的进行曲，
> 一到严厉的冬天
> 歌声里就满含着哀愁；
> 公民们！
> 你们

在祖国的热烘烘的胸脯上长大

会不会

在困难面前低下了头？

…………

科学家蓝天鹤，决不向困难低头，却不得不向革命群众低头。

1957年，蓝天鹤遭遇了命运的不公。对于这一段历史，蓝天鹤的女儿蓝家宝回忆道：

"父亲是四川荣县人，按荣县的叫法，喊父亲都喊'伯伯'。伯伯用荣县话对我们说：'伯伯没有做对不起人民的事情，伯伯没有做坏事。有人说我留恋旧社会，我其实在很小的时候就感受到旧社会的黑暗。从中学开始我就半工半读，挣到钱了就去读书，所以我三十七岁才去留学。'

"那时我七岁了，我记得妈妈在客厅里哭，因为组织上宣布，她被划为右派分子了。教研室来了几个人劝她，要她好好改造……我还听得懂几个字，对这个场景的印象非常深刻。当时，伯伯就坐在那里不开腔，妈妈就一直哭，这就是1957年给我这个小学生留下的最深刻的记忆。

"不久，伯伯也被划成了右派分子。从此，他们成了专业'运动员'。一搞运动，必然被揪出来挨批斗。

"'文化大革命'期间，我们最早被抄家，钱、粮票、书籍、书信、衣服、钢琴等所谓'封资修'的东西一律被抄走。1966年就开始不断被抄，直到上级通知不准再抄家了，都还有人独自跑到我们家里来抄。那个时候家里确实没得啥子可抄了，只得把我哥哥唯一一件衬衣和给我侄女买的毛线抄走了。后来，哥哥要下乡当知青，没得换洗衣服，就去把衬衣要了回来。

"那段时间，挨批斗、监督劳动，甚至被打耳光……伯伯受尽折磨和摧残。1972年，由于脑血栓，伯伯的腿部失去知觉，在极左思潮影响下，医院竟然不给他治病和开药。一家人怕伯伯扛不住，他却说：'你们要相信，伯伯没有做任何对不起人民的事情，没有做任何坏事。我不能死，我要死了我们这个家庭就要背一辈子的黑锅，一辈子都说不清楚。'他有这个信念，所以他坚持活了下来。

"在华西坝长大的吕东建，目睹了伯伯怎样认真劳动，接受改造。

"他写道：'在光明路老8号院外，有一棵大树，地处低洼地，一下大雨就积水，蚊子成堆，还长满了刺人皮肤的藿麻（荨麻）。蓝天鹤经监督他的人批准，头顶草帽，肩扛锄头，独自干了几十天，硬是用架架车拉来了几十车砂石，把一块洼地填平了。七十多岁的人了，那样拼命干，让我佩服，更让我感动！'

"伯伯只要有机会，就翻阅外文原版书。为了强化对专业知识的记忆，他坚持阅读；为了等到某一天有他的用武之地，他坚持阅读；为了他的科学

蓝天鹤与夫人、两个孩子合影（摄于20世纪40年代）

救国的理想，他坚持阅读！白天劳动，晚上去图书馆读书。那时，四川医学院生物化学教研室、四川医学院附一院的很多年轻医生，悄悄找到他，向他请教一些生物化学和英文方面的问题。他很高兴，尽量仔细地为他们解答，解答完毕，还总是说：'有什么问题，你们尽管来问。'"

1980年，四川医学院改正对蓝天鹤的错误决定，恢复了他的名誉和工作。

蓝天鹤这二十多年的经历，不由得让人想起罗瑞卿将军的诗句："磨难虽多心无瑕。"

八、弟子严孝强的回忆

严孝强回忆：

"1980年，蓝老师的夫人张玉钿病逝。张老师学问深厚，口才很好，深受学生欢迎。每当蓝老师受到冲击之时，她总是不顾自身安危，挺身而出，据理力争。张老师一走，留下了年迈力衰、腿有残疾的蓝老师，让不少关爱他的师生深为担忧。

"1981年，蓝老师与郑元瑛老师喜结连理。细想郑老师与蓝老师，他俩既是老乡、同事，又是知音。令人感动的是，那时郑老师已经七十多岁了——据说她从年轻时就暗恋蓝老师，一直未嫁，与蓝老师保持着纯洁的友情……

"蓝老师住在光明路宿舍靠锦江河边的一栋小楼的二楼。每次见到他俩，就像见到自己的亲爷爷、亲奶奶。聊聊家常，嘘寒问暖，接下来就是学习生物化学专业的英文杂志里的文章。有时蓝老师边读边讲解，我跟着他读；有时我读并讲解给他听，他再纠正。我更喜欢听郑老师读英文，她的发音纯正而优美。"

20世纪80年代，那是一个百业待兴、人人满怀希望的年代，到处洋溢着春天的气息。蓝天鹤似乎是在与生命赛跑,想要夺回失去的二十多年的宝贵时间。

他忙于拟定国家医学高校生物化学统编教材大纲和撰写高校教材。

他忙于布局教研室的肿瘤学研究(孙芝教授组)、脂蛋白和代谢研究(刘秉文教授组)、激素受体研究(陈曼玲教授组)等,他指导研究的"绒毛膜促性腺激素(HCG)的受体体外放射分析法"获1985年四川省科技进步一等奖。整个教研室,充满蓬勃向上的热烈气氛。

他忙于培养研究生。在严孝强硕士开题报告会上,他向弟子提了两个要求:第一,把专业英文学好,才知道国外在干什么。第二,搞科学研究,要常常提问题,要有严谨和认真的态度——追求真相!

他还忙于建立生物化学协会和国内国际的学术交流……

严孝强说:

"读研四年,我除了吃饭睡觉,全都是在实验室和教室里度过的。有蓝天鹤老师言传身教,实在不好意思偷懒。

"虽然蓝老师大多数时间不在身边,但蓝老师三十多年前从美国带回来

蓝天鹤(中)与同事合影(摄于20世纪80年代)

的仪器等都还在继续使用。特别是他带回来的那台放在一楼的大冰箱，给人的感觉是容量惊人，我们当研究生时什么东西都存储在里面，压缩机一直发出隆隆的声音。

"我当时在做胰岛素受体结合实验，因为实验需要低温和振荡，我就想方设法买了一辆玩具客车，在玩具客车顶上放置了一个试管架，然后用一块木板刻上轨道，加上齿轮、橡皮筋等，做成振荡器，再把它放入大冰箱。反应持续二十至二十四小时，得到的受体竞争结合曲线的形状与书上的几乎一致。这自然也得到蓝老师的赞扬。

"教研室还有一项重要的固定资产——一辆永久牌加重自行车。这辆自行车很高大，而且配有结实的货架，教研室运送蒸馏水、动物饲料等重物全靠它。它还有一个重要功能，就是当蓝老师的'座驾'，而我是'第一驾驶员'。蓝老师每周要来教研室一两次，他配有一把带两个轮子的座椅，将座椅挂在自行车的货架一边，就像战争影片中的三轮摩托车。每次接送蓝老师时，刘秉文老师就会千叮咛万嘱咐：'一定要小心再小心，注意安全！'

"最后一次给蓝老师'驾车'是1989年的夏天。那年我回国探亲，返校时遇到需要出境卡的麻烦事。蓝老师知道此事后，坚决要我送他去面见校领导。当时他已经八十六岁了，听力已经明显下降，身体也比四年前衰弱得多。当天，火辣辣的太阳当空照着，那一辆'三轮'没有任何遮阳的设施，我是百般内疚，说等傍晚凉快一点再去。他心里比我还着急，硬要马上去找校领导。我拗不过他老人家，尽量把车蹬得快些。就这样，我们师生二人头顶烈日，到了校领导的办公室。他反复告诉校领导：'我只有一个要求，学校要配合，不能耽误严孝强的学习。'当时我就热泪盈眶。那天，是我最后一次给蓝老师当'驾驶员'。

"1991年11月23日，蓝老师病逝。当时，我在加拿大多伦多大学做访问学者。半年之后，我接到师弟电话，才知道蓝老师走了。我立马就急了，质问师弟为什么要隐瞒这么久。师弟说，是蓝老师打了招呼：'不要让严孝强知道，他要是匆匆忙忙赶回来，会耽误他的学业……'我站在苍茫暮色里，朝向祖国的方向，不禁泪流满面。我默念着：'蓝天鹤老师，您一路走好！'"

九、铜像永流芳

多年来，蓝天鹤的学生们都知道老师有两个闭口不提，一是"曼哈顿计划"的具体内容，二是二十多年遭受的不公平对待。

曾任华西医科大学药学院院长的郑虎教授，对蓝家宝说："在华西，我第一佩服的就是你父亲，佩服他的人品和思想境界。"

1981年至1991年间，蓝天鹤为四川医学院和其他院校的一批批留学美国、加拿大、英国的优秀学生写了上百封教授推荐信。许多学子在海外学有所成后，又回到祖国成为各个领域的专家和学术带头人。

1988年，在华西医科大学生物化学与分子生物学研究所成立大会上，蓝天鹤倡议设立优秀论文奖励基金，并以自己和已故夫人张玉钿的名义将节省下来的一万元人民币和几百册外文图书捐给研究所。

1985年和1986年，蓝天鹤连续两年获得四川省人民政府颁发的"优秀教育工作者"证书。

1990年，蓝天鹤被评为"享受国务院政府特殊津贴"专家。

严孝强曾赴加拿大、美国工作十九年。从美国公开出版的有着一千多页的《曼哈顿计划》一书中，他读到了蓝天鹤与人合著的一百多页有关放射性铀对人体影响的论述的内容。从论述的字里行间，他深深感受到了蓝老师严谨缜密的思维方式和精益求精的治学精神。

他说："蓝老师研究射线对生物细胞的损伤及保护，以及反过来利用射线杀死癌细胞而治疗癌症，并提出治疗癌症应该从人类基因入手，获得重大研究成果。这在当时引起了中外学术界的重视，在世界上也是领先的。"

2006年，在蓝天鹤教授逝世十五周年之际，他的学生们筹资，为他立了一尊铜像。这尊铜像屹立在四川大学华西校区逸夫楼里。华西坝著名诗人刘国武先生赋诗云：

> 生化先驱者，
> 美名四海扬。
> 满地桃李树，
> 铜像永流芳。

第四章
三次弃学从军的曹振家

一、芷江受降，难忘的一天

1945年8月21日清晨，最后几点疏星在淡青色的薄光中隐去。

曹振家上校已梳洗完毕，穿上合体的新军装，对镜仔细检查了一番：风纪扣已扣严实，武装带佩戴端正，皮靴擦得锃亮；魁伟的身材，足以展现中国军人的风采；再看帽檐下，那一双浓眉大眼，锐气逼人，更透出胜

曹振家戎装照（摄于1942年）

利者的骄傲。

曹振家不禁对着镜子笑了。

这里是湘西芷江军用机场,举世瞩目的日本向同盟国投降的仪式将在这里举行。正是:"八年烽火起卢沟,一纸降书落芷江。"雪峰山下的芷江一夜成名,成为结束抗战、迎接胜利曙光的历史重地。

尽管日本认为在芷江不是"投降"而是"洽降",也就是商讨落实《波茨坦公告》、日本无条件投降的若干细节,并非"正式投降",中国方面仍然同意在芷江举行日本所说的"洽降仪式"。因为,不管是"洽降"还是"投降",总而言之,日本就是"降"!

中国方面之所以默认日本"洽降",也另有隐情。一是日本是向整个同盟国投降,美、英、苏等盟国尚未做好准备;二是中国方面也需要花一定的时间,紧急调兵遣将到各战区(包括越南北部)做受降准备。因此,继芷江受降之后,接下来才有长沙、南京等地更大规模、更高规格的受降仪式。

为什么选在芷江举行受降仪式呢?地处湘西的芷江,是"控荆湘,扼滇贵,拊蜀而复粤"的咽喉要地。1938年赶修完毕的芷江机场是美国第十四航空队最重要的基地,最多时驻军六千人,有各种飞机四百多架,并在此设立了"美国驻中国空军司令部";国民党军事机构有两百多个,驻军十万人。1945年4月,日军在法西斯国家大势已去的情况下,孤注一掷,大举进攻湘西,目标就是拿下芷江机场,进犯陪都重庆。可以说,这是日本侵华战争最后的疯狂。结果,湘西会战以日军惨败告终。选择芷江作为受降地,不仅因为它是对日最后一次会战的胜利之地,对日军有心理优势,而且会战之后,有六个军布防于芷江周边,加上军用机场上新式战机排列成阵,银翼相接,极为壮观,装备全新的战士荷枪站立,精神抖擞,必然会让前来"洽降"的日军代表受到震慑。

在湘西会战中,率领第四方面军与日作战的就是王耀武将军。此次,让王耀武将军出席受降仪式,也是对他所建战功的充分肯定。为了方便与美、英军方人士打交道,王耀武特别带上了翻译官曹振家、张国和。

两天前，当曹振家随王耀武在机场转了一圈之后，不由得感叹道："这个受降地，选得真好！"

此时，有人敲门。曹振家打开门一看，是发小兼"难兄难弟"张国和上校。只见他也穿戴整齐，皮靴擦得锃亮，都能照出人影了！

兄弟俩都说："辗转反侧，直到天亮，兴奋得一夜无眠。"

张国和以命令的口气说："曹振家，把你私藏的咖啡交出来！"

曹振家敬了一个标准的军礼，答道："张长官，遵命！"

兄弟俩哈哈大笑，仿佛回到了童年时光。

二、第一次弃学从军

曹振家和张国和是"不打不成交"的兄弟。

曹振家出身于医学世家，父亲早年毕业于哈佛大学医学院。1922年1月18日，曹振家出生于北京协和医院，在八兄妹里排行老二。后随父母移居上海。

在上海觉民小学读书时，他和张国和并不同班，只因为放学后打架，一个"鼻青"，一个"脸肿"，家长和老师问及，均不肯吐露对方姓名，都觉得对方"很讲义气"，彼此印象颇好，加之两家父母相识，住所相邻，家庭情况及教育方式也很相像，而且从小学到中学，他俩的个头和体形相当，就连说话的声音也相似，简直像一对亲兄弟。

曹振家脾气火暴，他看不惯的事，一定要出头。十七岁那年，他放学回家，听见搓麻将的声音，得知警备司令又来家中打麻将了，不禁怒火中烧。他夺下卫兵的枪便冲到麻将桌前，用枪指着打麻将的人并吼道："你们谁再敢来我家打麻将，我就打死谁！"吓得他母亲赶快拉住他，说："你父亲也是为了拉关系嘛。"同时让客人赶快散去。家里人这才领教了这个大男孩"爆炸"起来有多厉害！

1941年12月8日，珍珠港事件后的第二天，日军占领整个上海。居住在英租界的曹振家与张国和，怎能忍受向日军哨兵敬礼的屈辱，决计逃离上海，到内地求学。其时，曹振家已在上海圣约翰大学生物系就读了两年。

1942年1月3日，曹振家和张国和在获得家人同意后，忐忑不安地乘坐火车离开上海。邻座的骗子一眼就看出两个涉世未深的小青年出行的目的。一番花言巧语后，他俩交了一大笔钱给骗子，并按骗子安排的路线，几经周折，在徐州转车至商丘，步行经过黄泛区到了开封住下，在此静候一位叫"梅上校"的人来接他们。苦等数日无果，他俩方知受了蒙骗。张国和主张打道回府，犟牛般的曹振家感觉这样回去没面子，不同意回去。一番互相埋怨变成了对骂，继而大打出手。结果，茶碗、窗玻璃碎了一地。兄弟俩不仅要付住宿钱，还得赔偿一笔维修费。

难兄难弟勉强凑足回程车票，又是"鼻青"对"脸肿"，相对苦笑着，饿着肚子回到了上海。

春节过后，曹振家与张国和各自赌气另寻旅伴，再度离开上海。这一次，张国和跟随亲友通过了日军的检查，来到浙江金华，并幸运地获得了一份英国军事代表团翻译的工作。

一天，张国和正阔步走在金华的大街上，猛然见到一个熟悉的高大身影从对面街道走来，他不禁大喊一声："曹振家！"

曹振家走过来，目光黯淡，一脸沮丧。

张国和大吃一惊："振家，怎么啦？你的行李呢？"

曹振家说："刚刚走到城边，就被一伙拿枪带刀的人打劫了，就剩下这一身衣服了！"

张国和见状，深感内疚，不禁眼圈泛红："振家，对不起，我应该叫你一起走啊。"

一对难兄难弟紧紧拥抱，泪洒衣襟。

张国和立即介绍曹振家去应聘英国军事代表团翻译的工作。

由于曹振家从小在教会学校学习，英国军事代表团的福尔上校一听说他是上海圣约翰大学的学生,当场就聘用了。曹振家与张国和的工作是前往开设于安徽绩溪的英军爆破学校做翻译,兼任第三战区工兵独立团克强训练班上尉翻译。英军创办的这个爆破训练班,是为了训练中国军队使用英国炸药,在敌后进行爆破的。

曹振家与张国和都不是学理工科的,更没有专业的工具书作为参考,对于爆破器材和设备、军事建筑结构等名词,只有自己琢磨和领会,翻译出中文名词并整理出工作流程。

对于爆破,曹振家还是挺有兴趣的。

英国军队对炸药的使用熟练、精准,甚至可以说出神入化。第一堂课上,英国教官就绘声绘色地讲解了一战期间在梅西讷山脊战役中人类历史上最大的一次人工爆破。

梅西讷位于比利时西部,这里是英德交战双方堑壕对堑壕,谁也不能让半步的战略要地。英军工程师突发奇想,让工兵从自己的阵地开始往下挖至二十四米到三十七米的深度,然后再向前掘进五千四百五十二米,将地道一直挖到德军阵地下,还修建了二十二个爆炸室。1917年6月7日凌晨,英军引爆了四百五十四吨烈性炸药,爆炸持续了十九分钟,令一万多名德国士兵丧命。

英国教官带着曹振家与张国和,出没于山野田间,来到路旁桥下。他俩一次次协助教官,为学员做示范。在"轰——轰——"的爆炸声中,曹振家希望中国军队也能有机会,痛快淋漓地给日寇送上几次梅西讷山脊似的大爆炸。

翻译员的待遇在当时是不错的,但在个别人的挑动下,中方人员曾要求英国军事代表团福尔上校再增加工资,从而引发了矛盾。当曹振家与张国和弄清了国际形势,了解到香港沦陷的困境后,他俩改变了想法,为自己的冲动行为感到内疚。

1943年初,不仅英军的爆破器材运不进来了,就连英军的军饷也断了。爆破训练班办不下去了,曹振家、张国和与相处将近一年的教官和同事挥泪告别，辗转来到四川。兄弟俩在重庆分手，张国和到重庆后一边读书一边在美国新闻处兼职，曹振家则去了成都，进入华西协合大学医科二年级继续读书。

三、第二次弃学从军

1943年，曹振家在成都华西协合大学读书期间，听闻一批到内地的上海学生乘坐的汽车在绵阳翻车，有人受了重伤，便连夜赶到绵阳协助抢救。他意外发现有一名重伤者竟是张国和的弟弟张国骏。张国骏是他的小学和大学校友，两人同在上海觉民小学及圣约翰大学读书。曹振家立刻想方设法将张国骏护送到华西协合大学附属医院进行抢救。一个多月后，张国骏恢复了健康，去了重庆。

曹振家在华西协合大学修完1943年度医科课程后，响应国民政府"十万青年十万军"的号召，再次放下课本，参加了青年远征军。在泸县培训期间，张国和从重庆发来电报告诉他，他俩在安徽绩溪英军爆破训练班做翻译时的上司董宗山处长，现担任王耀武将军的外事局长，希望他俩去做翻译员。

二战后期，由于盟军大量进入中缅印战区，翻译员的需求量猛增，盟军于是从各个大学吸纳了一千多名英语好的大四男生，分别在昆明、重庆开设训练班，进行培训。学生们在训练班学习武器的使用以及军用术语、军事常识、军情分析和中美军事交流方面的知识，以适应战事的需要。

曹振家离开泸县到了重庆，任上校联络员，作为翻译负责中国军队与盟军及"飞虎队"之间的情报沟通与协调。

翻译员的工作属于"重脑力劳动"，他们要迅速收集并准确译出盟军的信息，要及时协助军事决策首长做出分析判断。对于他们来说，清醒的头脑、敏捷的反应、旺盛的精力、超强的耐心都是必不可少的。

曹振家和张国和年轻气盛，精力充沛，熬更守夜，毫不懈怠。滇缅军情、独山战况、湘西决胜以及从成都新津机场起飞的"超级空中堡垒"B-29轰炸机对日本本土的大轰炸，都是他们从美军情报机关最先获悉的。两人常为盟军的节节胜利兴奋得通宵难眠。

这一天，张国和正在洗澡，曹振家提着两瓶酒，兴冲冲地用头顶开了浴室门。张国和在哗哗的水声中，正要"强烈抗议"，曹振家才不管三七二十一，大吼道："日本投降了！日本投降了！"

张国和关掉了淋浴开关："什么？日本投降了？"

曹振家喊道："昨天，美军在长崎扔下了第二颗原子弹，日本天皇告饶了。今天早上，日本外务省委托中立国瑞士、瑞典，向中、美、英、苏四国发出乞降照会，正在紧急起草文告，准备宣布接受《波茨坦公告》……这是最新的情报！"

满身肥皂泡的张国和，打开莲蓬头，在热气腾腾的浴室里，扭起了屁股，又唱又跳。曹振家也挥动着酒瓶，跳起了"伦巴"。

1945年8月15日，日本天皇裕仁以广播《终战诏书》的形式正式宣布日本无条件投降。而曹振家和张国和，早在8月10日就获悉了日本将无条件投降的消息，这怎不让他们兴奋得发疯！更令人兴奋的是，他们将随王耀武将军飞往芷江，参加受降仪式。

四、一生中最快乐的一天

1945年8月21日，起床号吹响之时，曹振家和张国和已喝下三杯咖啡，精神焕发地走出宿舍。啊，天气真好，晴空万里，一碧如洗。

早餐后，他们随王耀武将军再次去看了看受降会场，并合影留念。这时，武汉方面传来消息：日本降使今井武夫的座机，正向湖南飞来。

九点整，由中、美飞行员驾驶的三架P-51战斗机"野马"已飞向常德上空，发现了洞庭湖上空西北方向的日机。这是一架由九七式双引擎运输机改装的侵华日军总司令冈村宁次的专机，浅绿色的油漆已经剥落，而且弹痕累累。飞机载着八人，一副疲惫相，慢吞吞飞来。三架"野马"战机，轻松爬升，盘旋在它的上方，引导着它越过雪峰山，直飞芷江机场。

机场上的五千多军民已引颈而望多时。十一点十分，三架威风凛凛的"野马"战机"押送"着日本专机终于出现在天边。专机下降后围绕着机场低飞了三圈，以示敬意。十一点十五分，中国飞行员驾驶的战机首先着陆于主跑道，接着是日本专机，再接是另外两架战机。

当中、美飞行员打开舱门，走下飞机时，人们手捧鲜花，潮水般地涌了上去，镁光灯不断闪烁，一片欢声雷动。

而日本专机按指挥台的命令，绕场滑行一周，驶向了指定地点。

十一点二十五分，日机打开舱门，首先走下飞机的是今井武夫。他表情悲戚，面色如土，向着中国国旗敬了军礼。

宪兵的吉普车队，将今井武夫一行八人和他们的全部行李载往空军总站宿舍。长约两公里的公路两旁，已站满中国军民。一路上，锣鼓喧天，鞭炮齐鸣。有人伸出手指，做出象征胜利的"V"形手势；有人举着拳头怒吼："打倒日本帝国主义！""审判日本战犯！"今井武夫一行，个个汗流如注，脸色惨白。

芷江受降仪式，在当天下午三点正式举行。

受降会场，设在一栋结构简洁的西式平房里。会场正前方的墙壁上挂着孙中山像和"天下为公"的横联以及"革命尚未成功""同志仍须努力"的条幅。孙中山像下面，摆放着一张长条桌，长条桌前面摆放着一张小长条桌，桌上均铺着洁白的桌布。长条桌上方是中国陆军总司令部参谋长萧毅肃中将、副参谋长冷欣中将及美军作战司令部参谋长柏德诺准将的座位，右方是翻译王武上校的座位。小长条桌下方是三名日本投降代表的座位，左方是一名翻译的座位。大小长条桌两侧和小长条桌后面，是军方代表、中外来宾、新闻记者和翻译员的座位。西墙悬挂着一座大钟，为会议报时。

曹振家、张国和参与了会场布置。上级多次派人来检查，认为会场布置得严肃、简朴、实用，对此表示满意。

下午三点整，中方参加受降仪式的代表步入会场。萧毅肃向新闻记者和中方参会人员宣布了会场纪律。

坐在王耀武身后的曹振家、张国和感到非常满意，这个位置，完全能听见中日双方的对话。

下午三点四十分，在冷峻肃杀的气氛中，日军代表今井武夫、桥岛芳雄、前川国雄以及翻译木村辰男四人，身穿军服，足蹬马靴，走到会场门口，立即停步。

萧毅肃大声命令："请日方代表进来！"今井武夫一行四人进入会场，走到桌前，脱帽，立正，向萧毅肃、冷欣、柏德诺鞠躬。萧毅肃等三人未站起，只是点头答礼。

今井武夫一行鞠躬的那一瞬间，曹振家忽觉鼻子发酸，眼睛模糊起来，冥冥之中仿佛有个声音在说："终于，终于等到这一天了！"

是啊，漫长的十四年，中国在血与火中抗争，付出了两千多万人的生命的惨痛代价，才赢得日军降将这弯腰的一鞠躬啊！

中日双方代表亮明身份之后，桥岛芳雄起立，鞠躬，双臂伸直，恭恭敬敬地交出了最重要的投降文件——日军在我国的兵力分布图。

接着，萧毅肃将中国陆军总司令何应钦给冈村宁次的"第一号备忘录"交给日方，宣布总司令将接受日本陆海空三军的投降等多项事宜。备忘录的内容，用中文、英文、日文三种语言宣读。

今井武夫用桌上预先摆放好的毛笔，在"收取证"上签名，并盖好章，表示已收到备忘录，将转呈冈村宁次，接受指令，在各战区和南京，完成全部投降仪式。

下午四点五十分，日本降使起身鞠躬，退出会场。

一直在侧厅的何应钦总司令现身了。他听取了萧毅肃汇报受降会的情况，并验看了日军在我国的兵力分布图。会场上一片欢腾。

此时，东方天空出现了一道彩虹，为这一天做了特殊的脚注。

当晚，美军柏德诺准将宴请何应钦和中国将军们，他特地转到王耀武将军的餐桌前，举杯祝福，对这位湘西会战的功臣深表敬意。曹振家纯熟的口译，语调带着幽默感，让柏德诺直拍曹振家的肩膀："非常棒，非常棒！"他又说："这真是我一生中最快乐的一天！"

回到宿舍，不知灌了多少酒的曹振家与张国和已经醉眼蒙眬，口中还念叨着："It was truly the happiest day of my life！"

五、第三次弃学从军

芷江受降工作结束后，曹振家与张国和又随王耀武将军来到长沙的湖南大学，筹备并参加了第四方面军的受降和翻译工作。

抗战结束后，内战起烽烟。曹振家脱下军装，回到上海，完成了圣约翰大学的学业，并获得毕业证书。

1947年底，曹振家再次返回四川成都，继续华西协合大学医科的学业。同年12月24日，曹振家与邹娱年在成都结婚。

张国和与曹振家（右）在长沙时的合影（摄于1945年）

1950年6月25日，朝鲜战争爆发。10月25日，中国人民志愿军开赴朝鲜战场，鸭绿江边吹响了进军号。在"抗美援朝，保家卫国"的宣传热潮中，一批华西学子参军奔赴朝鲜，曹振家也积极报了名。

1951年初，由宋儒耀教授带队的援朝手术队，选中了即将读完医科且英文好，又有战争经历的曹振家。

就这样，热血青年曹振家第三次弃学从军。

同行的还有邓显昭、侯兢存、吕培锟、王翰章、吴银铨、杨泽君、彭学清、张连俊，都是品学兼优的青年才俊。

他们来到吉林。由于靠近朝鲜，美国军机常来骚扰，警报响起三分钟后就会飞临头顶，所以三分钟之内必须转移到安全的地方。每个医务人员都有自己的掩体，而伤病员则由专门的护理转移到安置病员的掩体内。若是遇上正在手术，而手术是不能停的，大家就会做好心理准备，为了挽救伤病员，宁可牺牲自己的生命。

野战医院设在伪满时期修筑的一座坚固的大楼内。

手术队队员每天工作十二小时甚至更长，若是值班，就是二十四小时了。伤员不断地从前线送下来，手术一台接一台地做，从早晨做到夜里，换手术衣都必须争分夺秒。脱了这套，泡泡手消好毒，又迅速穿上另一套。

当时，留学美国归来的宋儒耀教授，既是队长，又是主刀，还要编写讲义并给青年医生、护士讲课。他常常是一台接一台地做手术。年轻医生们成长很快，手术成熟了，他就放手让他们主刀，但他还是要站在旁边指导监督。这样，他长时间待在手术室中，有时太累了，就穿着手术衣、戴着手套躺在地板上休息。

宋儒耀教授的手术队，又叫整形外科手术队。

当时，美军投下的凝固汽油弹，炸开无数火片，粘上皮肤会造成大面积的烧伤。后来，志愿军总部想出了应对这种凝固汽油弹的办法，发给战士们每人一块白布单作披风，看到凝固汽油弹爆炸，就把白布单盖在自己身上，那些火片就粘在白布单上烧，人从白布单下钻出来，可有效避免烧伤。这种白布单披风使烧伤的战士数量逐渐减少。

可是，战争是很残酷的。战争中，曹振家和年轻的医生们做得最多的是植皮手术。对于那些面部烧伤、瘢痕挛缩的伤员，需要从其臀部、腿部取下完好的皮肤移植到脸上。手术队从华西医院带来了一种特殊工具，便于成块取皮、植皮。每天查房时，看到伤员们的创伤在愈合，新植的皮生长良好，手术队队员们心中便有一种说不出的喜悦。曹振家感觉，在医疗队，每天要面对许多难题，每天都能学到许多书本上学不到的东西。

然而，一次突发事件，让手术队队员们万分震惊，痛心不已。

为了避免伤员看到自己的毁容情况，口腔颌面外科病房里不能有镜子，玻璃窗户上也必须贴纸。有一位严重烧伤毁容的战士，双耳、鼻、手指、脚趾全没有了，双睑外翻，脖颈布满了挛缩的瘢痕。他一直不能下床，看起来挺乐观，还经常拿着未婚妻的照片，一看就是好半天，痴痴地憧憬着回家后

援朝手术队回到成都后留影（前排左起：王翰章、侯竑存、吕培锟、宋儒耀；后排左起：张连俊、曹振家、邓显昭、彭学清、杨泽君、吴银铨）（摄于1952年2月）

的好日子。然而有一天，已经恢复得较好的他，上卫生间的时候，在一扇遮掩不严的玻璃窗上看到了自己的面孔。他惊呆了，久久地愣在那里。突然，他打破玻璃，纵身跳下楼去。一个经历了枪林弹雨，与死神擦肩而过的坚强战士，却因对生活的绝望而倒下。

从此，曹振家深深懂得，医生不仅要医治患者的皮肉之伤，还要医治患者心理的创伤。做一个称职的医生，是多么不容易。

返回成都后，曹振家的同班同学已经顺利毕业，而他因为参加援朝手术队没能参加毕业考试，最后一学年没有学习成绩，怎么办？宋儒耀的医疗队荣获了集体功，曹振家也荣获一小功。此功，难道不是经历了更严苛的"毕业考试"荣获的吗？

曹振家的特殊情况被呈报到当时的西南文教部，后经研究，准予其毕业，他终于获得了私立华西协合大学的毕业证书。

六、"曹骨头"的半生坎坷

1955年，在全国肃反运动中，曹振家受到审查。审查人员问他："谁能证明你与英、美军方的关系只是纯粹的'业务'关系？谁能证明你没有参加'美国中情局''中统''军统'之类的组织？一句话，谁能证明你的清白？"

张国和可以做证，但他没有资格，也不可能来中国做证。因为他在抗战后去了美国芝加哥大学读法律，后来在联合国任职。还有一位老上级董宗山，后来去了台湾，他更没法为曹振家做证。

曹振家无法找到证明自己历史清白的证人，他因忍受不了没期限的隔离审查，曾自杀未遂。档案中留下了"反革命"及"严重历史问题"的结论，同时他还被当作"内控"对象。所幸的是，1957年，他在天津骨科医院进修，没被划为右派分子；而他的夫人，却没有那么幸运，被戴上了右派帽子。

"文化大革命"中，军宣队认为华西坝潜藏了很多"美国中情局"和"中统""军统"的特务。"态度不端正"的曹振家因为历史问题又被揪了出来，在四川医学院教职员工的批判大会上，他被手铐铐走，后被关进了监狱。

两年后，曹振家出监狱时，已经身患膀胱癌，并且心力衰竭、全身浮肿。回到医院，先是每天打扫厕所，监督劳动，后又随巡回医疗队去了广元山区。一天早晨，巡回医疗队的泌尿外科医生邓显昭，也是曹振家在援朝医疗队时的战友，见到曹振家尿桶里的小便颜色异常，询问之下，才知道曹振家尿血已经非常严重了。邓显昭立即报告医院，要求领导同意曹振家返回成都做检查，这才救了曹振家一命。

"文化大革命"中有一句流行语："那些反动学术权威，就像臭豆腐，闻起来臭，吃起来香。"华西的同事都知道，曹振家这个"曹骨头"在圣约翰、华西两所名牌大学就读，又经野战医院磨炼，基础扎实，医术高明，深受患者的喜爱与信赖。"曹骨头"的美誉，让他的诊室门口总是坐满了候诊的病人。

无论是在历次运动中，还是在饱受冤屈的日子里，曹振家总是认真地对待每一位病人，视病人为家人。不管是门诊遇到的还是找上他家门的病人，他都一视同仁，耐心地进行诊断和治疗。"文化大革命"后期，曹振家做了膀胱全切除和人造假肛手术，生活非常不便，但他还坚持继续工作，看门诊、做手术都一丝不苟。

华西校史专家金开泰讲了两个小故事：

"1972年初，解剖教研室雷清芳四岁的孩子左腿骨折，普外医生诊断后请曹振家来会诊。他立即把孩子抱过来，又是哄又是安慰。雷清芳缴了费回来，没见着曹振家和孩子，一下子着急了。原来，曹振家已抱着孩子到X光室拍片去了。确诊之后，由于没有小夹板，曹振家建议用石膏前后托固定，自膝上大腿三分之一处至跖趾关节，膝屈十度，五周后复查。后来，孩子恢复得很好，没留下后遗症。当时，曹振家与雷清芳并不熟，但曹振家这种急人所急、精确诊断、果断救治的风格，给雷清芳留下了难忘的印象。

"曹振家每天上午的骨科专科门诊号只有十五个，但是没有一天不是大大超出的。坐诊时，他坚持'以正常挂号的病人优先'的原则，家人、朋友或医院领导带病人来要求他补号看病时，他总是安排在八点上班之前或中午十二点下班之后。所以，他常常是早上七点半提前到门诊部，中午一点后才能回家吃饭。他为病人服务从来没有一句怨言。有一次，他的夫人带孩子单位的领导来求治，他依然让这位领导等到十二点，把所有的挂号病人都看过了，才到放射科取来片子，仔细诊断，然后带病人到手术室做了封闭治疗。

"这个'曹骨头'，真有一身傲骨！"

改革开放以后，许多冤假错案得以平反。曹振家的老友张国和应外事部门邀请，回北京开办联合国即时传译培训班，住在北京饭店。曹振家终于有机会与分别三十多年的发小见上一面了。一对"难兄难弟"有说不尽的悠悠往事，人生的酸甜苦辣，只能付之笑谈中！

七、烈士暮年，壮心不已

1978年，暨南大学在广州复办，急需一批医生教师。在老同事的推荐下，曹振家决定离开四川医学院，前往暨南大学任教。当时，他的夫人邹娱年已回到香港，在香港侍奉年迈的父母。广州与香港距离很近，为方便来往及探视，去暨南大学医学院任教也是曹振家上佳的选择。

在暨南大学，曹振家结识了年过花甲，人称"华南一把刀"的邝公道教授。邝教授一头银发，一张古铜色的脸膛留下了山风和阳光的色彩。他和年近花甲的曹振家都经历了岁月的洗礼，早已把名与利看穿。趁着夕阳正红时，他们都想为社会再做些什么。那做什么能产生最大的社会效益呢？

"救救孩子！"走向基层，走向田野，他们才了解到当时中国竟还有那么多小儿麻痹后遗症患者！小儿麻痹症是一种由脊髓灰质炎病毒引起的急性传染病，会造成神经系统受损，其后遗症就是活下来的孩子下肢肌肉萎缩、畸形、终身残疾。一家人只要有一个这样的孩子，全家都要背负沉重的精神与经济包袱。

当时，暨南大学附属第一医院——广州华侨医院还在建设中。来不及等医院建好，曹振家甘当邝公道的助手，与暨南大学医学院骨科的同事们一起，组成了省内巡回医疗队，为广东省各县市的小儿麻痹后遗症患者进行矫正手术。从1981年到1982年，他们建起了二十处治疗基地，为上千名患者检查、诊断、实施手术，使接受治疗的百分之九十五的患者的肢体运动功能大为改善。

他们坐车到各地，针对患者的不同情况拟定手术方案。手术方案确定后，便由几位骨科同事轮流做，每天要做几台至十几台手术。做完后还要详细告知患者和家属如何护理，怎样进行康复训练。

巡回医疗队拒收任何费用或红包。曹振家始终牢记自己学医时父亲的告诫："一个医生如果只是想钱，就会变成世界上最坏的人。"

早在"文化大革命"之前，曹振家就已写出了骨科专著。然而，令人惋惜的是，这些著述在"文化大革命"中散佚了。之后，他又积累了更加丰富的临床经验，完全可以独自搞几个课题，出几本专著，确立自己的学术地位。但是，他说："邝教授比我年纪还大，协助他做外科矫治下肢小儿麻痹后遗症的总结，比什么都重要。"为完成邝教授编著的《小儿麻痹后遗症外科手术治疗（下肢）》一书，他到出版社联系出版事宜，还一丝不苟地逐字校对。他这种助人为乐的品德得到业内人士的交口称赞。

晚年的曹振家，定居香港。回顾往事，他心中仍存留着一大疑问，那就是国难当头，弃学从军，吃尽苦头，经历半生坎坷，究竟该如何评价？

2005年，在纪念中国人民抗日战争胜利六十周年之际，国民党军队在正面战场的作用被充分肯定。而曹振家于2004年10月24日病逝，若他在天有灵，当含笑九泉。

曹振家的儿子曹国正，从小就被告之，他的父亲是国民党的上校军官，是"历史反革命"，他由此背上了沉重的思想包袱。多年之后，他来到湘西芷江，一座巍峨的牌坊耸立眼前，"受降纪念坊"五个遒劲有力的大字映入眼帘。坊上铭刻着一副楹联：

    克敌受降威加万里
    名城揽胜地重千秋

  这气势磅礴之句，读起来让人热血沸腾。曹国正走进受降纪念馆，受降堂的摆设，与1945年8月21日那一天的摆设无异。在珍贵的历史照片中，他一眼认出了亲爱的爸爸——曹振家上校。

  二十三岁的曹振家，军装笔挺，英姿勃勃，面带胜利的微笑，他望着儿子，也望着所有后来人。

第五章
飞行员张义声答光明路的孩子

一、养鸽子的张爷爷藏着大秘密

广益坝,是华西协合大学文学院所在地。抗战后期,陈寅恪来到华西坝,安家于广益坝,上课就在一座气势恢宏的大屋顶建筑内。那间大教室,曾是华西坝上五大学学生们挤得爆满的"热点"教室。

20世纪50年代,广益坝改名光明路,1958年之后,这里成为四川医学院最大的职工宿舍群所在地。光明路长大的孩子,从穿上封裆裤进幼儿园,一直长到玉树临风或亭亭玉立,悠悠十余年,邻居加发小,不是一般的知根知底!他们按年龄层次,成群结伙,见不得,离不得,哪怕是长大后各奔东西,只要在重逢时,喊一声小名,呼一声绰号,仍然亲热得如同兄弟姐妹。

光阴似箭,日月如梭。"60后"那一批几个人——彭涛、兰峰、吉楠、刘蓉、杨立等,办公司的,教书的,留学的,搞金融的,玩相机的,各自在滚滚红尘中忙碌着。2015年10月下旬,刘蓉从大洋彼岸回来,吉楠从深圳回来,发小们又相约欢聚。一直坚守光明路的杨立,爆出一条重要消息:九十九岁的张爷爷去世了!

欢声笑语,戛然而止。

张爷爷,张义声爷爷,不就是那个住在一栋三楼,养了几十年鸽子的老人吗?那群活泼可爱的鸽子,时而在碧空如洗的蓝天下尽情飞翔,时而在绿树成荫的大院里欢声歌唱。它们时而编队飞行,井然有序,时而独自飞翔,自由自在。光明路的孩子们,看惯了飞翔的鸽子,却没有在意养鸽子的张爷爷。他在华西医院门诊部当了二十多年收费员，20世纪70年代初就退休了，低调得如同一粒沙子，没有任何人注意到他。直到进入21世纪，纪念抗战胜利六十周年时，他的身份才"彻底暴露"，他也频频出现在报章杂志和电视屏幕上。左邻右舍对他刮目相看，光明路的孩子们对他更是交口称赞——

哦，原来我们光明路的邻居张爷爷，是中美空军混合大队驾驶B-25轰炸机的飞行员，是立下赫赫战功的抗战老英雄啊！

光明路的孩子们一下子就懂得张爷爷为什么养鸽子了，因为他曾经为了保卫祖国的天空，与日寇血战了几百个回合，他一生迷恋蓝天，渴望飞翔。

华西医院为张爷爷举行了简朴的告别仪式。张爷爷的家人讲话时，光明路的孩子们早已泪流满面。张爷爷躺在那里安详地闭着眼睛，嘴角微微上扬，仿佛有什么没说完的话。其实，所有在光明路生活的人，都觉得太遗憾了，都觉得应当多听听张爷爷的故事。

啊，光明路的天空，再也不会有鸽群飞翔了。

当我们失去了生活中习以为常的东西时，才感到它是那么宝贵。杨立想给他的女儿牧云讲张爷爷的故事，却总觉得很琐碎。他跟几个发小一说，大家都跟张爷爷多多少少有过接触，把碎片细细拼接起来，再与张爷爷的经历一一对照，张爷爷近百年的人生，在时间的长河中显影，变得越来越清晰了。

二、加入空军，明白"知耻而后勇"

杨立问："张爷爷，你是咋个成为飞行员的？"

张爷爷答：

"1933年，我十七岁。在四川荣县初级中学毕业后，我没有接着读高中，而是在家休息了半年多。

"1934年，我的四爸在湖北汉冶萍公司当医生，那是一份既体面又能挣钱的工作。他请爷爷到湖北去玩，由于爷爷年事已高，爸爸就安排我和另外一个堂兄陪伴爷爷去湖北。我们在武汉玩了几天后，四爸又陪我们一道去了南京。之后，我和堂兄便由四爸资助，留在南京读书。当年秋季，我考上了南京三民中学。

"在南京读书期间，'西安事变'发生了。蒋介石在接受了'停止内战、联共抗日'的主张之后，飞回南京。那天是1936年12月26日，我和同学们去机场接蒋介石。当时，给我留下深刻印象的，就是那架专机非常漂亮。飞机从云端徐徐下滑，最后稳稳当当地停在停机坪上。当时我就想，我要能驾驶飞机，在蓝天上翱翔，该有多好啊！

"1937年秋，我高中毕业，就去上海考同济大学。同济大学当时位于上海吴淞。8月13日，正当我进入考场时，主考官突然宣布：'局势非常紧张，日本人即将发动战争。考试停止，考生立即撤离。'我随混乱的人群回到上海市区，那时，火车北站已经关闭，我便改从火车南站乘车去嘉兴，再转南京。南站人山人海，拥挤不堪。火车从南京运来士兵，载走难民。能挤上车就可以离开，人就像罐头中的沙丁鱼，挤得连转身都很困难。8月14日，我刚到南京，就遇上日本飞机空袭。一时警报声响起，日机飞来，一番狂轰滥炸，之后，随处可见燃烧的民房和遇难者的尸体，到处都能听见凄惨的哭泣声……

"随后，我离开南京去武汉，又从武汉到了重庆。然而，我走到哪里，警报声就响到哪里，鬼子的炸弹就炸到哪里。渐渐地，我心里没有害怕，只有愤怒，只有满腔怒火！我看到血气方刚的青年学生纷纷投笔从戎，参加抗日队伍。于是，我在重庆参加了黄埔军校的入学考试，录取后被编入十四期六总队。

"当时，黄埔军校已经从南京迁至成都，我到了成都北较场，先接受了三个月的新兵训练，三个月后转入军官教育。

"军校毕业后，正遇上空军军官学校招生，我喜出望外，于是参加了入学考试。真幸运，我被录取了，编入了空军军官学校第十二期。1939年5

月,我随同学们一起前往昆明巫家坝航校。

"抵达昆明后,我又前往云南驿机场,开始进行初级飞行的训练。学员分组训练,六人一组。教官首先讲解了PT-17初级教练机的性能,然后做了空中示范,之后便叫我们自己开。第一次飞上天空,我心里又紧张又兴奋。多年的飞行愿望终于实现了!第一次飞行了半个小时,我不仅不觉得害怕,反而兴趣大增。就这样,我平均每天飞行约三十分钟。飞行了近二十次约十个小时后,教官对我说:'你可以自己单飞了。'接下来是训练各种空中动作,最后是编队飞行。这样又累计飞行了四十多个小时后,我顺利地通过了初级飞行训练考试,准予毕业。入学时,我们十二期有三百多名同学。初级飞行训练结束后,准予毕业的只有一百零八人,淘汰了两百多人,真是不容易。

"1940年春,我们来到昆明巫家坝航校,开始进行中级飞行的训练。训练飞机为美国的BT-12和BT-6以及道格拉斯双座教练机。学习课程包括飞行构造学、航行学、气象学、通信学、军械学、轰炸学、飞机保管学等,学习生活都很紧张,但有条不紊。就这样又过了半年。"

杨立问:"张爷爷,那时候,你们没日没夜、一心一意地学习,好像有着很大的动力。你能不能说说,你们的动力是什么?"

张爷爷沉默了一会儿,说道:

"是家仇国恨,还有就是知耻之心!

"一个民族或国家在生死存亡的关头,只有两种选择:要么坚决反抗,血拼到底;要么放弃反抗投降,当亡国奴。

"你们太小,没有听说过,在南京沦陷后,六个日本鬼子竟然押着两千多名南京警察去汉中门外集体处决。两千多人都垂头丧气地走着,都在等最先起来振臂一呼的好汉。肯定,先站出来的必定先死无疑,但是,后面的人就有可能活下来。就这样,他们列队走过大街,居然没有一个人敢于挑头起来反抗。两千多人就像羔羊一样,被送进了屠宰场……这样的故事,让我们感到太受侮辱了!

"更让我们震惊的是，1940年9月13日，日本十三架零式战斗机首次投入实战，飞到川东璧山的上空。中国空军三十四架苏制战机出动迎敌。由于战机性能落后，中国战机被击落十三架，损伤迫降十一架，飞行员战死十人，受伤九人，而日本零式战斗机损失为零！

"各种坏消息，还在不断地刺激着我们……

"1940年10月4日，八架零式战斗机掩护二十七架轰炸机轰炸成都。在成都南边太平寺机场的中国飞机，因机型老旧，无力抵抗，只好飞向西部山区躲避；来不及飞走的十五架飞机，全被击毁。一架日机居然大摇大摆地降落在太平寺机场，日军飞行员下了飞机，将我们的指挥所一把火烧毁，还拔走指挥旗扬长而去。这就是中国空军引以为奇耻大辱的'拔旗事件'。

"我们无时无刻不在想，日本鬼子这样羞辱我们，蹂躏我们，再不奋起反击，就只能当亡国奴了。我们空军有一个大队，因战败被取消了番号，每一个兄弟胸前都别着一块写着'耻'字的布条。这个'耻'字产生了巨大的力量，他们刻苦训练，勇猛无比，终于打了翻身仗，扔掉了那块写着'耻'字的布条。

"中国有句老话叫'知耻而后勇'。其实，当时我们中国四万万同胞，每个人胸前都刻着有形或无形的'耻'字。只是，有好多人没有感觉。

"'知耻'，让我们内心产生了源源不断的最强大的动力。"

三、为什么要选择驾驶轰炸机

杨立问："张爷爷，1941年春天，中级飞行训练完成之后，高级飞行训练分轰炸和驱逐两科，你为什么选了轰炸科呢？"

张爷爷说：

"这个问题问得好！其实，八一三事变后，我从上海逃出虎口就一路挨炸。日本飞机就像追着我，炸弹一落一声巨响，一片房子倒了，有人躺在血泊之中……我想，总有一天，老子要开一架大大的轰炸机，让小鬼子也尝一尝中国炸弹的滋味！所以，我报了轰炸科。

"飞机是AT-17双发动机，操作起来同单发动机不一样，但也不难。由教官讲解后，我上机飞行，飞了数次即可自飞了。

"那段时间，我经历了飞行生涯中第一次迫降。一天，我和教官飞长途，从昆明飞往保山和芒市。返航时，天气不好，由于云盖山顶，我们无法降落保山机场，只好飞往芒市机场。飞到芒市上空时，云层还未散开，也不能降落。我们只好向前飞，找到云洞后下降飞出云层，进入两山之间的峡谷中，飞行处在最危险的境地：飞行高度在二百四十米左右，高度不够，不能跳伞；只有再向前飞，若前面有高山阻挡，想掉头都不行，必定会撞到山上，机毁人亡。正在发愁时，真是老天有眼，前方突然出现山口，山口前有一条江，是龙江。我们沿龙江飞行，恰好江边有一片沙滩，我们高兴万分，赶紧寻找最佳位置，安全迫降在沙滩上。如果没有这片沙滩，一直在山谷中飞行，等航油耗尽，迫降山谷，就必死无疑。随即我们去雷允机场取航油。第二天，我们给飞机加满航油，在沙滩上起飞，飞回了巫家坝机场。"

杨立问："那时候，中国的天空是不是完全沦陷，日机想怎么飞就怎么飞呢？"

张爷爷皱紧了眉头，叹道：

"是啊！1941年4月13日，苏德战争爆发之前，为了避免受到德、日两面夹击，苏联与日本签订了互不侵犯条约，撤回了志愿航空队，不再供应中国飞机和武器。当时，陈纳德回到美国，招募'飞虎队'队员。孤军作战的中国空军飞机不足百架，而且性能很差，根本无法对阵上千架日机。中国完全失去了制空权。四川各地的空军基地，也遭到了轰炸。后来，越南被日军占领，日机可以直接从河内起飞轰炸昆明。1941年是日军轰炸昆明最厉害的一年，一共轰炸了三十四次。

"8月14日的那一次空袭昆明，日机不仅轰炸了巫家坝机场，引爆了油库，还向周边的村庄投了炸弹。爆炸声震耳欲聋，滚滚黑烟遮天蔽日。一直躲在我身边的一位大嫂,松开了手中的孩子,抓着我的手臂,哭喊着说:'你们是空军啊!你们是喝牛奶的啊!鬼子飞机来了,你们干吗都躲起来,不去打啊!'

"她这一喊,让我泪流满面,我向她解释:'我,只是一名学员,况且,我们没有飞机……'

"1941年12月7日,太平洋战争爆发后,我们迎来了转机。12月20日,十架日机来袭,秘密进驻昆明的'飞虎队'起飞迎敌,一举击落九架日机。中国开始收复沦陷的天空。

"正当航校面临重重困难,训练几乎陷入停顿之际,美国决定帮助中国培训飞行员。美国本土有安全的环境,有充足的器材和燃油,还有优质的师资。可以说,培养一名优秀飞行员的条件,那里都具备了。

"于是航校决定从第十二期起,分批派送中国飞行员赴美受训。从第十二期到第十六期,先后有七批学员赴美深造。第十二期学生赴美时间是1941年11月,当时日本还没有偷袭珍珠港,由第十二期学生组成的第一批和第二批赴美学员经香港乘船到达珍珠港,再抵达旧金山。

"我是第十二期学生,我想,能够去美国进一步学习驾驶轰炸机,把炸弹投到鬼子的头顶,是多么痛快的事情啊!可是不巧,我因患沙眼,双眼又红又肿又痛,被留下来。待痊愈以后,我和第十二期的另外两名同学于1942年春随第三批学员赴美。第三批赴美的学员主要是第十三期和第十四期的学生,共一百五十人。

"日本偷袭珍珠港后,美国正式对日本宣战,太平洋上硝烟弥漫。因此,我们赴美的路线要绕大半个地球,经印度洋和非洲,再横穿大西洋,到达美国的东海岸纽约。

"只要能开上轰炸机,再远的路我都无所畏惧!"

四、绕了大半个地球

刘蓉和兰峰听张爷爷说美国地名时，相顾一笑。她们听出来了，张爷爷年轻时讲的是美式英语。

刘蓉听张爷爷说，当年赴美，要绕那么远的路，不禁感叹："好恼火哟，坐几个月的船，遇到风浪晕头转向，五脏六腑都要吐出来！"

张爷爷说：

"航校的学生，身体素质相当好，没有那么恼火。

"我们在昆明乘飞机，经驼峰航线飞到了印度的加尔各答，再乘火车去印度西部的孟买。当时，这一路都不安全。日本侵占越南后，向西扩张到印度洋海域，潜水艇在印度洋频繁活动，还有无孔不入的间谍在收集情报。我们出国时，行踪都是保密的。大家身着西装，打扮成学生或者商人模样。我们在孟买等船等了近两个月。

"这两个月，我们住在孟买的一个名叫'巴加马荷'的大酒店，酒店有十几层高。两个学员住一个标间，房间里面有洗澡间、衣橱等。每天午休后有下午茶。服务员还会把牛奶和点心送到房间里。皮鞋放在门外，有人擦亮；换下的衣服放在洗衣袋里，有专人拿去洗好、熨好，然后一件件放在衣橱里，连领带每天都是熨烫好了的。晚餐时，按习俗要穿黑色晚礼服，几个人一桌。餐厅有音乐台，还配有乐队，客人可以随意点歌。一个大餐厅里数百人进餐，轻声说话，秩序井然，显得非常高雅。饭后还可以去舞厅跳舞。很遗憾，我们从未跳过舞，临时学，手忙脚乱，一些华侨女孩子笑我们笨拙……那两个月，虽说是享受了豪华生活，可内心深处，还是感到了沉重的压力。我们都明白，灯红酒绿，只是过眼烟云。前方等待我们的将是印度洋和大西洋的惊涛骇浪，以及空中的生死博弈。

"我们乘坐的是巴西号邮轮，邮轮有十几层楼高，排水量超四万吨。船上设施齐备，有图书馆、网球场、游泳池、舞厅、餐厅、医院、电影院等。乘客有两千多名，大多数是从中国以及其他太平洋沿岸国家撤离的美国和英国的传教士。这些传教士多数会讲中文,还会打麻将。邮轮横穿印度洋,经过炎热的赤道海域,遭遇过热带的暴风骤雨,二十多天后,经过白浪滔天的好望角,到达南非开普敦,靠岸加油加水,停留了两天多。

"从开普敦起航后,便进入大西洋。船员宣传说,在风平浪静的时候,邮轮航行平稳,每天应该在甲板上散步半个小时以上。我们学英语,看杂志,谈理想。有几天,遇上大风浪,船颠簸得很厉害,人在船上站立不稳,行走更是困难。我们都是在空中经历过各种摇摆的飞行员,但这样的颠簸也有些受不了。这种感觉就好像把人装在密闭的盒子里摇晃,相当难受,我们只好睡在床上。两天之后,又风平浪静了。清晨,看见太阳从东边的海平面升起,傍晚,又看着太阳从西边的海平面下去。船上的生活寂寞、单调、无聊。

"一天夜里,突然响起警报——发现了德国潜水艇。大家赶紧起床,带上救生圈,准备应急。船员对大家说道:'如果敌船击伤邮轮,大家都要镇静,听指挥上救生船,不要乱。'我们也都做好了准备。约莫两小时后,我们听到隆隆的引擎声,有飞机在上空盘旋,是美国海军的飞机。待天亮时,邮轮停靠在百慕大群岛的港口,距离美国更近了。此后,天上有飞机护航,海上有军舰护航,航行两天之后,邮轮驶近纽约港。

"在战时,为预防敌舰袭击,港口附近一般都放置有鱼雷。进入港口要按照规定的安全航线航行,否则有可能会触碰鱼雷。巴西号邮轮在导航船的引导下进入港口,我们上岸后,通过了海关检查,然后乘坐美国红十字会和空军部门派来的专车,前往红十字招待所休息。休息之后,又乘车经过纽约的繁华大街。晚上即在中央火车站上车,前往空军基地。

"掰指头算,从孟买到纽约,海上航行了四十五天,若是从昆明登机时算起,我们经过五个月才到达纽约,真是不容易。"

五、驾驶着B-25轰炸机回来了

杨立说:"张爷爷,你的'留学之路',太艰难了!"

兰峰说:"看不出来,经过这么多折腾,张爷爷居然顺利地绕了大半个地球到了美国。张爷爷的身体真是棒啊!"

杨立又问:"张爷爷,你是怎么从美国回来的呢?"

刘蓉说:"你们别乱提问,还是听张爷爷慢慢摆嘛!"

张爷爷说:

"在纽约短暂停留之后,我们乘坐火车,从东北到西南斜穿新大陆,抵达亚利桑那州的菲尼克斯,即凤凰城。这座城的周边,建有多个美国空军基地,形成从初级到高级的完整的训练体系。最多时,仅来自中国的就有上千名学员。这里先后培训了三千五百五十五名中国空军技术人员,如领航员、投弹手、射击手、通信员、侦察照相研究员、地勤人员等,还包括八百六十六名飞行员。

"军车把我们接到雷鸟机场,这是一个初级飞行训练学校。按照美国空军的计划,我们还得从初级飞行训练开始。我们持续飞行了两个多月,累计飞行了六十多个小时。由于我们在国内已经累计飞行了两百多个小时,训练飞机也是美国的PT-17,于是我们顺利地通过了初级飞行考试。

"接着,我们乘车去亚利桑那州的马拉纳空军航校,开始我们的中级飞行训练。教练机是PT-13。同初级飞行训练一样,每天的训练和学习都安排得满满的。训练的进度非常快,只要你生病一周,就会因进度落后,而被降到下一期。也是因为我们在国内已经飞过这种飞机,所以再完成一遍这些科目没有什么困难。但是,我们一点也不敢掉以轻心。在训练行将结束时,一架飞盲目科目的飞机撞到山上,机毁人亡。

"在马拉纳受训了两个月后,我们通过了中级飞行考试,开始进行高级飞行训练。高级飞行训练分成两个组,即轰炸组和驱逐组。由于我在国内就开始驾驶轰炸机,于是我选择了轰炸组。

张义声受训照（摄于1942年）

"威廉姆斯机场是战时的训练基地。教室、营房和餐厅都是简易的，甚至是帐篷搭成的。来这个基地受训的不仅有我们中国的飞行员，还有美国、英国和法国的飞行员。机场很大，飞机也很多。飞机昼夜起降，人歇飞机不歇。我们训练的主要是作战技术。学员在高架上控制电门模拟投弹，记录仪器上就会显示出炸弹击中目标的位置。

"除了反复练习投弹，我们还在室内靠仪表苦练盲目飞行。

"无线电导航盲目飞行训练是针对天气变坏或在云层里飞行的。在什么都看不见时，飞机飞行的状态是否正常就全靠仪表提示。这是一个专门的飞行技术训练科目。

"另外，还要进行高空飞行测试。让飞行员坐到一个密封的空间里，开始往外抽氧气，等氧气含量达到一万英尺高空的氧气含量时，看你的神志是否清醒。接着再继续往外抽氧气，并叫你开始写一些简单的字或数字。待氧气抽到极限，感觉到头晕不能坚持时，就打开门，检查此时的身体状况。有的学员缺氧到某种程度就会出现神志不清和乱写字或数字的情况。

"1943年3月，我从威廉姆斯空军高级航校毕业，学校为我们颁发了高级飞行毕业证书并举行了隆重的毕业典礼。

"七个月的飞行训练结束后，接下来要接受的是作战训练。我们轰炸组的同学乘车去新墨西哥州的罗斯维尔机场，驾驶中型轰炸机B-25。这种轰炸机在第二次世界大战中是美国空军使用的最新、最好的中型轰炸机，在欧洲战场、北非战场以及太平洋战场上用得最多，有A、B、C、D、G、H、J多种型号，主要打击地面目标。其中，D型机是单人驾驶的，机上配有一门七十五毫米的大炮，炮身长两米多，炮弹重二十多公斤，射程两千多米，炮身固定在驾驶员的座舱下面，炮口伸出机头。它主要用来攻击火车头、坦克和舰船。G型机装备有五个炮塔，全是电动的，还有十几挺高速机枪。B-25轰炸机的一大特点是保护措施很好，飞行员和射击手都有防弹钢板保护，油箱内也都有保险橡皮层。油箱若被高射炮击中，子弹穿过油箱后，因油箱密封不通气就不会着火，橡皮还会自行融化修补，不会漏油。

"在罗斯维尔空军基地接受了一个多月的空军作战训练后，我们又去科罗拉多州的空军基地进行实弹训练：先练习投用铁皮压成炸弹形状、内装石灰的假炸弹；训练后期开始练习使用小型真炸弹进行低空投弹并练习开枪、开炮。训练期间也发生了一些悲剧。在练习夜间飞行的一个晚上，第十四期的一名同学在飞机滑行到跑道尽头时，飞机出了点状况，他就停下飞机，自行下机想去用手推动前轮，却一不留神被旋转的螺旋桨打中头部，当场死亡。在美国受训的前三批学员中，有八人在训练期间因发生事故遇难。

"相比在中国的受训，在美国的训练强度要大很多。在国内，由于航油宝贵，往往一天只能飞半个小时，而在美国，一天要飞四个小时，完成学业要累计飞行四百多个小时。还有，在实弹训练中，扫射和轰炸海上目标时，八挺机枪一齐开火，弹如雨下，想起来就心疼——这要烧掉多少真金白银啊！

"培训结束后，我们终于盼到了回国的那一天。我们先乘火车到了迈阿密，那里有一个海军航空基地。我们在基地住了三天，却接到通知：有八架新的B-25轰炸机需要从美国飞到印度的卡拉奇（今属巴基斯坦），上级选中了八名飞行员驾驶这八架轰炸机。我有幸成为八名飞行员之一。

"摊开地图一看，从北美洲经北冰洋、大西洋、欧洲、非洲、阿拉伯半岛到印度，两万多公里，这几乎是一次'环球飞行'了。

"于是，我们乘飞机飞到美国堪萨斯城接新飞机。堪萨斯城有一座二战期间美国最大的B-25轰炸机总装厂——北美航空。抵达堪萨斯城后，我们去总装厂参观。

"那座工厂好大啊！我记得，我们是乘车参观的，一整天也只参观了一小部分区域。这是自动化程度很高的制造厂，有不少带着广东口音的华侨女工在这里工作。各工序之间配合协调，各种零部件，如机身、机翼、机尾翼、起落架、发动机等，被运往总装车间进行组装。组装好一架飞机只需十几个小时。

"接下来我们机组人员（每机五名，包括飞行员两名，通信员、领航员和机械师各一名）验收飞机并试飞一次，合格就签字，然后确定起航日期。

"在起航前夜，华侨女工都来机场欢送。临别时，女孩子都要kiss say goodbye，因为我们同这些华侨女孩子接触时间很短，加之不适应这种礼节习惯，很难为情。这些女孩子反倒主动拥抱我们每个人，并在我们脸上吻了一下。回到招待所，我们彼此一看，每个人的脸上都留下了鲜红的唇印，大家不禁开怀大笑。

"起航当天，我们飞到加拿大渥太华的空军基地。然后飞往格陵兰岛，再从格陵兰岛飞往冰岛，再从冰岛飞往英国。北大西洋北部特别冷，沿海的一座座冰山闪着奇异的寒光。在格陵兰岛，由于气温太低，我们穿的航空飞行服都不能脱，大家就穿着飞行服下飞机，进入室内才脱掉，再用餐休息。

"从英国飞往北非摩洛哥卡萨布兰卡（今达尔贝达）的空军基地，这段航程有两千六百多公里，也是最危险的一段航程。当时，法国仍然被德国占领，德国的飞机经常在法国的海岸袭击盟军的飞机。驻防的德国第二十六战斗机联队，曾在五年内击落了两千七百架盟军战机。因此，我们听从英国空军指挥部的建议，起飞前一天，在炸弹舱加装了十个大油桶，每个油桶灌满五十加仑航油，飞行时，先用炸弹舱大油桶里的航油。我们一早从普利茅斯基地起飞，偏西四十五度，先向西航行一个多小时，远离法国海岸线三百多公里后，再南下转入正航线。我们在海上飞行了十多个小时，飞行高度保持在一万英尺以上，多在云层里飞行，最后终于在卡萨布兰卡的安发空军基地降落。盟军指挥部派人开车前来迎接我们，看到先后到达的战友，大家都兴高采烈，相互道贺，欢聚在一起。

"第二天，我们起飞前往开罗。途中，我驾驶的飞机的一台发动机发生故障，于是我们紧急通知了利比亚的一个空军基地，请求迫降。半个多小时之后，飞机终于在的黎波里惠勒斯英国空军基地安全着陆。经过检查，机械师判断，飞机是从寒带零下十几摄氏度的地方很快飞到三十几摄氏度的地方，由于温差太大，发动机才被烧坏了。我们先前往开罗并在开罗待了一周，等待新发动机送到。等换上了新发动机并试飞成功后，我们从开罗起飞，飞过苏伊士运河、红海及沙特阿拉伯，最后在巴林的美国陆军航空基地降落。

"休息一晚后，我们第二天终于飞到了终点卡拉奇。当时，中美共同管理的作战飞行训练中心就设在卡拉奇。我和我驾驶的B-25编入了中美空军混合团第一大队（轰炸机大队）第三中队。

"许多人都习惯于认定我是'飞虎队'队员，我一再解释过，我不是'飞虎队'队员，而是中美空军混合团的成员，我的军服上就有中美空军混合团的标志。"

六、轰炸，轰炸，再轰炸

吉楠问："张爷爷，我看了你那张戴着飞行员的帽子、身穿皮夹克的相片。那一身'装备'保存了好多年吧？"

张爷爷笑着说:"是啊,有六十多年了吧。以前,不敢拿出来,一直压在箱底,又舍不得扔,后来居然成了'文物'。"

杨立问:"张爷爷,你驾驶着轰炸机,对准日本鬼子扔炸弹时,是什么感觉?"

张爷爷说:

"在卡拉奇的这六七个月的时间里,我的任务是,每天飞到空中对各种人员进行培训和考核。考核合格后,一一交队上组成作战部队。混合团第一大队的第一、第二、第四三个中队组建好就回国参战了,第三中队最后才组建好,时间大概在1944年5月。

"这时,正是密支那战役最艰苦、最关键的阶段。密支那是缅甸北部的水陆交通枢纽,是中国远征军反攻缅甸必须拿下的战略要地。中缅印战区美军总司令史迪威将军和中国军方商议后,决定采用奇袭的方式,中美军队先后占领了机场与市区,后来日军增援部队赶来,奇袭战变成历时近一百天的消耗战。最终,中美军队以伤亡六千多人的代价歼灭日军两千多人,并迫使剩余的八百名日军沿江逃走。

"当时,我们第三中队奉命进驻汀江机场。这座机场是在原始森林中临时建成的,有一千九百米长的跑道并全部铺上了钢板。我们住的是帐篷,食物是罐头和面包,生活很艰苦。森林里有很多野兽,加之地下潮湿,蚂蟥也很多,稍不注意就会被蚂蟥叮上吸血,我就被蚂蟥叮过一次。

"在等待出击的日子里,我们都兴奋得睡不着。驻守密支那的日军第十八师团,参与过南京大屠杀。一说起这帮禽兽,人人都恨得咬牙切齿。我参军七年,加入空军五年,日夜刻苦训练,只为投入实战,向着鬼子扔炸弹。

"5月17日凌晨,天色微明,在战斗机群的掩护下,轰炸机群经过一个多小时的飞行,终于看到前方伊洛瓦底江边现出一座城市的轮廓,那就是密支那市,其西南方向就是机场。

"我们的战机机组成员有五人,我是少尉军衔,担任主驾驶,我的上级沈家让是上尉，也是我的学长，反而给我当助手，做副驾驶。因为他主要飞苏制SB轰炸机，对美国B-25轰炸机不熟悉，加之我的英语比他好，与美军交流方便，他就让我当主驾。沈学长非常明确地对大家说：'我们五个，必须同舟共济，都听张少尉的！'

"我们很快找准方向，认清了目标。轰炸机从天而降，沿跑道低低掠过，十八挺机枪火力全开，横扫两边的建筑，嗒嗒嗒嗒，嗒嗒嗒嗒，溅起一片火光。梦中惊醒的鬼子，光着身子就跑出来，正好赶上第一批炸弹落地，在巨大的爆炸声中，有好几个鬼子被炸得飞上了天！

"每架B-25轰炸机满载一百五十枚小炸弹，给了机场饱和式的轰炸。一想到机翼下是罪恶滔天的日军第十八师团，我们的心就在呐喊：

'为南京大屠杀三十万遇难同胞讨还血债，投弹！'

'为重庆防空洞惨死的同胞讨还血债，投弹！'

'为成百上千壮烈牺牲的航校战友复仇，投弹！'

'为表达中华民族子孙血战到底的决心，投弹！'

"经轰炸机群的轮番轰炸，地上形成一条翻腾的火龙，吞噬着鬼子的防御工事，密支那机场在火海中沉沦。

"机舱内，战友们不断叫好。我的心里真痛快啊！当天下午，盟军就占领了密支那机场，成为当时轰动世界的新闻。

"第二天，我奉命装载六枚五百磅的大炸弹，单机飞向密支那西南部，由于那一带没有日军的高射炮，我轻轻松松就炸掉了南桂河上的公路桥和铁路桥，切断了日军第十八师团的退路。

"我们几乎天天都有轰炸任务，每天把成吨的炸弹倾泻到鬼子头上。公路、桥梁、仓库、码头等，都是我们轰炸的目标。后来，转战豫西，我们追杀移动目标，那是日军战车第三师团，我们把他们的坦克一辆一辆地摧毁，看着眼前爆开的一团团火花，真痛快！

"我们第三中队的任务主要是远航轰炸敌后的交通要道、桥梁和仓库等，很少飞到前线阵地，这是因为我们的陆军和日军都在运动，没有固定的阵地。我们的重点是轰炸日军补给线，以阻止他们的进攻。一次，我们奉命去轰炸襄阳近郊的日军坦克部队，飞过大巴山，远远就看见前方地面尘土飞扬，我们明白那是敌人坦克见了我们的机群正在四散逃窜。长机马上发令低空攻击。第一架俯冲，扫射，开炮，再投弹，只见浓烟冲天。第二架接着俯冲攻击。我驾驶的轰炸机是第三架俯冲下去的。俯冲前我看见在目标的一侧山上有高射炮正在向俯冲的友机开炮，我当即告诉机背上的炮塔射击手对山上的高射炮扫射。与此同时，我加大马力俯冲下去，开始攻击，扫射，开炮，再投弹。完成攻击后，我们沿河面飞行转向返航。但我们的飞机尾部中弹，机尾射击手的小腿也中了一弹。返回梁平基地后，一查看，机尾中弹十多处。如果飞行速度稍慢一点，机头就可能被击中了。

"在密支那，我们第三中队损失了三架轰炸机，一架是自身油路故障损毁的，两架是被日军高射炮击中的。可是直到战争结束，我们没有牺牲一个飞行员，真是一大奇迹。

"最大的奇迹是王永秀驾驶的轰炸机，在完成任务返航中，轰炸机的油路出现故障，不得不在简易公路上迫降。当时，机翼折断，机尾后甩，机上六名成员（三名中国人、三名美国人），居然没有一个受伤！大家正在庆幸死里逃生之时，辛普生突然发现远方有一队士兵走来。辛普生立即爬上飞机，坐进机顶枪塔，大家也都掏出手枪，在周边隐蔽起来。等那一队士兵走近，他们才看清楚，原来是一队扛着机枪的鬼子。他们等鬼子大摇大摆地走进射程之后，王永秀一声令下：'打！'密集的枪声中，七八个鬼子倒地，等活着的鬼子准备举枪反击时，辛普生的机枪一阵狂射，把剩下的鬼子打得全见了阎王。王永秀他们六个人，先把机上的收发报机捣毁，然后带着罗盘、地图和仅有的食品，走入荒山野岭。结果，他们误入日军的炮兵阵地，不得不转移。在后来四天中，他们夜宿野地，强忍饥渴，最后冒雨穿过敌阵，回到我军营地。当时，我们都以为这六条好汉已经光荣牺牲了。他们突然回来，真是让人高兴啊！大家又是喊叫又是拥抱，一个个都流下了激动的热泪。"

七、痛心疾首与永远怀念

杨立问："张爷爷，你们狂炸鬼子的时候，是不是爽得不得了？"

张爷爷说：

"一驾驶轰炸机，就处于一种矛盾之中。你轰炸的是罪恶累累的仇敌，炸中了，开心得很。但有时又是炸固定目标，飞机机翼下是祖国的土地，炸大桥可以把日本鬼子的后勤补给斩断，但也可能会伤及我们的村落、庙宇、树林。所以，我们特别注意精确度。

"记忆最深的一次是从桂林机场撤退。大概是1944年11月初，日军主力打到了桂林城郊。一天深夜，已听得到敌人的炮声，我们得令起飞。升空后，先扫射不能起飞的飞机，再炸毁仓库和自己的机场跑道。那么多的汽油和堆积如山的军用品，带不走，但更不能留给敌人，只得忍痛炸掉。油桶里，每一滴汽油都是从驼峰航线运来的。在那条航线上，上千名飞行员献出了年轻的生命。所以，执行这样的轰炸任务，目睹机场升起冲天大火，我们每个人都心痛极了。"

刘蓉说："对于战争的残酷性、复杂性，我们这一代人真是一无所知，实在该补补课啦。"

张爷爷叹了一口气说：

"我们空军调动很频繁，战友来不及深交。第四中队的飞行员赵圣题，是我第十二期同班同学。我俩无话不谈，交情很深。有时，分别久了，打个电话问候一声，心头也是暖和的。豫西鄂北会战期间，他驾驶一架战机夜袭敌后，返航时，天气变坏，战机偏航飞过了梁山机场，飞到了贵州境内，由于航油耗尽被迫跳伞。机组五人中，其他四人均安全跳伞着陆，唯独他牺牲了，因为他让战友们先跳，他最后一个跳，等他跳伞时，无人操作飞机，致使他跳伞不利，最后伞破落地，他壮烈殉国。

"这么多年了，赵圣题的模样在我心里还是那么清晰。他才二十八岁，如果他跳伞成功活下来，几个月之后就是抗战胜利。可惜，他没能看到最后的胜利。"

吉楠说:"我读了一些有关的回忆录,说是你们每一次重要行动之前,都要留下遗嘱。好悲壮啊!"

张爷爷说:

"那是每个人都要填写的作战决心书,也算是遗嘱吧。

"每次冒着枪林弹雨俯冲轰炸鬼子的阵地时,我都没有丝毫畏惧,也根本没有想过要安全返回基地。我们曾多次填写作战决心书,还记得有这些内容:死后遗体埋葬何处;抚恤金在父母兄弟姐妹之间如何分配;自己的财产如何处理,送往何处交给何人等。最后一栏是遗言。我每次写的遗言都是:'父母及兄弟姐妹们,我为国家民族存亡而战,不幸牺牲。父母,你们养了我这不孝的儿子,但我尽忠于国家。希化悲痛为力量,求得最后的胜利。'

"1942年至1945年,我的同学有五十多人在对日作战中为国捐躯,大多都未成婚。我和赵圣题都有共同的誓言,抗战不获得胜利,绝不考虑结婚的事。"

刘蓉说:"那时候,你们都是血气方刚的青年才俊,是女学生们崇拜的对象,交女朋友应该是很容易的事情,能做到这么坚决,不容易啊!"

张爷爷说:

"嗨,说到这事,真让人难过啊!每场大的空战下来,我们都要牺牲几名飞行员。女人们就站在机场边,眼巴巴盯着天际线,数着返回的飞机,一架、两架、三架……那紧张的表情,太让人揪心了。当坏消息传来,那些苦苦等待着爱人归来的痴情女子,哭得昏天黑地、撕心裂肺,看一眼就让人受不了,受不了啊!你咋个去安慰她们?你根本没法安慰她们!

"说一说阿发与杨全芳吧。阿发叫黄荣发,是广东人,1937年从广东地方空军并入中国空军,参加抗战。阿发整天都是一副乐呵呵的样子,他能说善道,很受人喜欢。在成都驻防时,他跟一位名叫杨全芳的女子恋爱了。战友们见阿发十分快乐,感觉他心中有藏不住的喜悦。

"1941年8月11日，日军的九架轰炸机和二十架零式战斗机编队轰炸成都，由于力量悬殊，我军只能采取避战的战术，保存一点点实力。只因情报来得太晚，阿发和另外四名战友紧急起飞后，与日机遭遇。阿发勇敢地迎上去，与敌机纠缠，他运用灵活多变的战术，击落敌机一架，但他的飞机也遭到重创而坠毁。

　　"这一战，我军五架战斗机有四架被击落，四名飞行员牺牲。

　　"苦苦等着阿发回来的杨全芳，最终得知了噩耗。四天后，失魂落魄的她手抚阿发的灵柩，无声地吞咽着泪水……16日，她来到机场，阿发的战友们劝她不要去阿发的寝室，以免睹物思人，更加伤心。在何汉鸿分队长的房内逗留时，她发现了枕下的手枪，于是借口天热要换衣服，将所有人支开，并关好了房门。不一会儿，一声枪响，发誓不离不弃的杨全芳，追寻着阿发去了天国。"

　　光明路的孩子们被张爷爷讲的故事深深地打动了。

　　吉楠不禁感叹："爱情很伟大，而为了崇高的目标，拒绝爱情的人也很伟大。"

八、怀念空军生活，开始养鸽子

　　杨立问："张爷爷，听说你经历了好多次死里逃生？"

　　张爷爷说：

　　"空军飞行员在战斗中牺牲的概率很大，即使不打仗，由于气候恶劣、地形复杂，或者机械故障、操作失误等，也会造成机毁人亡的悲剧。我算是命大的，五次遇险都死里逃生。

　　"第一次就是刚学驾驶轰炸机时在云南龙江沙滩上的迫降；第二次是驾驶B-25时，一台发动机发生故障，在利比亚迫降；第三次是在印度的加尔各答空军基地，因为飞机的一个起落架不能放下，只能侧飞落地，成功迫降；第四次是在豫西鄂北会战中，我驾驶的轰炸机的机尾被日军的地面炮火击中，带伤返回机场；第五次迫降则是我一辈子都忘不了的！

"1942年，中国空军航校迁往印度拉合尔（今属巴基斯坦）。1945年5月，我被调到拉合尔，担任飞行教官。抗战胜利后不久，初级班就奉命迁回杭州笕桥老航校。当时学校有PT-17教练机百余架，学校决定将其中六十架由六十位飞行教官驾驶飞回笕桥。

"六十架教练机分为四批出发，每批十五架。我属第二批，任副领队。飞行路线是：拉合尔—新德里—阿格拉—安拉阿巴德—巴特那—加尔各答—八莫—保山—昆明—百色—南宁—柳州—桂林—衡阳—长沙—武汉—安庆—杭州。由于PT-17教练机马力小，速度慢，不能盲飞，也不能飞进云层，我们只能一段一段地飞，而且要在天气好的情况下才飞。全程近一万公里，这对所有飞行员来说都是一个严峻的考验。

"从拉合尔飞往加尔各答，一路基本顺利。从加尔各答飞往缅甸的八莫，则要飞越喜马拉雅山脉，这一段飞行很艰难。我们在加尔各答等待好天气。天一放晴，我们就立刻起飞。飞越喜马拉雅山脉时，我的飞机已经飞到了最高限度，不能再上升了，却仍在高山之间飞行，山上的石头都可以看得一清二楚。我们在万丈山谷中飞行了近半个小时，终于顺利飞越了喜马拉雅山脉，这确实让人捏了一把汗。

"后来，我们在从昆明飞往百色的途中就遇到了坏天气——云盖山顶。有一架飞机因高度稍高，飞入云层。由于驾驶员经验不足，不知马上掉头，结果撞山，机毁人亡。

"在飞行途中，有一次我也险些丧命。那是从桂林飞往衡阳，途中天气变坏，我们只好在零陵机场着陆。着陆后才得知零陵机场管理人员均已撤离，我们又只得勉强起飞去衡阳，此时天气依然很恶劣，我们只好在离地面一百五十米的高度上飞行。临近衡阳，眼前是一片高山。我因高度稍高于队形，瞬间飞入云中，顿时四周什么也看不见。因为PT-17教练机没有盲目飞行仪表，所以我连忙在云中进行一百八十度掉头，飞出云层。从云中出来，我看到机身距离山体只有一二十米，可谓擦山而过。我在想，若回转的角度稍有不对，那就是机毁人亡，真可怕！此次遇险，也是我一生所遭遇的最可怕、最危险的情况。

"死亡关口过去了，但云层很低，如何回航成为问题。根据地形，我便向左飞，飞过湘江进入衡阳。但因我飞进山区的凹部，我的四面都是山，无一山口可出。此时，夜幕降临，航油也将耗尽。跳伞吧，飞行高度又不够，于是只能找个地方迫降。在低空盘旋时，我突然发现一座小山上有个操场，约二百米长，操场一边是开阔地，一边是树林，我决定迫降此处。我依靠平生的飞行经验，测好距离，对准操场下滑。当飞机刚入操场，即行着陆，正好可利用前面的距离。好在操场中间凸起，所以飞机一着陆即上坡，降低了速度。冲到中间又有一个小坎，飞机跳起，又一次降低了速度。前面三十多米就是树林了，我急忙刹车。此时飞机因速度尚高，尾部突然抬起，我马上松刹车，飞机尾部轰的一声落下，前进速度又大大降低了，待冲至距离树林只有十来米时，我就死死踩住刹车。好险！飞机终于平稳地停下了。啊！平安着陆，人机安全。我因紧张过度，心怦怦直跳，全身就像散了架，瘫坐在飞机上，片刻后才回过神来。"

杨立说："这个故事太精彩了，可以拍成电影。"

刘蓉问："张爷爷，你立了很多功，得了不少勋章吧？"

张爷爷神秘地笑了笑，说：

"那些勋章、奖状呀，都弄丢了。老天爷让我一次又一次死里逃生，够照顾我了。哈哈哈哈——

"1948年4月的一天，我在航校应同学邀请，驾驶初级教练机PT-19在高空做特技——翻跟头、快滚、慢滚、倒飞等。因我驾驶轰炸机以后，就没有做过特技飞行，做起来就不熟练，过大的离心力，猛地俯冲和上升，造成血液流速过大。飞行结束后，我开始咳嗽、吐血。马上去医院检查，是肺部微血管出血、支气管出血，我只得住院治疗。

"1948年6月，我由笕桥转院到重庆空军疗养院治疗，之后回到老家荣县休养。从此我就离开了航校,结束了飞行生涯,当时我才三十二岁。

"1949年上半年,重庆空军疗养院通知我,说空军军官学校迁往台湾,叫我携带家属去台湾报到。我考虑再三,决定留在大陆。

"后来,你们都晓得,我在华西医院门诊部当收费员,生活相对平静,但飞行的梦一天也没有断。于是,我爱上了养鸽子。你们仔细看,鸽子飞翔时,那平衡技巧,那回环,那转弯角度,多么精准,多么高妙!鸽子,让我时时能回忆起在蓝天飞翔的日子。"

九、光明路的孩子,绝不会忘记

> 驾机抗日保家园,
> 战后当上挂号员。
> 丰功伟绩忘脑后,
> 随遇而安过余年。

这首诗是张义声爷爷的儿子张昂教授写的,言简意赅地概括了张爷爷一生。

杨立和发小们,多次"研讨"过张爷爷和他夫人刘婆婆的行为:他们每到黄昏,总是端一把小椅子,坐在路旁的树荫下小憩。

他们笑容满面,向过往的每一个行人打着招呼。

他们若有所思,聆听两边宿舍楼传来的音乐声。

他们不时望望天空,等候从云端飞回来的贪玩的鸽子。

他们毫不掩饰自己幸福、满足的表情,仿佛眼前的一切都是人间美景,永远看不够。

左邻右舍都知道,张爷爷是典型的"耙耳朵"。

刘婆婆叫刘素心,1945年毕业于华西协合大学经济系。她出身大户人家，端庄秀丽，让时任空军教官的张义声一见倾心，爱了一生。公主般的刘素心，从小就没有摸过菜刀和扫帚。她和张爷爷结婚后，一切家务——从炒菜煮饭、搬蜂窝煤上楼到打扫卫生倒垃圾，从洗尿布带娃娃到辅导娃娃做功课——完全由张爷爷包揽。刘婆婆三两句表扬的话，就让张爷爷乐不可支，然后呢，继续努力，努力，再努力。

张爷爷和刘婆婆育有五个子女，后又有了五个可爱的孙子。一大家子，亲亲热热、和和美美地生活着。张爷爷有着一身强健的筋骨，快乐地做着家务——那不叫劳动，而叫享受生活。他在幸福的大家庭中活到了九十九岁。

张昂说，即使在"文化大革命"时期，父亲都很乐观。为准备接受批斗，他剃光了头，自己做了两个厚厚的护膝，以保护战争年代落下痼疾的关节。工宣队队长很奇怪，问他："你乐什么？"父亲笑笑说："我的命是捡来的，不值钱。"言下之意是：你们怎么批斗，我不在乎。

张昂还说，父亲经常说："我这条命是捡来的。在上海、南京、武汉、重庆，日本飞机追着炸，那么多的同胞被炸死，我活下来了！当上空军之后，日本零式战斗机的追杀，高射炮密集的炮弹，那么多年轻的同学、战友为国捐躯了，我能活下来，真是幸运！我怎能不好好活着，快乐地活着？不好好活着，对不起先烈啊！"

杨立、彭涛、兰峰、吉楠、刘蓉等几个发小，终于比较完整地拼接、整理出了张爷爷的故事。

吉楠说："我们光明路，以前叫广益坝。这一片土地，很是神奇。从三国时候起，锦江以南这一大片叫中园，是刘备的游乐园。整个华西坝、广益坝，都在中园大范围之内，广益坝是中园的核心。孟昶在蜀中称帝的时候，在这里建有别苑。南宋时期，这里有一大片梅林，很是繁茂。陆游居蜀多年，在一首诗的序中说这里'梅至多'，还有好多株百年老梅，虬枝盘曲，被称为'梅龙'。后来，虽遭遇战乱与破坏，直到抗战时期，广益学舍四周，仍然有一大片梅林。据华西口腔医院老院长王翰章回忆，每到冬末春初，蜡梅、白梅、红梅、绿梅等次第开放，幽香袭人，清芬远播。华西协合大学教授、著名学者缪钺曾有一首咏叹广益学舍梅花的《念奴娇》传世。陈寅恪一家，在战乱中来到广益坝，过上了安定的生活。陈寅恪的那首七律《咏成都华西坝》，写得真好。我们的光明路，可以说是'一块最中国的土地'。"

杨立给他的女儿细细地讲了张爷爷的故事，他说："我的女儿牧云，饱含深情，已经把张爷爷的故事写进了作文。"

吉楠表示："历史，不经记载，就不会成为历史。中华民族能自立自强，就因为有伟大的民族精神世代相传。张爷爷和我们生活在同一片蓝天下，我们一定要把他的故事，一代接一代地讲下去！"

下篇
大师剪影

第六章
"中国公共卫生学之父"陈志潜

一、陈志潜还在人间吗？

进入21世纪，艾滋病仍然是令人类感到恐惧的恶症。2001年，在北京举行的中外合作艾滋病性病防治的研讨会上，清华大学社会学系教授景军的精彩演讲不断地激起热烈的掌声。

景军教授认为，艾滋病不仅是公共卫生学要研究的问题，更需要从社会学的角度分析它的入侵与传播，从源头上坚决予以阻止。20世纪50年代，世界卫生组织就提出了建立从乡村（基层）做起的三级医疗卫生体系，这是制止流行病暴发的非常重要的战略措施。然而，早在20世纪30年代，中国的陈志潜教授就在河北定县开展了三级医疗卫生体系的建设。陈志潜来到定县不到三年，就消灭了当地的天花、霍乱和黑死病，肠胃传染病也大大减少。1934年，华北霍乱大流行时，定县只有少数几例，且无一人死亡。陈志潜所做的这些工作，对于发展中国家有着重要意义，并且早于其他国家数十年，他是当之无愧的"中国公共卫生学之父"。至今，我们研读他的著作，仍然能感受到他充满大爱的平民情怀，深入调查研究的求实作风，循序渐进的科学态度，特别是对于农民春风化雨般的、行之有效的教育方法。如今，面对各种流行病的袭扰，陈志潜的理论与实践，仍然有着重大的指导意义。

景军教授的演讲，拨开了历史的迷雾，让与会的中外专家重新认识了中国公共卫生学泰斗陈志潜。

会议休息期间，来自成都的华西公共卫生学院教授张建新，和景军聊开了。

在景军的印象里，陈志潜与晏阳初、陶行知、梁漱溟等已作古的先贤是一辈人。有关陈志潜的资料，在20世纪30年代之后就很少了。张建新告诉景军："20世纪40年代，陈志潜在成都四川省卫生处任职，还在华西协合大学当教授。"

景军对此很惊讶。

张建新接着说："1977年恢复高考后，我考入当时的四川医学院卫生系，本科读完后，考研成功。我是陈志潜先生的最后一位研究生。"

张建新还说陈志潜教授于2000年病逝，终年九十七岁。

景军感到非常遗憾，说："早知如此，我真该到成都去拜见这位公共卫生学之父！"

陈志潜，不会被历史遗忘。可以说，当今中国，亿万人民已切身体会到公共卫生体系的重要性。

"中国公共卫生学之父"陈志潜（摄于20世纪90年代）

二、成都，北平，晓庄

1903年9月，陈志潜出生于四川成都华阳一书香之家，父亲陈大可是清代秀才。童年，对陈志潜刺激最深的是一些死亡的记忆：四岁时生母病故，之后姑母、姐姐相继去世。母亲去世后，父亲续弦，继母给了他生母般的关爱与亲情。但在他十四岁那年，继母患了严重的肺结核也撒手人寰。

在继母病重的时候，陈志潜曾经陪同她到成都一所外国人开的诊所求治。整洁的诊所以及温度计、听诊器、血压计给了他全新的感受。那一刻，他暗暗立志，要做一名优秀的现代医生。

可他不知道怎样才能成为一名现代医生，也不知道当时在成都的华西协合大学已经有了医学院。一天，他读到《申报》上一篇介绍中西医的文章，便给作者——湘雅学校（今中南大学湘雅医学院前身）的学生李振翩写信，请求到湘雅学校学习。这位李振翩，曾与毛泽东一起参加"驱张请愿团"赴京请愿，后来赴美留学并定居，成为世界著名的细菌学家、病毒学家。当时，李振翩便给陈志潜回了信，建议他报考新成立的北京协和医学院。于是，陈志潜又写信给北京协和医学院。不久后，他收到了一封英文回信，翻查字典才将信读懂。

信中指出：北京协和医学院是用英文教学的，就你来信的英文水平来看，要通过入学考试非常困难……

一瓢冷水泼来，让陈志潜清醒过来。

幸运的是，他得到了英语极好的中学老师宋诚之的大力支持和帮助，宋老师除了给他"开小灶"，还介绍了一名外籍人士陪他苦练口语。

1921年秋，十八岁的陈志潜经过一个多月的时间辗转到了北京，并以优异成绩考入北京协和医学院。他靠勤工俭学完成了八年的学业，其间成绩特别优异。

1929年协和医学院有十六名毕业生，学院仅留下了两名：陈志潜到皮肤科，林巧稚到妇产科。令同学们想不到的是，陈志潜选择了脱下白大褂，穿上灰长衫,他决心投身于中国的公共卫生事业。

陈志潜的选择,并非一时冲动,而是经过了深思熟虑。

陈志潜在协和读书期间,他的弟弟考上了燕京大学。万万没有想到的是,弟弟仅仅是因走热了,口渴了,在街边买了一瓶冰水来喝,竟染上了伤寒症,高烧腹泻不止,来不及抢救就去世了。联想到四岁时母亲的病逝和多位亲人的早逝,陈志潜痛心疾首,悲伤难抑!

当时的中国就是这样,城乡卫生环境极差,民众缺乏卫生常识,霍乱、伤寒、天花等各种传染病轮番制造人间惨剧。身处协和这象牙之塔的陈志潜和几位胸怀理想的同学认识到,要救中国不仅仅是医好一个个病人那么简单。他们决定,以1926年的干支纪年"丙寅"为名,成立"丙寅医学社",创办《丙寅医学周刊》,以提倡新医、公医制度,普及卫生科学知识,增进民族健康为宗旨。陈志潜任周刊主编,响亮地提出"灌输民众医学知识""扶助民众健康"等理念,五年间撰稿百余篇。

中国乡村建设的先驱晏阳初,曾应邀到北京协和医学院演讲。他指出,要改变中国,首先要改变中国农村。针对国民的愚、贫、弱、私四大毛病,推行贫民教育是最佳的切入点。他认为,有良知的中国知识分子应当目光向下,投身到乡村建设的实践中去。来自田野的呼唤,震撼了陈志潜年轻的心。从那时起,陈志潜、晏阳初就相识、相交、相知,结下了一生的真挚友谊。

另一位影响了陈志潜一生的人是出生在中国的加拿大人兰安生博士。陈志潜在他的回忆录中写道:

> 在北京协和医学院,我认识了兰安生博士。他起先是我的老师,以后是顾问和同事,对我一生影响深远。他向我介绍了社区医学的概念,引导我认识照搬外国模式而不采用适合本地需要和情况的医学实践的危害。与此同样重要的是,他引导我从事公共卫生事业,说服我只有这样,才能使我比仅仅专长于皮肤病学能对中国做

出更大的贡献。

兰安生说:"治疗医学要诊断的是单个病人,公共卫生则要把社区作为自己的工作单元。"他常引用本杰明·富兰克林的名言:"一盎司的预防胜过一磅的治疗。"

兰安生还特别强调:"只有由中国人自己解决自己的种种棘手问题才是最合适的,靠社区能力所及而不是靠外来的资助才是正当地解决问题的办法。"陈志潜将这句话牢记了一生。

六十多年后,陈志潜在自传中写道:

> 兰安生的远见卓识、原创思想、百折不挠的务实精神,深深影响了我。从师生到同事,他一直在关键时刻给我忠告和指导,我们成为终身朋友。

陈志潜从协和医学院毕业后,应邀来到南京晓庄,这是陶行知先生创办的晓庄试验乡村师范学校所在地。晓庄师范是一所没有礼堂、没有教室的学校,陶行知的目标是培养具有"科学的头脑、健壮的双手、农夫的身体、艺术的情趣、改造社会的精神"的学生。

陶行知告诉陈志潜:"几年后,晓庄学校的学生成长起来,便到周围的乡村办学,每天去给农民和儿童上课。这样的师范实践,使整个晓庄地区的山村,化作书声琅琅的大学校。从这里开始,要培养一百万个乡村教师,去改变一百万个乡村,使整个中国都富强起来。"

陶行知还说:"捧着一颗心来,不带半根草去。"

陶行知的言行让陈志潜深受鼓舞。他向陶行知提出了三个要求:一是建立一家卫生所,二是让他能到周边农家进行调研,三是他要给晓庄学校的学生们上基础课。陶行知全部同意。

据陈志潜的女儿陈芙君回忆,在晓庄,有两件事,使陈志潜很快打开局面，取得当地农民和晓庄学生们的信任。

一件事是，陈志潜发现，村里有几十个孩子是癞痢头。他们毛发稀疏的头上长着脓包与黄痂，星星点点的，还散发着臭味。有几个癞痢头坐在教室的角落，神情沮丧，看到陈志潜走过来，有些惊恐。

陈志潜笑容可掬地问他们："想不想出去做游戏？"

"想。"

"怎么不出去呢？"

"老师不准去！同学们也不跟我们玩……"

陈志潜说："放学之后，你们都到我住的宿舍来。"

孩子们有些惶惑。陈志潜用双手在他们面前比画说："我有魔法，能把你们头上的脓疮统统消灭掉！"

要治好孩子们的癞痢头，首先要把发根毛囊里的真菌杀死。当时没有放射治疗的条件，只能让孩子们服一种带毒性的药。陈志潜仔细地计算好每个孩子的体重，精细给药。等孩子们毛发脱尽，就用硫黄合剂给他们上药。

一个多月后，孩子们长出了一茬漂亮的黑短发。孩子们笑了，家长们笑了。陈志潜顺便进行了家访。他不断叮嘱家长，要给孩子勤洗澡，穿干净衣服，换被褥，等等。两三个月之后，癞痢头完全消失了，曾被"孤立"的孩子又恢复了活泼的天性，在操场上跟同学们耍疯了。而附近村里的癞痢头学生，不断由家长带来，说是"找北平来的，医癞痢头的陈先生"。

另一件事是，学校一学生的妻子难产，请陈志潜去救命。陈志潜赶到时，只见产妇已经奄奄一息，胎儿伸出产道的小手已呈紫乌色。家人说，产妇挣扎了两三天，按旧法接生的产婆已经逃之夭夭。陈志潜细看胎儿的小手，断定其已经死去。他与学生及其家人商定，赶快救产妇。此时，陈志潜两手空空，他突然想起村头有一家铁匠铺，马上跑去请铁匠打一件手术工具。陈志潜的新婚妻子王文瑾正好随行，她是一位有着丰富经验的护士，她作为助手做好了严格的消毒。手术进行得很顺利，产妇保住了生命。

"北平来了个神医！"消息从晓庄四处传开，陈志潜声名大振。为此，陈志潜信心倍增，因为良好的信誉将会为下一步的工作——建立初级卫生体系扫清障碍。

然而工作不到一年，1930年4月，晓庄师范学校就被国民政府查封，陈志潜不得不离开晓庄。经兰安生推荐，陈志潜赴美国哈佛大学公共卫生学院攻读硕士学位。

两年后，陈志潜回来了。有了协和博士和哈佛硕士的金字招牌，只要他穿上白大褂，挂牌行医，大把挣钱是唾手可得的事。但是，他坚持要走为中国公共卫生事业拓荒之路。他在自传中写道：

> 医学的最终目的和真正价值在于它的实践意义。面对满目疮痍、民不聊生的社会现实，尤其是大众饱受战乱、贫穷、饥饿和疾病折磨的情况，促使我走出象牙塔，为变革现实而奋斗！

三、"定县模式"取得成功

1932年1月16日清晨，在寒风凛冽的北平车站，陈志潜提着行李箱，终于挤上了火车。一股浓烈的煤烟味，夹着汗酸味扑鼻而来。这是腊八节之后的第一天，来京置办年货的旅客早已塞满了车厢，陈志潜就在两节车厢的连接处坐下来。此次登车南行，就是前往河北定县，参与晏阳初先生的乡村建设，担任中华全国平民教育促进会卫生教育部主任，主要任务是建设初级医疗卫生网。

火车冒着浓烟，开出了北平站，刺骨的寒风，立即从车厢的缝隙钻进来，陈志潜不得不把大衣裹紧，任身体在钢铁的铿锵节奏中摇晃。

他的导师兰安生早就给他打了预防针："中国的公共卫生事业尚未起步，你将遇到许多难以想象的困难。"

兰安生曾在北平东城创立了"三级保健网"模式，到20世纪30年代初，这一模式逐渐由城市向郊区扩散。而对陈志潜来说，城市医疗卫生网的经验，无法也不能硬搬到农村。

火车摇晃了十二个小时，终于到了定县车站。风雪夹着砂粒，欢迎陈志潜的到来。一张嘴，就灌一嘴砂粒，硌着牙齿，让人难受。

定县县城破破烂烂，明代遗存的考棚，是平民教育促进总会的办公地点。晏阳初一家老小六口，住在农家两间平房里。

晏阳初让人牵着一头毛驴走来，他那充满自信的笑容，让陈志潜心中感到十分踏实。晏阳初对陈志潜说："在美国，不会开车就好像没有长腿；在定县，没有小毛驴你就没法走村串户。这头毛驴，已经调教得不错了，给你当坐骑吧！"

于是，陈志潜骑着小毛驴走村串户，先进行了一番专门的卫生调查。他发现：全县只有两名没有受过正规培训的开业医生；全县仅有一所中学，四十万人口中八成是文盲；全县人均年收入五十块钱，而医药费支出仅为三毛钱；全县约五百个村庄，仅有一半的村庄有草药店铺和少数传统医生；结核、天花、伤寒、痢疾等传染病肆虐横行，由于医疗服务严重匮乏，平均死亡率达到百分之三点五。他还调查了一千位母亲，她们生育的五千八百多个孩子中有两千三百多个因各种原因而夭折，婴幼儿死亡率接近百分之五十。而眼前的状况，更是让陈志潜皱紧了眉头：

臭气熏天的茅坑与水井仅仅几步之遥，而村民们从来不喝开水，渴了，舀一瓢井水，咕噜咕噜就喝下去；患猩红热、白喉病并发着高烧的孩子，还跟健康的孩子挤在一块儿睡觉；问接生婆怎么剪脐带，她拿出一把锈剪刀说"剪了脐带，抓一把香灰或泥巴一抹，就止血了"……

陈志潜冥思苦想，反复琢磨：在穷得叮当响的农村，采用什么样的简单方法，才能利用极其有限的资源，来保障广大群众的健康呢？答案是：建立一个"便宜、安全、有效、必要"的卫生保健网络。当地农民每人每年负担的医药费为三毛钱，完全消费在看草药医生和买草药上面，并且他觉得那三毛钱不可能完全被他拿过来，当地农民根本就无力支付任何从外面来的医生的工资。所以，必须培养当地人成为医生。

陈志潜到定县的第二年，天花大流行。面对这种可怕的疾病，村民们是相当畏惧的。谁都知道，即使熬过了天花的折磨死里逃生，脸上也会长麻子。男男女女，哪个不怕？陈志潜的小毛驴跑得更急，他直奔疫情最严重的农户家。他反复讲，种牛痘是有点痛，还有轻微的发烧以及身体不舒服的各种反应，可是比起染上天花有可能丢命又算得了什么？他亲自挑选头脑灵活、手脚麻利的年轻人当卫生员，在短时间内经过一些基本培训后便投入工作。

这次天花大流行，定县"鹤立鸡群"，成为防治天花的模范县。而村里的初级卫生员做了很多工作，如通报病情、宣传种痘、护理病人等，起到了重要作用。

防止疫情，陈志潜抓住了两大要害：改造水井，改造厕所！

先前，村民们都是在水井旁洗衣洗菜、喂牲口、涮粪桶，污水又回流到井里，而且各家都用自家的桶取水，又加剧了细菌的滋生和传播。陈志潜发动村民改造小井，先是砌井口，使井口高于地面，不让地上的水回流到井中，同时，一口井只配一只专用水桶，并规定各家各户洗衣洗菜、喂牲口、涮粪桶必须远离井口。

针对茅坑无盖，引起的苍蝇乱飞、粪水四溢、臭气熏天等现象，陈志潜又发动村民将靠近水井的茅坑统统搬到远一些的地方，并给茅坑加盖，还撒下生石灰杀菌。

水井、厕所经过治理和改造后，儿童腹泻和痢疾的发病率迅速下降。

陈志潜的小毛驴跑得更加匆忙，也更加欢实了。

定县广袤的原野上，还出现了身背药箱的年轻人。他们走向田边地角，深入贫家陋室，成了深受村民欢迎的保健员。他们的药箱里，装着阿司匹林、薄荷、小苏打、碘酒以及眼膏和眼药水等对小伤小病能进行简单治疗的物品。他们还填写出生与死亡报告，为村民接种牛痘，急救和转送伤病员。遇到棘手的问题，他们会立即向高一级的乡村卫生站汇报并求助。

到1934年，定县已经建立了七个乡村卫生站，服务于七十五个村落。乡村卫生站配备了有一定能力的医生，他们每周对乡村保健员进行一次培训并收集乡村保健员提供的各类数据和报告，起着承上启下的枢纽作用。遇到危重病人，他们会将其送往县卫生院。

县卫生院是这个系统的中枢神经，集医疗、教育、科研、宣传诸功能于一体。它所配备的医生、护士和技术人员都来自北京协和医学院。这些医护人员管理着一座设有五十张病床的医院。限于经费，医院的卫生设备皆在当地制作，虽不高档，却规范实用。

定县还成为农村卫生现场培训基地，有北京协和医学院、上海医学院和湘雅医学院的学生来此进行短暂的实习。这项措施，让学生们丰富了临床经验，也让农民们在家门口享受到高质量的诊疗服务。

1932年，陕西暴发霍乱，二十多万人死亡。接着，1934年，河北暴发霍乱，定县医院收治的四十五名霍乱病人无一人死亡。同时，定县还消灭了天花、黑死病，成为全国典范。

定县还建了三个公共浴室。在此之前，有些农民一生只洗三次澡，分别是在出生、结婚和死亡的时候。公共浴室一年开放一百二十一次，第一年就有八千五百人次洗浴。公共浴室收费低，而且对小学生和保健员免费。

从县卫生院到乡村卫生站再到基层保健员，这个乡村卫生体系的一体化建构的网络特征非常明显，县级医生定期与乡级医生见面交流，乡级医生定期与基层保健员见面交流，他们相互支撑产生合力，使定县的卫生状况大为改善。

陈志潜清楚地认识到，定县四十万人口，只是当时中国四亿人口的千分之一，要使整个中国的卫生状况有所改善，任重而道远。他常说："不改变数亿农民的生活状况，中国就无法好起来。"

晏阳初主导的平民教育，在定县成功地推进，与陈志潜的初级卫生网同时铺开，形成了良性互动。2013年，翟城村村民韩砚科老人，给记者背诵起七十年前平民教育课本上的课文："穿的粗布衣，吃的家常饭，腰里掖着旱烟袋儿，头戴草帽圈。手拿农作具，日在田野间，受些劳苦风寒，功德高大如天。工作完毕积极纳粮捐，将粮儿交纳完，且得自在安然。士工商兵轻视咱，轻视咱，没有农夫谁能活天地间。"韩砚科老人说："我娘她是上业余，学农民千字课，上学去了，老师教的。我听她天天念，也就会了。"

那时，韩砚科还是个小孩，晏阳初、陈志潜等一批乡村建设者和蔼可亲的形象，深深铭刻在他心里。

在定县乡村建设实验鼎盛之时，定县聚集了来自全国各地的近五百名知识分子，其中有六十多位学有专长的海归博士、大学教授等。著名戏剧家熊佛西，组织了农民剧团，表演了专门为农民创作的、反映农村现实状况的新话剧。

1936年春节，农民自发组织了遍及全县的联欢活动。先是话剧演出，接着，在喧天的锣鼓声中，武术队、舞狮队的表演，让台上台下一片欢腾。这又是陈志潜的"高招"，组织武术队和舞狮队表演，既增强了农民的体能，也增进了农民之间的交流与团结。

陈志潜在定县的五年，收获颇丰，他在此撰写的《定县是如何应用科学医学的》工作报告一经发表，便引起国际公共卫生学界的广泛关注。国内外参观者和考察者纷至沓来。定县，成为当时中国的"热点"。

20世纪80年代，陈志潜在回顾自己的工作时写道：

> 或许对我一生在中国农村卫生发展方面的这些反映，能得出的公正结论是：任何新的、进步的和有深远影响的见解，都需要很长时间才能使人们认识到它的重要性。

桃李无言，下自成蹊。随着岁月流逝，陈志潜在定县建立初级卫生网的理论与实践，从未被人遗忘，还愈加显示出它的医学价值、社会价值，以及向不发达国家推广的价值。

骑着小毛驴的大教授，在定县，度过了一生中黄金般的五年。

陈志潜（右三）与同人在定县合影（摄于20世纪30年代）

四、奔忙在抗战的大后方

1937年7月7日，卢沟桥的枪炮声响起，抗日战争全面爆发。抗战期间，定县的农村公共卫生实践被迫中止。1938年5月，陈志潜从沦陷区北平秘密出走，几经曲折，到了贵阳担任农村建设促进会乡镇学院教授。1939年3月，他接到四川省政府通知，火速返川，担任省卫生实验处（1942年改称卫生处）处长。

那时，日寇飞机已经开始对四川大后方进行狂轰滥炸。每一次空袭都会面临一系列问题：谁来组织抢救？谁来转运伤员？遇难同胞的遗体如何处理？那时，社会上的冒牌医生、庸医四处招摇撞骗，谋财害命，巫婆神汉跳大神糊弄患者，也糊弄患者家人，谁来给医生颁发行医资质证明？谁来管理混乱不堪的从业队伍？更可怕的是瘟疫流行，动辄成百上千人死亡……中央政府有卫生部门，而各省很"独立"，居然没有一个专门的公共卫生部门来管理这些"人命关天"的大事！

面对如此混乱的局面，老百姓怨声载道，报纸上冷嘲热讽，四川省政府以空前的速度调来了陈志潜，希望他能稍微平息沸沸扬扬的社会舆论。

很多研究陈志潜学术思想的学者，都将陈志潜在1939年至1949年的经历视为空白，因为它记载于旧中国档案之中，难以查阅。

有人武断地说，及至民国创建，政治腐败，四川连年战祸，民不聊生，军阀官僚只知争权夺利、剥削敛财，遑言人民健康福利，故医疗卫生事业一直没有发展。

这是持全盘否定的态度。

四川省委党校的学者王友平博士，以"民国时期四川医政管理研究（1912—1949）"为题，对此进行了深入细致的梳理与研究。他在论文中特别指出："实事求是讲，这十年间（1939—1949），作为抗战大后方的四川，卫生事业获得了较大的发展，其医政管理制度的演变也十分显著，实现了由传统到现代的转型，在全国比较突出，具有典型意义，留下了比较丰富的卫生史料，十分值得研究。"

令王友平震惊的是，档案馆馆藏的"卫生处档案"多达五千卷。其中，每年均有陈志潜用蝇头小楷书写的长达万言的总结报告，那种认真、严谨、谦逊、细致的态度，真是令人敬佩。

当时，川军各派系均不服由蒋介石委任的四川省政府主席，老蒋只好亲自兼任了一段时间的省主席，故陈志潜的档案中收藏有多篇致"四川省政府主席蒋介石"的信。其中，有一段写道：

> 有健康的人民，才有健康的壮丁，有源源不断的健康的壮丁，才有持久抗战的力量。公共卫生为建国强总的基本工作，无论平时战事，皆有同等的重要性。

大概蒋介石这位省政府主席也意识到川军的体质关系抗战成败，以及其与公共卫生建设的关系，他对陈志潜的工作有了进一步的了解。之后，张群继任四川省政府主席，进一步投入财力，支持卫生处的工作。

1940年6月，四川省政府刚刚表彰了卫生处在大轰炸中组织抢救伤病员做的出色的工作，一转眼又发来了训令："省政府巡视员高某称：通江、南江、万源等县，因霍乱遗尸遍野，久无人收，至今遗臭未尽，请饬筹设卫生机关，力图补救！"

"遗尸遍野，久无人收"，这又是卫生处摊上的大事！解决办法是掩埋遗骸，去通江等地筹建卫生机构。然而，管理偌大一个四川公共卫生工作的，一共才三十五个人。陈志潜的忙碌和劳累，可想而知。

陈志潜和卫生处的同人们，非常明确三大目标：防止瘟疫和流行病、空袭时救护伤员、筹建县市卫生组织。

在陈志潜的领导之下，四川省立医院、传染病医院、妇幼保健院先后建立。他按照"定县模式"，主持创建了温江农村卫生实验区，并先后在全省建立了八十多个市、县公共卫生机构。

然而，抗战胜利后，国民党"接收大员"满天飞，腐败之风愈刮愈烈，这让陈志潜难以忍受。1947年，陈志潜辞去官职前往重庆，创办了重庆大学医学院，并担任院长。当时，具有国家级水平的医学院大都为外国人创建并主持，重庆大学医学院则是由中国人创建和主持的，这是他事业中的又一大成就。

新中国成立后，1950年，西南军政委员会负责人约见了陈志潜，听取了他对公共卫生工作的意见，并聘请他继续担任重庆大学医学院院长。

1952年，全国大专院校开始进行院系调整，重庆大学医学院合并到四川医学院，陈志潜曾任卫生系代主任。1957年，他被错划为右派。之后，在公共卫生学界便再也看不到他的身影。因此，景军教授会误以为陈志潜这位中国公共卫生学之父早已不在人世。

五、"永向前"，颠簸在穷乡僻壤

1977年，中国恢复高考之后，张建新以优异成绩考入四川医学院卫生系，1983年毕业后，成为八十岁的陈志潜教授的关门弟子。

年过八十的陈志潜，总想弥补那漫长的蹉跎岁月造成的损失，决计带着张建新下农村。张建新心中敲起了小鼓："老爷子八十多岁了，怎么经得起颠簸呢？"他背地里求助于陈芙君，谁知芙君姐如此"纵容"："他一辈子就喜欢朝乡下跑，怎么拦得住？让他去吧！"

下乡路上，陈志潜兴致勃勃，一路都在和张建新谈农村医疗卫生问题。

20世纪80年代初，出了灌县（今四川都江堰），盘山公路路况很差。傍晚，到了一家幺店子歇下。师生二人全然没有注意到司机拧紧了眉头。原来，这家幺店子破旧不堪，食店在前，猪圈在后，到处蚊蝇乱舞。司机一扭头说："我回去了！"师生二人大感："你怎么要回去呢？"司机说："上面只安排了送你们一天。"还不等师生二人再说什么，司机便上了车，一溜烟，将车开走了。

师生二人就被扔在幺店子了。第二天，经老板介绍，师生二人爬上了路过的手扶拖拉机的拖斗。拖拉机突突突地冒着黑烟，在山路上扭着秧歌，陈志潜紧紧地抓住栏杆，身体不停地摇晃着，如同筛糠。张建新的心都缩紧了："陈老，行不行啊？"陈志潜呵呵一笑说："没啥，没啥。你别紧张。"

事后，陈志潜说："我才知道，那种手扶拖拉机叫'永向前'——只能往前开，没有倒挡，山路上会车最恼火，让都不好让。"

搭乘一段"永向前"，又走一段路，再爬上公交车，再走一段路。凭着一张介绍信，师生二人调查了从灌县到彭县（今四川彭州）的七八家乡镇卫生所和几户农家。四天之中，就有两天住在农民家中。

张建新说："我太佩服老爷子了，不怕脏，不怕臭，吃得下，睡得香，适应性太强了！"

读研的三年间，张建新跟着陈志潜跑农村，调查区县医院和村上的环境卫生状况。为了了解最真实的情况，他们不提前通知，不派车，不麻烦基层，经常搭乘"永向前"，和乡亲们挤在一起有说有笑。陈志潜一顶草帽，一身尘土，若不是那副深度近视眼镜暴露身份，那朴素劲儿，真像一位老农民。

永向前，永向前！张建新认为，人在身处顺境之时，向前迈进不难，难能可贵的是身处逆境时，还坚持为基层服务，坚持医者的初心，那真是不容易。

回想1958年，顶着右派帽子的陈志潜到剑阁农村参加巡回医疗，来到麻风和梅毒流行区域。上级让他组织学习班，对八十名中医进行培训。当时，陈志潜手中没有教材，就冒险用病人当教材，把麻风病人带到教室。由于学员们轻信了谣言，说谁看了癞子（当地人管麻风病人叫"癞子"），几个月都不会有人来看病，所以一个个全部低下了头，不敢看病人。陈志潜却一边讲一边看病人，分析病案，学员们终于抬起头来，都觉得学习效果非常好。一个参加学习的老中医对陈志潜说："如果不跟你学，恐怕二十年都学不出来。"

当年，巡回到旺苍时，陈志潜到了一位被隔离的老"癞子"家中，经过对病人的详细检查，陈志潜断定，病人患的不是麻风病，而是没有传染性的牛皮癣。因为这病，他的妻儿全都弃他而去。此刻，听到陈志潜的诊断后，病人扑通一声，跪在地上，竟泣不成声。

张建新说："从1971年到1974年，老爷子在做中国的硅肺问题的研究……他反复强调，不能只做纯研究，重点是预防。要搞工矿的预防工作，得请工程技术人员参与，最大程度减少粉尘的危害。老爷子就是这样一个人，头上顶着'帽子'，心里牵挂着底层工人的健康。这种忍辱负重，不论何时何地，只想着怎样推动公共卫生事业的精神，让我一生佩服！老爷子还说，公共卫生事业，是润物细无声的事业。什么时候流行病传染病都偃旗息鼓了，人类社会完全把我们忘了，那就是我们理想中的最高境界。"

六、最美的夕阳

1982年的一天，在成都人民东路电信大厦，喧闹的营业大厅突然安静了下来，原来是一位白发苍苍的老人正在打国际长途电话。老人大概耳朵有点背，说话中气很足，音量很大，大多数人虽然听不懂他在讲什么，但就凭他话语中夹杂的流利的英语表述和不时的哈哈大笑，就感觉到这位老爷爷很有来头。

原来，这位老爷爷就是陈志潜，这是他第一次与身在美国的晏阳初打越洋电话。晏阳初希望陈志潜赴美国完成自传的写作，而陈志潜请晏阳初考虑回到中国来看一看。晏阳初说："我都九十多岁了，你比我小十多岁，还年轻得很嘛！"

著名学者、全国人大常委会副委员长周谷城，向晏阳初发出了热情的邀请函。1985年，阔别中国四十多年的晏阳初回来了。海风和阳光给了这位年过九旬的老人红扑扑的健康肤色。他在菲律宾推行平民教育很多年，成绩斐然，获得了世界声誉。此次回来，陈志潜一直陪同他，重返定县，会见老友，进行学术交流，每一天都过得很充实，很快乐。

在定县，陈志潜倍感兴奋。他不曾想到，当年耗费心血建立的定县三级卫生网，会成为中国农村医疗体系的雏形。

晏阳初特别赞赏的是，"定县模式"在四十多年后，得到世界卫生组织、联合国儿童基金会的回应，成为全世界初级医疗保健的标杆。

原来，在1978年9月6日至12日，来自一百三十四个国家的代表，以及同世界卫生组织、联合国儿童基金会建立正式联系的专门机构及非政府组织的六十七名代表来到阿拉木图，参加了国际初级卫生保健会议。

在开幕式上，世界卫生组织总干事哈夫丹·马勒博士向代表们提出了初级卫生保健的八项内容。在与会代表的共同努力下，会议通过了一份文件——《初级卫生保健》，此文件又进一步形成了《阿拉木图宣言》。《阿拉木图宣言》中明确指出：初级卫生保健是实现"2000年人人享有卫生保健"目标的基本策略和基本途径。

然而,停留在纸上的《阿拉木图宣言》比已经实践成功的"定县模式"晚了四十多年。

联合国儿童基金会执行主席格兰特先生评价说:"陈志潜教授是系统论述在低收入的社会中,如何弥补现代医学知识及其应用之间停滞不前这一迫切社会问题的先驱之一。'定县模式'对世界卫生工作做出了不可估量的贡献,这些贡献至今仍在促进着中国人民的健康及康乐的发展,同样也在相当程度地改善着世界其他发展中国家人民的健康及康乐。"

1985年,陈志潜在小女儿陈蓉君的陪同下,应邀来到美国加利福尼亚大学伯克利分校,撰写一部关于中国农村公共卫生建设的回忆录。该项目由著名的洛克菲勒基金会资助。众所周知,北京协和医学院就是由洛克菲勒基金会建立的,而中国的公共卫生体系最早是由北京协和医学院的兰安生倡导,继而由陈志潜创立的。该基金会深知,陈志潜的"定县模式"为世界首创,不仅适宜中国而且适宜广大的第三世界国家。世界卫生组织和联合国儿童基金会一直对陈志潜的理论与实践给予了强烈关注,恭请陈志潜写回忆录。

1987年,陈志潜用英文撰写的著作《中国农村的医学——我的回忆》出版发行。1988年,联合国有关组织召开了世界医学教育会议,发布《爱丁堡宣言》,认为陈志潜的主张与当今国际趋势密切吻合,应向第三世界国家推广介绍。

兰安生家族对中国公共卫生事业的奉献,也延续至第四代。贝蒂·格兰特·奥斯汀是兰安生的女儿,1998年在加利福尼亚大学伯克利分校公共卫生学院创建奖学金项目——"陈志潜学者",鼓励杰出的毕业生服务于发展中国家的公共卫生事业。2006年,贝蒂去世后,她的家人将贝蒂纪念基金捐赠给"陈志潜学者"项目。

晚年的陈志潜仍保持着充沛的精力,整理论文,辅导年轻教师,参加一些学术活动,担任医卫方面群团组织的多种职务。他呼吁医疗改革,要夯实基层医疗，让广大农村、边远山区的村民都能享受到现代医疗成果。他说："一个国家的强大有赖于她的百姓。只有当一般大众而不只是少数享有特权的人能够受益于现代医学时，国家医疗制度才能产生重要的影响。"

2000年9月27日，九十七岁的陈志潜与世长辞。

2004年，四川大学华西公共卫生学院隆重举行了纪念陈志潜先生诞辰一百周年和陈志潜先生学术思想国际研讨会。中华医学基金会主席罗伊·舒瓦茨在研讨会上说："在中国历史上，很少有人在医学领域能比这位伟人更加受人尊敬和纪念。他对农村地区人群健康的关注，是其长期而杰出事业中的突出贡献。"

七、为人民，重实践，吐真言

成都的华西医院门诊部，一年四季，从早到晚，人山人海，周边交通堵塞，要想挂老专家的号非常困难。再看看其他地方，几乎所有三甲医院的门诊部，都是每天爆满，如同春运期间的火车站。这让我们不禁怀念起陈志潜教授，如果我们认真地建构起加强版的"定县模式"，巩固和发展社区医疗服务，把大量的小伤小病患者留在基层医务室，三甲医院则专治大病危病，会不会就不那么拥挤了呢？

张建新认为，巩固和发展社区医疗服务，只能稍微缓解一些大医院的拥挤，不能解决根本问题。因为在陈志潜推行"定县模式"的时代，一个县也没有一个合格的、懂得现代医学的医生，急需解决的是传染性疾病、瘟疫流行等生命攸关的大事。"定县模式"在医疗资源极其有限的情况下，发动群众，从基层筑起三级医疗网，非常有效。而现在，中国的医疗卫生状况已经大为改善，国人的平均寿命达到七十八岁。过去那种来得快去得快的"快病"好治，现在则多是大量的"慢病"。人们对寿命的期望值越来越高了，都希望到最好的医院，找最好的医生，用最好的药物，得到最好的治疗。因此，华西医院以及所有三甲医院的拥挤问题，不是短期能缓解的。

那么，陈志潜教授最值得我们学习的是什么呢？

1998年9月10日，九十五岁的陈志潜为自己在1926年创办的《丙寅医学周刊》题字："二十年代，五四、五卅运动影响下，知识分子大多关心国家大事……"

张建新认为：首先，我们应当学习他，从年轻时就有大格局、大胸怀、大目标，为改变中国医疗卫生的落后面貌奋斗了一生。在今天，陈志潜老师的精神，对于如何培养具有公共服务精神的医学人才，也有着重要的启迪作用。

其次，要学习他走出象牙塔献身社会，注重实践和服务人民。1926年，作为北京协和医学院学生、《丙寅医学周刊》主编，二十三岁的陈志潜在发刊词中写道："今日之医学范围甚广，不限于治疗，亦不限制于预防。言治疗而不讲预防者非今日之医学也；言预防而鄙视治疗，亦非今日之医学也。"对于"防"与"治"的关系，他早有精辟的论述。建立现代社区医学保健体制，需要"防"与"治"并重，不可偏颇。

其三，要学习他积极、乐观、宽容的生活态度。无论顺境与逆境，他都泰然处之，永远调整好心态，由此带来的健康、长寿，使得他能对公共卫生事业做出更大的贡献。

北京协和医学院的张孔来教授是陈志潜的开门弟子，也是陈志潜带的第一位研究生。谈起恩师，他说："我对他真正的理解是在20世纪70年代，他关心协和的发展和我个人的成长，他谆谆而教，侃侃而谈，严谨的治学精神使我们不仅保持着师生情谊，更发展为事业上的同道。我视他为中国农村卫生工作改革的先驱，并尊敬他代表先进知识分子'为人民，重实践，吐真言'的优良品德。"

为人民，重实践，吐真言——九个字，概括得真好！

如今，在四川大学华西公共卫生学院，陈志潜的塑像有如一座巨峰，人们想想他"为人民，重实践，吐真言"的一生，仰慕之情不禁油然而生。

陈志潜塑像

第七章

曹钟樑、曹泽毅，父子校长，两代名医

一、老子告儿子

1984年，一个白发皤然的老教授，跑到卫生部去"告状"。目的是阻止曹泽毅当四川医学院院长。原来，四川医学院经过民主测评等系列流程，选举曹泽毅为院长。老教授的理由是，曹泽毅从附属医院的妇产科副主任直上院长的位置，连升多级，历练不够，缺少掌控一所医科大学的经验，难以担此重任，请卫生部领导慎重考虑这个任命。

"告状"者，是中国著名内科专家、前四川医学院副院长曹钟樑教授。而他"告状"的对象，是他的大儿子曹泽毅。

儿子升职，父亲"横加干涉"，这实属罕见。

曹钟樑赴京"告状"未果。1984年，曹泽毅就任四川医学院院长。上任后，他团结班子成员，大刀阔斧地推行改革。经过一番努力，1985年，四川医学院更名为华西医科大学。1989年，曹泽毅升任卫生部副部长。1990年，曹泽毅调任中华医学会常务副会长。

值得一提的是，曹泽毅就任院长之后，曹钟樑增定了一条"家规"：为避嫌，家中学医的不能进四川医学院，也不准任何亲戚打着"曹院长"的招牌走后门。朋友们都说："老曹校长就是驻在家中的纪委书记。"

华西坝的人都习惯于称曹钟樑为"老曹校长"，称曹泽毅为"小曹校长"。

有关两个"曹校长"的故事，摆都摆不完。父子校长的人生经历丰富多彩，如同一大片鲜花盛开的原野，这里只能采撷一小束，来呈献给读者。

二、内科医生的童年

曹钟樑住在校南路六号的那栋老洋房里，走进他家，客厅最显眼的地方摆放着两把藤椅，藤椅之间摆放着一个小茶几。茶几上，放着一杯泡好的热茶，香气氤氲。茶几下层，堆放着可供随时翻阅的书报，而旁边的书桌、书架上，堆满了中英文书籍。曹钟樑，医学大专家，他的名字被庄重地印在了大学医科学生的教科书上。此外，他的头衔有：全国内科学会理事、全国传染病学会副会长、中华医学会四川分会会长、四川省科协副主席……

对于这些头衔，他总说："我只是一名内科医生，其他的头衔，都不重要。"

再看看他，灰白的头发，红润的脸膛，说话底气很足，思路清晰，记忆力特好……这是七十六岁的他给人的第一印象。

他好像登上了一座白雪皑皑的山峰，在一棵盘虬古松下小憩，回眸眺望走过的道路——那峰回路转，那危崖耸峙，那浊雾障目，那云开日出……一切都化作粲然一笑。

他说："我想把我一生的经验和教训告诉后人，也许对他们是有用的。"

江津县（今重庆江津区）是长江上游一块富庶之地，也是有名的酿酒之乡。这里出美酒，也出名人，有声名赫赫的聂荣臻元帅，有名噪一时的大诗人——《婉容词》的作者吴芳吉。除了这一武一文两位名人，在科技界，最杰出的便是曹钟樑教授了。

曹钟樑出生于小商人之家。一岁那年，他的母亲死于肺结核。父亲远在成都经商，大姐接替母亲照看可怜的小弟。一年后，大姐出嫁，又把他交给长兄长嫂。三年后，长嫂病逝，刚满五岁的曹钟樑又由幺叔幺婶抚养。

童年，在曹钟樑的记忆里是清明节飘飞的纸钱，是阴风惨惨的灵堂，还有大人们的唏嘘不已和荒草丛中的座座新坟。等他稍微懂事了，他便掰起指头算起来：妈妈，死于肺结核；大姐、二姐，死于肺结核；嫂嫂，死于高热病伤寒……

人的生命怎么如此脆弱？有什么办法与病魔搏斗，与死神抗争呢？读中学时，曹钟樑便下定决心学医。朦胧中，他已经意识到"要扶人先强己"，只有自己学到一身过硬的医术，才能为病人解除痛苦。

自幼失母，根绝了曹钟樑的依赖心理，他养成了自己动手的好习惯。六岁起，他便帮助婶婶做些跑腿送信之类的杂事。读小学，上中学，他的成绩始终名列前茅，他把考学目标定在当时全国最著名的北京协和医学院。

1927年，曹钟樑中学毕业，由于当时正值战乱，水路不通，出不了夔门，他便到成都报考华西协合大学。

十七岁，他背上行李卷，登上慢如蜗牛的长途汽车，走向烟尘滚滚的人生。父亲望着他瘦削的身影，想起了一句古老的谚语：无娘儿，天看成！

三、拖不垮的曹哥子

华西协合大学很大一部分同学是从华西协合中学毕业后考入的，经过几年濡染，从穿着到行为，多少都沾点"洋气"。当身穿对襟大褂、脚蹬青布鞋、满口江津白沙土话的曹钟樑走进这所高等学府时，有的同学见到他，不禁掩嘴一笑："哪里来的土包子？"

不出半月，他便让同学们刮目相看。

他得知学医分快慢两班，若数理化成绩好要学七年，数理化成绩差则要学八年，便主动找到吴纯熙老师，要求读快班。

吴纯熙，化学老师，绰号"翘皮鞋"，办事认真，脾气古怪，听曹钟樑说出了自己的要求，他用鼻孔哼了一声，然后说道："你晓不晓得我刮下了多少同学？"

吴纯熙跷着二郎腿，翘皮鞋在摇晃。上学期，他出难题，三分之一的同学不及格。化学不及格就无法学医。"翘皮鞋"踩碎了多少同学的自信心！

由于曹钟樑执意要读快班，吴纯熙不得不翻开成绩册："哦，曹钟樑，入学考试名列前茅。好，试试看吧。"

小考、中考、大考，吴纯熙出难题，半个班都"烤煳"了，曹钟樑却每次都在八十分以上。从此，班上的同学都叫他"曹哥子"，敬佩之意溢于言表。在明德学舍，理学院有两位高才生非常不服气，期末考试前，校园内一派临战的紧张气氛，这两位才子却偏偏来约曹哥子去耍。

"走，打网球！""好，我陪你。"

"走，打排球！""好，我陪你。"

"打牌！玩通宵……""好。"

打球，玩得汗流浃背；打牌，熬得两眼通红。同学们都为曹钟樑捏了一把汗：这下子曹哥子的成绩要垮下来了。

考试时，同学们有的抓耳挠腮，有的愁眉打结，曹哥子铺开卷子，行笔如春蚕吃桑叶，沙沙沙地一口气就写了几大篇。当众多同学还在焦头烂额之际，他已信心十足地提前交卷了。

考前，他比谁都要得安逸，公布成绩，他稳坐鳌头。同学们都感叹："曹哥子真拖不垮！"

后来，曹钟樑当了老师，向学生们介绍了他的学习方法："上课时全神贯注，认真听讲，力争当场消化，弄不懂的下课十分钟也要弄懂。课后把本课内容按自己的理解提纲挈领地在书上做眉批，每周复习一次，反复记忆，便融会贯通。考前，只看眉批，有余力，再看些参考书或新杂志。"

原来如此！

四、三级跳

1934年，曹钟樑以优异成绩毕业留校，做内科助理住院医生。他与一位好友相约：十年后，成名医！

他认真总结了前几届毕业生"门门都搞，难以冒尖"的教训，认定攻内科学一门。加拿大人杨济灵教授同意了他的要求。

上午，他跟着主任教授、指导医师查房，六七十个床位，一晃而过，他总觉得学得不扎实，领会得不深刻。夜间，他便独自查房，逐一与病人细谈，像老牛反刍，将囫囵吞下的知识反复咀嚼领会，有疑难处，便回家翻阅典籍，读到深夜。

由于他"吃夜草"，嚼得细，吸收好，短短十一个月的医疗实践，比有的同学行医三年收获都大。连性格孤傲的美国护士长都说："我从来没见过这么拼命学习、关心病人的好医生！"

1935年，曹钟樑被学院委派到协和医学院进修两年。

他采取了独特的学习方法。每次跟教授去查房，他不做记录，用心强记，晚上再仔细地整理到笔记本上。他不但弄清了病人的病情，还细细研究了教授们的处方，几个月后，便摸索到一些带规律性的东西。

协和医学院每周讨论一次疑难病例，每周总结一次出院病人的治疗情况，他每次必到。他还经常到图书馆去，一泡就是几小时。

1936年，他与协和"三吴"（吴瑞萍、吴阶平、吴蔚然）之一的吴瑞萍联合研究了百日咳菌苗在预防百日咳中的作用，1938年他将研究成果写成论文发表在《中华医学杂志（英文版）》上。

1940年，三十岁的曹钟樑晋升为副教授。此后，他任华西协合大学、中央大学医学院、齐鲁大学三大学联合医院男院院长兼内科主治医师。

1945年春，曹钟樑到加拿大和美国去进修。当时，美日海军大战未休，曹钟樑乘坐的运兵船为了躲避日本海军的鱼雷，从印度孟买出发，经印度洋绕道南太平洋，两次穿过赤道。炎阳喷火，像要把运兵船的厚钢板烤化。人们像钻进了热气腾腾的大蒸笼，被鱼腥味、汗臭味熏得昏头涨脑，却不敢爬上甲板吹吹海风。

运兵船像无声无息的钢铁棺材，在热带的大海中泡了两个月，才把折腾得半死的人运到洛杉矶。

踏上北美大地，曹钟樑顿生"饥饿感"——只有两年时间，他要"吃"和能"吃"下的差距太大，不得不考虑最佳方案。

头一年，到加拿大麦吉尔大学医学院附属皇家维多利亚医院担任内科高级住院医生，学习半年多的内科，两个月的糖尿病诊治，三个月的儿科、皮肤科，打牢基本功。次年，先到美国波士顿传染病医院向青霉素研究专家克尔夫教授学习（那时，青霉素刚用于临床），再到梅奥医疗中心进修。尽管梅奥医疗中心位于冷僻的小镇，可每天竟有上千人从美洲各地赶来求医。曹钟樑去了，总结出"梅奥办医院的经验"。然后到约翰·霍普金斯大学医学院、康奈尔大学医学院……通过比较、鉴别、分析，怎样组织现代医学教学与实践，曹钟樑已成竹在胸。

助理住院医生一年，协和两年，北美两年，曹钟樑像优秀的三级跳远运动员，冲劲足，跃得高。

曹钟樑从北美学成回国后，任华西协合大学医学院院长兼内科主任教授。

五、二十年大战钩体病

1951年，华西协合大学由政府接办，并更名为华西大学。1953年全国院系调整，华西大学更名为四川医学院，曹钟樑担任教务长兼医疗系主任，1962年被任命为副院长。

虽然曹钟樑担任副院长，却从来没有离开过临床，白大褂就挂在办公室，随时准备着穿上冲向救死扶伤第一线。

1958年7月的一个深夜，曹钟樑接到省防疫站的电话："温江地区发现肺鼠疫，不少人感染……"凌晨，曹钟樑便带着一个医疗小组赶到温江。

现场调查，无死鼠，病人痰内无鼠疫杆菌，曹钟樑断定不是肺鼠疫。

一位在江浙农村调查过流感的教授认为是出血的"流感"，但是一位北京流行病学教授说："不，病菌是从皮肤侵入人体的……"

众说纷纭。医疗小组初到温江就从病人身上抽血注射给豚鼠，七天后把十只豚鼠全杀了，竟没有重要发现。其实正确的方法应是一天杀两只，持续观察，让病灶充分展示出来。这个细节上的疏忽，使实验没有得出正确的结果。

曹钟樑最初也倾向于流感的判断。当省卫生厅的领导问到他究竟是什么病时，他干脆地回答："是流感。"

这一结论使他追悔莫及！

"流感"仍在蔓延……

一个月来，曹钟樑带着医疗小组和地区专员一道四处奔走，八方应付，感到心力交瘁，十分沮丧。

四川医学院一位微生物学方面的教师终于在一只死鼠血液中抓住了凶手——钩端螺旋体。曹钟樑猛然想起"皮肤进入"的细节：发病期正是收早稻的季节，患病的老鼠排尿于水田之中，下水田的人总是赤脚露腿，病菌便轻而易举地钻入皮肤，进入人体，在肺部安营扎寨，造成患者咯血，死亡。

曹钟樑常对学生讲："我在钩体病上有过深刻教训——在医学上绝不能搞'大胆假设，小心求证'。对于病，必须本着实事求是的准则，要用全面的观点、变化的观点、抓主要矛盾的观点来看待。"

钩体病戳痛了他，他下决心要"报一剑之仇"，降伏钩体病。

从1958年起，二十年来，曹钟樑哪怕工作再忙，每年也要挤时间下乡调查钩体病。经过曹钟樑、戴保民等一批科学工作者坚持不懈的努力，猖獗一时的钩体病节节败退，最终在成都平原绝迹。

六、医德，接受严峻考验

这是曹钟樑一生中的重要考验。

1965年3月，时任中共中央政治局委员、国务院副总理、中共中央华东局第一书记、上海市委第一书记柯庆施突发急性坏死性胰腺炎，病逝于成都。因为曹钟樑、吴和光、罗德诚均为四川医学院派出的医疗组成员，参与了抢救和最后的病理解剖。"文化大革命"中，有红卫兵多次威逼已经"靠边站"的曹钟樑、吴和光，要他们承认所谓"是李井泉（时任中共中央政治局委员、中共中央西南局第一书记、四川省委第一书记）害死了柯庆施"的诬蔑之词，他们均坚决拒绝。

不断有好心人来劝曹钟樑，曹钟樑说："几年前是这样说，现在这样说，十年后、二十年后，还是这样说。病人不管是高官显爵，还是平民百姓，医生笔下的诊断书绝不能涂改！作为医生，最重要的是医德。"

一位老病号回忆说："我在'文化大革命'中得了肝炎。东打听西打听，打听到曹老的住址，找上门去求医。那时，曹老和他的老伴住在一间狭窄的房间里。曹老见了我，和颜悦色地问了病情。他要我躺下，让他摸肝部。躺在哪里呢？就躺在他们老两口的床上。我真不好意思——我得的是肝炎，是会传染人的；再说，我那双穿臭胶鞋的脚，怎么好往曹老干干净净的床上搁呢。曹老看出了我的顾虑，笑着说：'没关系，床单弄脏了可以洗，你的病要赶快确诊赶快治。'躺在曹老的床上，我的鼻子一下子酸了……"

无论是"达官贵人"还是看门老头，只要找曹钟樑看病，他都是一样认真地诊治。在乡下调查钩体病时，他曾用自己的手绢给患者揩嘴角的血，他曾口对口吸痰救活了一个农民的儿子。病人来了，他立即放下手中的饭碗或书本，笑着迎上去——他平时如此，在严峻的关头仍然如此。

阴云笼罩着成都南郊，但曹钟樑每天早上仍坚持骑一辆破自行车去上班。儿子劝他歇一歇，他固执地说："病人在等我看病。"

他在医院走廊上一出现，病人便拥了上去。那热烈的、期待的目光，那一声声恳切的呼唤使他热血沸腾。一大早，挂号的人就排成了长龙。

"曹院长那个诊断室的号挂满了，再加十个号吧！"

"曹院长看病怎么看得那么慢？"

"他问得太细了，他太认真了。"

"快一点钟了，他还没有下班！"

曹老的老伴说："后来有一段时间，不让他给病人看病了，这是他最难受的。又过了一段时间，终于有了为病人服务的机会，却不是当医生，而是当清洁工。他对我说：'当清洁工也要当出个高水平来！'他操起了扫帚、拖布，不但把病房打扫得窗明几净，连角落的陈年老垢也清洗得干干净净。从来无人掏的臭阴沟也被他掏通了。然而有一天，他在花园里清理碎纸、棉签等垃圾，没料到，'哗——'一盆脏水从楼上泼下来，把他浇成落汤鸡。他没有说一句话。那是寒冬腊月呀，头发湿了，衣衫湿了，他浑身打战，嘴唇发乌。回到家里，我一边替他换衣服，一边抹眼泪……"

曹老马上挥手说："打住，打住。那种苦日子总算熬到头了。"

七、又一个"曹哥子"

曹钟樑有七个孩子，他一直盼望着七个孩子中有学医的，好继承他的衣钵。1951年，他的大儿子曹泽毅考上了华西大学医学院，遂了他的心愿。

与曹钟樑没有母爱的童年相比，曹泽毅是非常幸福的。

读中学时，曹泽毅各科成绩优秀，还特别喜欢田径运动和拉小提琴，而且经常参加歌咏活动，课余生活丰富多彩。

曹泽毅在进入大学前，经常听父亲在家中讲当代医学名家的"绝活"以及在疾病检查、诊断、治疗等方面的各种趣事。这为他选择学医埋下了种子。

曹钟樑一家人的合影（前排右为曹钟樑，后排右二为曹泽毅）（摄于2003年）

在医学本科的学习中，曹泽毅尚未显露锋芒，而在临床实习中，曹泽毅的胆大、心细、手巧就显示出来了，这与他中学时代喜欢动手做实验有关。他特别喜欢外科，对指导老师的一招一式，如录像般录入脑海中。鉴于他出色的学习能力，在实习期间，指导老师就让他主刀，做了一例阑尾手术。对于实习医生而言，能在实习期间手握柳叶刀做一例手术，是一种很高的荣誉。

大学期间，老师和同学们都喜欢性格开朗、待人诚恳、多才多艺、成绩冒尖的曹泽毅，还给他起了一个跟他父亲曹钟樑相同的绰号——曹哥子。

"田野小河边，红莓花儿开，有一位少年真使我心爱……"那是这首苏联爱情歌曲在华西坝广为流传的年代。药学系有一位相貌端庄的女同学叫杨家灿，一直在静静地观察着快乐的曹哥子。无论是在运动场上投入激烈的短跑比赛，还是在舞台上拉着小提琴如醉如痴地演奏世界名曲，这双眼睛都悄悄地盯着他。其实，曹哥子也在默默地观察着这位出身书香门第的女同学。当目光相遇时，两人脸红了，心跳了，最美的爱情萌芽了。

多年后，老同学们提起曹泽毅和杨家灿，都说："看嘛，他俩笑起来的表情，简直一模一样，真是天生的夫妻相！"

曹哥子啊曹哥子，值得回味的大学时代，学业、爱情双丰收啊！

八、从外科到妇产科

品学兼优的曹泽毅，大学毕业后留校了。

在外科工作不久，领导对他说："希望你去妇科，因为妇科急需年轻人。你是党员，应当把祖国的需要放在第一位。"喜欢外科的曹泽毅，就这样被分配到了妇科。

他刚刚在妇科门诊室坐下，发现病人进来看一眼转身就跑了，有的还以为走错了诊室，瞪大眼睛问他："你看妇科？"

曹泽毅真有点烦恼，父亲鼓励他："一定要做一个好的妇科医生！要干，就要干好！"

追根溯源，华西妇产科有着厚重而辉煌的历史，在中国现代妇产科医学领域，有着很高的地位。

1892年，加拿大志愿者、医学博士启尔德等人在成都四圣祠街创办了中国西部地区第一家西医医院。20世纪初，启尔德的夫人启希贤创办了中国西部地区第一家妇女儿童医院。1910年，美国、加拿大、英国的五个基督教会联合创办了华西协合大学。1932年，第一位妇科女博士乐以成毕业于华西协合大学医学院。之后，乐以成赴北京协和、美国和加拿大进修，充分吸取了最先进的妇产科理念。回到母校任职后，她以准确的诊断、严谨的作风、丰富的经验、精湛的技术，赢得越来越多的口碑，并带出一批弟子，使华西妇产科不断地扩大增强。

乐以成主任和一批老专家，看到曹泽毅和一批年轻医生进步很快，华西妇产科后继有人，感到非常欣慰。

实际上，一个时代有一个时代的难题，一代人有一代人的际遇。

按说，在住院医生岗位干满四年就该升任住院总医师，再前进一步，成为主治医师，可曹泽毅在住院医生的位置上一干就是八年，没有"进步"。外出学习交流没他的份，"上山下乡"却少不了他这个妇产科的业务尖子。

曹泽毅把所有的际遇都当成是考验，毫无怨言地接受了。喜欢工科的他，明白了一个道理：不管是在磨刀石上磨，还是在砂轮机上磨，锋利的刀刃，全都是磨砺出来的。

九、磨砺，磨砺，再磨砺

1958年，曹泽毅和十二名医生组成的医疗队，到遥远的木里藏族自治县做巡回医疗。从成都坐三天的汽车，颠得人五脏六腑都要错位，浑身骨头都要散架了，才颠到西昌。前面不通公路，翻山越岭，步行整整七天，经过了满眼荒凉的山区，才到达木里县城。

县城只有破旧的半条街。贫困与落后，不言而喻。当地的老百姓对医疗宣传半信半疑，只相信打针可以治病。医疗队带的一点药品很快就用完了。有一天，一位同学从几十公里外赶来，说一位老人可能得了阑尾炎，请曹泽毅赶快去救治。那时正值隆冬，漫天飞雪，曹泽毅已经学会了骑马，便迎着风雪骑马前往。

见到老人后，曹泽毅一检查，果然是阑尾炎，必须立即做手术。可是，这里的卫生站什么手术器械都没有。于是，曹泽毅给老人做了腰部麻醉之后，就用剃须刀片代替手术刀，没有无菌手套就用碘酒擦擦手，最后在手电光的照射下，成功地做完了这台手术。

事后，曹泽毅说，这实在是铤而走险，不得已而为之！

后来，曹泽毅多次"上山下乡"，几乎走遍了四川所有的县城，在非常简陋的条件下做了多台手术，将柳叶刀磨砺得更加锋利。

1963年，曹泽毅考上了北京医学院（今北京大学医学部）的妇科肿瘤硕士研究生。读研将近结束时，他作为北京医学院派出的"四清"工作队队员，前往山东乳山南黄镇北斜山村参加当地的"四清"运动。

那时，生活真是苦不堪言。他住在贫农家，与主人同吃同劳动。当地只有地瓜（红薯）和玉米。玉米碾成带颗粒的棒子面，和野菜煮成"棒渣粥"，吃一口如咽粗砂，满口钻。地瓜干发出一股霉味，却比"棒渣粥"容易吞咽。当地产虾，虾身上交，虾头留下制成酱油，曹泽毅便用地瓜蘸着酱油吃，算是美味了。房主老太太对曹泽毅很好，总是偷偷地在他枕头下塞一把花生，让他"改善生活"。

当时，为了抢时间，都是晚上开会，当地群众常困倦得睁不开眼睛，睡得东倒西歪。曹泽毅心想，照这样下去，大家的身体都吃不消，很容易生病。于是，他向队长反映了情况，队长同意他义务给乡亲们看病。他又向队长建议办学习班，培养本村的"医生"，队长也同意了。曹泽毅挑选了几个聪明伶俐的青年，办起了学习班。

曹泽毅教得十分认真，完全按照医学教学的顺序，先教人体解剖，再教如何应对常见病、多发病，如腹泻、发烧等。学生们学得很认真，进步很大，很快就能为乡亲们医治一些常见的病痛，解决了一些实际问题，得到了乡亲们的好评。

一晃四十年过去了。2005年，当年的村医，一位叫宋宗英的女医生在电视上看到了曹泽毅，激动万分，千方百计和他取得了联系。2008年，曹泽毅和宋宗英在北京见了面。宋宗英告诉曹泽毅，当年分别后，他们几个学生为乡亲们看了几年病，后来，几名女生嫁到了外地，几名男生大多从事与医学相关的工作。有两名男生，当了一辈子村医，为乡亲们的健康默默地奉献了一生。

听着宋宗英的讲述，曹泽毅百感交集，不禁老泪纵横。

岁月啊，不仅磨砺着曹泽毅的柳叶刀，也磨砺着曹泽毅的意志与感情。最真挚最纯洁的情谊，不仅没有被岁月磨损，反而更加熠熠生辉。

十、在巴塞尔大学拿下博士学位

1978年，曹泽毅通过了全国首批出国留学考试，因英语是六十分达标，他差了四分，被分配到非英语母语国家瑞士。他正为未能到北美留学而感到遗憾时，才发现在瑞士留学的种种好处。

首先，他就读的瑞士巴塞尔大学医学院，设备先进，师资力量雄厚，不输北美的一流医学院。其次，在北美和欧洲的大多数医院，进修生不能够做临床手术，但瑞士的医院允许进修生做临床手术。这是让曹泽毅非常高兴的一件事，因为能够做临床手术，才能学得更细更深，记得更牢。

在瑞士留学期间，曹泽毅结识了两位重要人物，一位是享誉欧洲的妇产科专家凯塞尔院长，另一位是无微不至地照顾他生活、给予他很多帮助的达鲁尼亚副院长。

达鲁尼亚鼓励他说："曹，你代表中国，一定要有骨气，通过自己的努力赢得尊重。我相信你能成功！"

凯塞尔院长很强势，他说手术怎么做就得百分之百地执行，没有什么可商量的。一天，凯塞尔让曹泽毅做一台子宫肌瘤切除手术，要求保留子宫。手术中，曹泽毅发现，病人子宫内长的是低度的恶性肿瘤。他认为，必须要做子宫全切术，以绝后患。这时，助手和护士都劝他说："你不照凯塞尔院长的指令做，他会大发雷霆的。"曹泽毅坚持暂停手术，等院长来决断。不一会儿，凯塞尔院长匆忙赶来，一看，确实不能保留子宫，才下令说："切除子宫！"当天下午开例行会议时，凯塞尔院长坦诚地宣布："今天，曹医生纠正了我的一个错误。"

从此，从院长到医生，大家都加深了对曹泽毅的好印象。

在巴塞尔大学站稳脚跟之后，曹泽毅表示，希望能在巴塞尔大学拿到博士学位，凯塞尔院长摇摇头："这，几乎不可能。"

因为曹泽毅没有受过瑞士的系统教育，要从本科补起的话，简直是天方夜谭。最后，凯塞尔院长还是答应找校方谈一谈。

在凯塞尔院长的竭力推荐下，校方同意破例让曹泽毅申请博士学位，但他必须通过外科系统的妇产科、内科系统的皮肤科、病理科的三门考试，还要提交一篇学术论文，并顺利完成答辩。对于曹泽毅，最难的是皮肤科。读本科时学了一点，早已忘光了。是皮肤科主任帮助了他，给他提供了五百张各种皮肤病的照片，他必须牢记每一种皮肤病叫什么名字，怎样诊断，用什么方法治疗，等等。

经过半年多没日没夜的艰苦努力，曹泽毅以三门功课全优的成绩通过了考试，并顺利通过了答辩，成为1976年10月以后第一个在欧洲取得医学博士学位的中国人。

凯塞尔院长也很高兴，要发给曹泽毅几千瑞士法郎，作为他为医院工作的报酬，被曹泽毅婉拒了。凯塞尔改变了主意，决定资助他到美国去进一步深造。曹泽毅经请示教育部，获准去美国进修一年。

正像当年父亲曹钟樑赴美进修时产生了"饥饿感"一样，在纪念斯隆-凯特琳癌症中心，在MD安得森癌症中心，在迈阿密大学，曹泽毅开始了贪婪的"吞咽"。他师从世界著名的妇产科教授拉特利奇，学会了系统的妇科肿瘤诊疗规范，以及子宫肌瘤剔除术。

瑞士读博，美国进修，曹泽毅深感医学的发展必须多交流，只有通过交流，一个医生的经验才能成为十个、百个、千万个医生的经验，甚至成为全世界医生的共同经验，造福于人类。

1983年，曹泽毅满载学业成果，回到祖国。

十一、著书立说

曹泽毅无论是当院长还是会长，都没有脱离过临床。他经常穿上白大褂去查房，发现问题并予以解决，还经常给中青年医生讲经典案例，尽量将自己的学术成果传给后人。

1999年，人民卫生出版社策划、组织、编辑出版了妇产科大型专著《中华妇产科学》，这部书由曹泽毅主持编写。2014年，修订后的《中华妇产科学》第三版面世。

《中华妇产科学》第三版编者有三百八十余人，涵盖来自全国一百多所高等医学院、省市中心医院和研究所的经验丰富的资深专家教授和工作在医、教、研第一线的优秀中青年学者。特别令人高兴的是，这部书还邀请到中国台湾地区、香港特别行政区、澳门特别行政区的专家学者和美国、澳大利亚的部分中国学者参与编写，使这部书充分体现了我国老、中、青妇产科专家学者们团结协作的精神。

业内权威人士认为：《中华妇产科学》总结了中国和国际妇产科学的最新经验和成果，也是众多妇产科领域的专家团结合作的结晶，是当代中国最权威的妇产科学巨著。

中国工程院院士郎景和在序言中特别介绍说："曹泽毅教授主持编写的《中华妇产科学》，得到了广大读者的赞许，两年前开始了第三版的修订工作，增加了很多新内容。由原来的上、下册增加为上、中、下三册。历经艰辛努力，终使此书得以圆满完成。曹泽毅教授及其同道们所做的工作，不仅对我国中青年妇产科医师的成长有很大的帮助，而且对我国妇产科事业的发展都有深远的影响。我希望《中华妇产科学》将会一代一代更新、再版下去，成为我国广大妇产科医生的良师益友，为我国妇产科学事业的发展做出重要贡献。"

1999年以来，曹泽毅先后主编了《中华妇产科学》《中国妇科肿瘤学》等多部妇产科的重要学术著作。此外，他还组织全国妇科肿瘤专家编写了我国妇科肿瘤的诊断治疗规范。

曹泽毅认为，点点滴滴积累的临床经验，是用血和生命换来的。还有中外妇产科专家多次争议、碰撞，让理论经过锻打，有了更充分的依据。著书立说，不是求个人声誉，而是用于治病救人，指导实践，提升整个妇产科行业人员的素质，从而造福于全人类。

2021年1月10日，在北京召开的第六届医学家峰会上，曹泽毅教授入选"中国十大医学泰斗"。

对于众多的头衔，曹泽毅也像三十多年前他父亲曹钟樑一样，看得很淡，他说："我觉得，这些头衔都是一时的，过期作废。只有'妇产科医生——曹大夫'，是我一生的荣誉。"

两位曹校长，一生都把"当好一名医生"作为自己的信条。

第八章
华西"刀神"吴和光

一、解读"和光"

"和光同尘"四字，出自老子的《道德经》，意为将所有的光彩混合在一起，与尘俗相同。表明大智者，与世俗融洽，不突出自己，不露锋芒，与世无争。

吴和光，其名取"和光"二字。观其一生，恪守古训，无论风云变幻，泰山压顶，他都不动声色；作为当代名医，柳叶刀指处，病魔溃退，死神却

吴和光

步；作为任职十八年的华西医院院长，成绩斐然，声名远播。真是"不争名利者，誉满天下；'和光同尘'者，名垂青史"。

二、"中场"大将

吴和光在重庆读中学时，就迷上了足球。后来，他驰骋于华西坝绿茵场，成为校队主力。他个子高大，控球力强，判断精准，最擅长的位置是中场。对方攻来，他如闸门，有效阻断；我方攻去，他给前锋喂球，一个长传冲吊，便精准地将球送至前锋足下，让前锋舒舒服服地完成射门。若逮着机会，他会毫不犹豫，从中场发动进攻，闪过对方拦截队员，来一个惊天动地的直捣龙门。当年华西医院足球队，擅长英式打法，简洁明快，中场的把控极为重要。吴和光正是镇守中场的大将，队中的灵魂人物。

脱下球衣，穿上白大褂，手持柳叶刀的，是另一个"镇守中场"的吴和光。

吴和光于1936年毕业于华西协合大学医学院，获医学博士学位，同时获得美国纽约州立大学医学博士学位。

抗战时期，多所大学内迁至华西坝，许多中国现代医学精英荟萃于成都，年轻的吴和光师从鼎鼎有名的董秉奇教授。

董秉奇1932年毕业于美国哈佛大学医学院，获博士学位。回国后，曾担任北京协和医学院外科主任。他对学生要求严苛，手术台上，如果你有一点不规范的动作，止血钳之类的手术工具就会叭的一声敲来，皮肉之痛虽轻微，可心上之痛会让你终生铭记。

经过董秉奇的"敲打"，吴和光大有长进。

1947年，吴和光获得加拿大红十字会资助，赴加拿大多伦多大学附属教学医院学习。1949年，他又进入美国马萨诸塞州综合医院学习。在加拿大和美国的三年，吴和光进一步开阔了眼界，博取众家之长，将一把柳叶刀磨砺得更加锋利。

吴和光从华西协合大学毕业后，长期从事普通外科与神经外科的临床医疗、科研和教学工作，尤为擅长诊治肝、胆、胰脏方面的疾病，成绩斐然。年纪轻轻的他就担任了华西协合大学医院外科主任、副院长。

1951年10月6日，四川省人民政府接收私立华西协合大学，学校更名为华西协合大学，吴和光被四川省人民政府任命为新中国成立后的华西协合大学附属医院（1953年更名为四川医学院附属医院）第一任院长。

从20世纪50年代开始，经吴和光的主持和规划，仅有内、外、妇、儿四科和二百三十张病床的医院进行了大扩张、大发展。在兼并了成都两所专科医院之后，华西医院新增了耳鼻喉科、精神病科，增加了门诊大楼、内科大楼、外科大楼及一些现代医疗设备，还拥有了一千五百张病床。

吴和光任四川医学院附属医院院长期间，制定了医院管理的医、护、研各项规章制度，倡导和实施了住院医师培养制度，对外科临床医生提出了"稳准轻巧"的外科手术指导原则，为医院的现代化建设和高级医务人员的人才培养做出了巨大的贡献。

1968年，吴和光被任命为四川医学院科研副院长。他先后领导并创建了口腔、肿瘤、药学及生物医学工程、肝胆胰、神经疾病、器官移植等十余个包括基础医学和临床医学在内的研究所或研究室，有力地促进了整个学院的基础医学和临床医学的发展。

无论是十八年的医院院长，还是后来的医学院科研副院长，吴和光都是镇守中场的大将，是医院和医学院的灵魂人物。

三、大道至简

谈到吴和光的行医和管理风格，吴和光的弟子都说：吴院长不苟言笑，待人坦诚，淡泊名利，精研医术，从不做长篇大论的报告。他带研究生，言简意赅，只讲要点；在管理工作中，长话短说，绝无空话，是典型的"用手术刀说话"的外科医生风格。

1954年，吴和光与神经内科专家黄克维教授合作，成功地开展了脑外科手术。紧接着，吴和光在开展脑外科手术的基础上，在外科学二级学科中进行细分，设立了三级学科神经外科专业组，并与黄克维、丘禔光成为专业组负责人，在我国西南地区创建起了第一个神经外科。

锋利的柳叶刀，在吴和光的手中变得无比神奇。他下刀之准确，动作之麻利，手指之灵活，而且速度之快，令观看过他手术的骨科医生曹振家、泌尿科医生邓显昭等名教授以及外科医生，无不叹服。这种外科手术水平，全国罕见，四川唯一，他也被医界赞为"从头做到脚"的全能外科专家。

"刀神"的故事，流传至今。

20世纪50年代初，某援华专家突然腹痛，各项指标表明，他得的是急性阑尾炎。这位专家身体肥胖，腹大如鼓，主刀医生打开腹腔，竟然找不到阑尾深藏何处。无奈，只好请一位副教授出马。不巧的是，这位副教授手指有伤，还包着纱布，不能进行手术。最后，在众人的盼望中，吴院长出差归来，刚下火车，便风风火火直奔手术室。所有医护人员都为手术的一拖再拖而捏了一把汗。那翻过的肠肠肚肚，如同一篇涂改得乱七八糟的文章。而吴院长那把柳叶刀，如同文豪手中的笔，三下两下，切中要害，行云流水，圆满收尾。手术做得非常轻松，众人都松了一口气。

在三年困难时期，有人给医院送了一袋土豆。两位饥肠辘辘的住院医生，当夜就煮了一盆土豆吃下。未及天明，两人腹痛不已。体弱的那位医生先被推进手术室，因肠穿孔大出血，竟死于手术台。而另一位腹痛的医生正待手术，刚好遇上吴院长清晨查房。他问清病情，立刻下令："通！"也就是说，只须洗肠子而不须动刀子。结果，该医生获救。此后，医院盛传，吴院长一个"通"字，就救下一命。

后来，医院又接收了一名因腹部剧痛而休克的患者，此时，患者已是命若悬丝。吴和光观察了几分钟，摸了一下患者的腹部，等不及化验单结果送来就下令:"割!"助手完全明白吴院长的意图,争分夺秒,将患者坏死的胆囊割下,又救下一命。

对于吴和光来说,比写论文、做演讲更具有说服力的是他的柳叶刀。

诚如古人所言:"大道至简。"

四、泰山压顶

"文化大革命"中,"反动学术权威"吴和光"靠边站"了。

"清华井冈山",是当时北京名声最响、影响最大的造反派组织。站在吴和光面前的是"清华井冈山"派出的"专案组"——七八个声色俱厉的红卫兵——一个个身穿军装,腰扎皮带,横眉竖目,杀气腾腾。他们要吴和光承认:是李井泉害死了柯庆施。

1965年3月,时任中共中央政治局委员、国务院副总理、中共中央华东局第一书记、上海市委第一书记的柯庆施来到成都。时任中共中央政治局委员、中共中央西南局第一书记、四川省委第一书记的李井泉,设宴盛情款待柯庆施等人。当夜,酒足饭饱,柯庆施意犹未尽,回房间时又要了包油酥花生米。那花生米,又香又脆,咸淡适中,柯庆施吃了一把。不一会儿,他觉得腹痛难忍,保健医生认为他是胆囊炎犯了,因为之前柯庆施就因此住过院。而吴和光、曹钟樑、罗德诚等四川医学院的教授认为他得的是急性胰腺炎,必须立即实施手术抢救。

第二天,由十三位专家组成的强大的上海医疗组飞来,坚持认为柯庆施患的是胆囊炎。上海和四川两方的专家产生严重分歧。最终,川医专家的意见未被采纳。

又过了一天,卫生部部长亲率北京的专家,匆匆飞来成都。

晚了,晚了,柯庆施的心脏已经停止了跳动。

在戒备森严的四川医学院附属医院病理解剖室,北京、上海以及成都的十几位专家，亲临现场，正襟危坐。由四川医学院挑选的医生徐世林、陈加林操刀，为柯庆施做解剖。

一团球状物，像一只污黑的血包子，霸占着腹腔。

随后，这团球状物被小心地收起，紧急送往北京，做进一步的分析。分析结果最终确认：柯庆施是因坏死性胰腺炎殒命的。

吴和光从容镇定，用最简单的语言，回答各种刁钻的提问：

"有病历，请看保健医生写的病历。"

"请看会诊记录。每一位医生的表态都做了记录。"

"你们可以到北京，查一下那个'血包子'的病理分析结果。"

说到"李井泉害死了柯庆施"时，吴和光反问："有证据吗？"

红卫兵们哑口无言，面面相觑。

吴和光说："没有其他问题，我就先走了。"

五、摘取"皇冠上的宝石"

任医院院长初期，吴和光就关注急性坏死性胰腺炎了。

急性坏死性胰腺炎是常见的危急重症，病情凶险，病死率高达百分之五十。这种病至今缺乏特异性的治疗药物和手段，是国际公认的医学难题。

一位普外（肝胆胰外科）老医生曾说，20世纪六七十年代，做急性坏死性胰腺炎手术，由于难度大，成功率低，可谓是摘取"皇冠上的宝石"。

胰腺本来不大，像一条细长的鱼藏在人的腹部。胰腺头紧挨肾脏，大血管密布，稍有不慎便会引发大出血。在动胰腺手术之前，先要摘除十二指肠，还要把切断的大小血管一一缝合。即使手术做得非常漂亮，引流又是一大难关。因为引流管要从靠近背部的腹腔内，经腹部将脓液引出，由于是从低处往高处引流，常发生堵塞，易引发感染。20世纪70年代初，上海一家著名医院在学术交流时特别介绍，做胰腺手术要在腹部大开口，横一刀竖一刀，让坏死的胰腺充分暴露，便于切除与引流。为防止大面积伤口感染，术后护理必须在无菌病房内进行。当时，这家上海的医院医治急性坏死性胰腺炎的技术算是先进的，然而成功率也只有百分之二十左右。

当上海的大开口、横一刀竖一刀的经验在全国的同行中试行时，没料到，一份来自四川医学院的报告指出，做同样的手术，四川医学院的成功率竟达到百分之六十甚至以上。原来，吴和光一直在思考如何改进胰腺手术。一家外国医院从后背插引流管的报道激发了他的灵感。于是，吴和光在国内首创从患者后背开刀，直取胰腺的手术方式。这种方法，伤口小，患者术后平卧，脓液从低位流出，引流十分顺畅，避免了堵塞与感染。

吴和光的弟子张肇达博士采用此法，医治急性坏死性胰腺炎，并且不断改进，成功率越来越高。这种手术方法，一直沿用至今。1991年，吴和光主持的"急性坏死性胰腺炎经腹膜后引流新技术"项目荣获四川省科技进步一等奖。

六、中西医结合出奇效

四川医学院附属医院的中西医结合科始建于1956年，是西医院校首批建立的中西医结合科室。早在20世纪70年代初期，吴和光院长就主持成立了以中西医结合治疗为核心的急腹症攻关小组，致力于治疗急性胰腺炎的探索。

对于吴和光这样的大医，一个大的难题就是一次严峻的挑战，而一次严峻的挑战竟然催生出中西医结合治疗的新成果。

那是1989年，原四川省委书记杨超在攀枝花突然发病。四川医学院的一个抢救组赶去，经诊断确定杨超得的是急性坏死性胰腺炎。杨老被紧急护送到成都后，根据检查结果，应立即实行手术，但没有手术条件，因为杨老已经七十八岁了，且患有心脏病。

有医生说，按相关会议上权威人士总结的"一经确诊，立即手术"八字方针，应当设法给杨老做手术。

吴和光回答："所谓'立即手术'，也要看身体条件。炎症刚开始发作，需要等几天，等胰腺坏死形成的脓液成熟包成团，才好手术。"

杨老昏迷了近十个小时，腹部隆起很高，却无肠鸣声，更无大小便排出。吴和光组织了多位教授、副教授参加大会诊。西医各科均表态，再观察，再观察。难怪医生们都缄默无语，省上领导也都来了。吴和光作为院长，顿感压力山大。

吴和光的目光扫过蒋俊明教授。蒋俊明欲言又止，似乎想说什么。

蒋俊明，1955年考入四川医学院医疗系，毕业之后改行学中医，一直在中西医结合科打拼。此刻，在众目睽睽之下，他终于打破沉默，说道："可不可以用中药汤剂试一试？"

其实，蒋俊明早已经熬好了几罐汤药，准备给杨老服用。他对吴和光说："按张仲景的理论，'观其脉证，知犯何逆，随证治之'。分析'知犯何逆'，原来，杨超吃了一碗蛋炒饭，油脂比较重，引发了急性胰腺炎。去攀枝花参加抢救的张医生，曾给杨老开了中药服下，腹痛稍有缓解。也许，继续服中药，会有效果。"

吴和光对蒋俊明充分信任，放手让他采用中药治疗。深夜回到家中，吴和光又翻阅了大量资料，一夜无眠。第二天，天还没亮，吴和光便匆匆走进医院的外科病房。

蒋俊明身上带着浓浓的烟味，一脸倦容却难掩心中喜悦。他对吴和光说："吴院长，杨老有了肠鸣声。三次排便，已经有上千毫升了。"

吴和光来到病床前，杨老已睁开双眼，面带微笑。他伸手触摸杨老下腹，平缓而松弛，不禁大喜过望。那一刻，吴和光已经敏锐地感觉到，中西医结合，攻克急性坏死性胰腺炎，是一条成功之路。

杨老康复，从省委领导到各界朋友都松了一口气。

之后，吴和光点将，由冉瑞图、郑光琪、蒋俊明等成立五人小组，重点研究中西医结合攻克急性坏死性胰腺炎。

斗转星移，三十多年过去了。长期以来，中国老百姓有一种普遍的说法："中医见效慢，西医见效快。有急症，找西医。"但是，在华西医院，急性坏死性胰腺炎患者来求医，护士会告诉你："请挂中西医结合科。"

如今，华西医院中西医结合科已经是全国排名前列的科室，年富力强的科主任夏庆信心满满地说：

"实践证明，在危急重症的救治中，中医药也能唱主角。在中医整体观念、辨证论治理论的指导下，中西医结合科归纳了重症急性胰腺炎的中医病机演变规律，创新性地提出了该病的'热病观'理论，形成了运用益气养阴、活血化瘀、清热解毒、通里攻下（简称'益活清下'法）四大主要治法治疗重症急性胰腺炎的路径，沉淀了'人用经验'的有效方剂——柴芩承气汤系列方剂。这套疗法降低了危重患者的手术创伤风险以及严重并发症导致的高死亡率和高昂费用，使重症急性胰腺炎成为'十一五'和'十二五'期间医院内的十大优势专病之一，也为日后'华西模式'的形成和推广打下了坚实的基础。

"紧接着，中西医结合科通过资源整合、多学科协作，中医理论和治疗方案日臻完善。如今，以中西医结合非手术治疗理论和实践为出发点，以交叉学科专病治疗为纽带，中西医结合科打造了世界上规模最大的以中医科室牵头、西医多学科协同的'一体化'单病种治疗中心，是国家卫生健康委属（管）医院中规模最大的中医临床科室。中西医结合科最新的前瞻性研究表明，中西医结合非手术治疗方案使重症急性胰腺炎患者的病死率降至百分之十八左右，显著低于国际大宗病案报道的病死率水平。科室秉持着中医早期综合介入、全程精准主导的原则，胰腺坏死率减少，重症急性胰腺炎患者手术率降至百分之十一点五，人均费用也由西医科室的六万八千元降至四万二千元。据统计，科室目前每年运用中西医结合方案治疗两千余名急性胰腺炎患者，临床规模居全国之首，形成了重症急性胰腺炎的'华西模式',得到了国内外同行的广泛认可。"

如今,八十多岁的蒋俊明感叹道:"看看如今华西医院中西医结合科的成就,真佩服当年的吴院长,有眼光,有魄力啊!"

七、"老船长"的眼光

航船上,老船长总是手持望远镜,注视着远方。

在华西医院这艘大船上,吴和光就是经验丰富的老船长,他总在寻找引领现代医学发展的那些闪闪发光的新的航标灯。

难怪吴和光严格要求他的研究生必须用英文写病历——那些病历,他要亲自过目,仔细修改。他经常对学生说:"我们地处内陆,国际上的医学发

吴和光(前排左三)和他的教授团队与研究生的合影(摄于20世纪80年代)

展日新月异，突飞猛进，只有掌握最新的前沿医学知识才能了解到国际医学新动向、新技术。如果你们不能熟练使用英语，等于是睁眼瞎。一个睁眼瞎，怎么知道前进的方向呢？"

国家补贴给吴和光的博导经费，他全拿出来，让学生们买专业书，订专业杂志。他说："这是最起码的投资。"

器官移植，是世界医学又一个难以攀登的高峰。

器官移植是活性移植，要取得成功，有三大难关需要攻克：一是移植的器官一旦植入受者体内，必须快速接通大大小小的血管，以恢复输送养料的血供，使细胞得以存活；二是切取的离体缺血器官在常温下很短时间内（少则几分钟，多则不超过一小时）就会死亡，所以要设法保持器官的活性；三是移植的器官来自另一个人，受者的身体可能会产生强烈的排斥反应，导致手术最终失败。

现代器官移植的历史并不长。1954年，美国人完成了世界上首例肾移植手术；1963年，美国医生进行了世界上首例肝移植、首例肺移植手术。可是由于排斥反应，接受器官移植的人，都未能存活太久。

1977年，上海瑞金医院的林言箴教授主刀，做了中国第一例肝移植手术。手术后，病人存活了五十四天。这在当时已属于世界先进水平。

1976年，吴和光组织临床多学科的专家教授协同合作，在国内倡导开展器官移植，并组织二十六个医疗单位协作开展肝肾移植及灌注与保存技术的研究与临床实践，成功实施自体肾移植后，又领导并组建了肝移植协作组（后成为国家教育部重点学科——四川大学华西医院普外科和卫生部肝胆胰研究室），建立起跨学科、跨专业，集医疗、教学、科研于一体的医疗和研究小组，开展了肝脏移植的临床研究与医学实践。

肝移植攻关的主力，是吴和光的高足严律南。

严律南1967年毕业于重庆医科大学，后获得四川大学医学硕士及博士学位。多年后，当记者问及他为什么会投身于器官移植时，他讲道，他遇到过一个六岁的可怜的小男孩，小男孩面黄肌瘦，一双深陷的大眼睛，充满了求生的渴望。他为小男孩做完检查后发现，小男孩长有巨大的肝母细胞瘤，唯一的求生之路是肝移植。但当时的医院，并不具备肝移植手术的能力，没能挽救这个孩子的生命，使严律南充满了揪心之痛，这也让他下决心"用一生的时间来攻克肝移植难题"。

吴和光看重严律南的勤奋好学、才华出众，更看重他的善良，他的"医者仁心"。

1999年2月，华西医院进行了第一例临床肝移植手术，五十二岁的患者罗某某是第一个接受了异体肝移植手术的患者，他至今还活着。这标志着严律南团队高度掌握了肝移植技术。

在三十多年的从医生涯中，严律南及其团队累计实施肝癌手术八千余例，临床肝移植一千四百多例，取得五年生存率达百分之八十三点五的良好成绩；开展活体肝移植三百九十四例，达到国际先进水平。2018年，严律南荣获"中国医师奖"，被誉为"肝移植领域的时代先锋"。

作为一名领航人，吴和光还特别关注生物医学工程学的进展。

早在1943年，吴和光就发现，外科手术用的缝合线，大有学问。澳大利亚制造的羊肠缝合线，几乎占据垄断地位。他创造性地提出并亲自采用蚕丝纺织的丝线进行肠壁及腹膜手术的缝合，经临床实践证明，丝线对人体组织是一种生物相容性很好的缝合材料，有良好的临床应用前景。从此，采用蚕丝线缝合外科伤口在临床上开始得到应用，并逐步为国内外外科界所广泛认可。

从20世纪70年代末开始，为了紧跟国际新兴学科的发展，开拓我国处于萌芽状态的生物医学工程学，吴和光多次和中国医学科学院院长黄家驷商议，共同向国家有关部门呼吁，支持新兴的生物医学工程学科的发展，为这门边缘学科在中国的建立和发展做了大量开拓性的工作。

吴和光是我国生物医学工程学科的先驱，也是四川省生物医学工程学科的奠基人。

1978年，吴和光奔波于成都科技大学（后与四川大学合并）和四川医学院，邀请康振黄教授、乐以伦教授，联合四川医学院的陈安玉教授、薛振南教授和陈怀卿教授，建立跨学科的技术交流，共同参与生物医学工程方面的研究工作，开展了技术难度极高的牦牛心包瓣膜（YPV-Ⅰ型）的研制及应用工作。在上述两院校中，率先建立了国内首个生物材料和人工器官研究室、生物力学实验研究室和生物医学工程研究室，同年建立了中国首个生物医学工程专业。

此外，吴和光还大力支持重庆大学吴云鹏教授、重庆医科大学李宗明教授建立血液流变学研究室。他不仅致力于在川渝地区推进生物医学工程学科的发展，并陆续建立起医用高分子材料、医用热解碳材料、人工器官等许多新兴的生物医学工程分支学科的研究所（室），还获国家批准，率先在国内成立了与生物医学工程学科有关的硕士点、博士点，招收硕士和博士，开展专项研究，为我国培养了一大批年轻优秀的生物医学工程人才。这些人现在已成为国内外高校、医院、企业的中坚骨干，为中国生物医学工程学科的发展做出了重要贡献。

吴和光（前排右三）等博士生导师与在读博士的合影（摄于20世纪80年代）

八、他穿着灰大衣走来

1984年，四川医学院建立临床医学博士后活动站，吴和光担任博士后导师，共培养医学博士十八名，其中有中国工程院院士郑树森、华西医科大学校长张肇达、全国五一劳动奖章获得者严律南、四川省卫生系统学术带头人李波等。

"作为一名医生，最重要的是医德；而作为一名外科医生，更要重视医德。能不用外科的方法治病救人，就尽量不要动刀。"这是吴和光导师对他的研究生经常讲的话。

张肇达说："1994年，吴和光老师因突发主动脉夹层动脉瘤病逝。说实话，不知道怎么回事，我流了好多泪，好像失去了一位父亲。二十多年来，我细细回忆他的点点滴滴，越是回忆越觉得，他不苟言笑的背后，是埋藏得很深的感情。比如，他心中时刻想着让华西医学站在中国的前列，细心布局着前沿学科和科研项目。有一名派往美国学分子生物学的博士，眼看就要毕业了，却发生车祸遇难，这让他非常伤心。"

吴和光的二儿媳、循证医学专家李幼平也说道："虽然爹跟这名年轻人接触并不多，但他心中一直牵挂着，留意这名年轻人的学习进度。因为，这名年轻人和华西的未来有关。车祸的消息如同晴天霹雳，让他难以承受。爹老泪纵横，泣不成声，我从来没见过他如此难过。"

张肇达说："在我印象中，吴老师只骂过一次人。那是他的一位硕士生，不经他的同意，将一篇论文署上了他的名字。他发现后大发雷霆，对这种送上门的荣誉嗤之以鼻。他的眼里容不下一粒沙子，把人品与道德看得比什么都重要。这位学子被他痛批之后，一改浮躁之风，从此低调做人，踏踏实实，事业上也有了成就。"

吴和光招收的十八个博士生，都是他严格挑选、精心培育的，成才率可以说是百分之百。相比现在有些所谓名教授、博导，疯狂扩招，却没有精力去培养，吴和光的故事，就像一面镜子，可以让那些名教授、博导照一照自己，感悟何以为师。

张肇达最后说："都说吴老师不苟言笑，一脸严肃。其实，他也有笑声不断、说话滔滔不绝的时候。那就是他生命的最后几年，每周星期五下午，他风雨不改，雷打不动，到普外跟我们'摆龙门阵'。在谈笑之中，传道、授业、解惑。我们想到，他已经八十多岁高龄了，要派车接他，他不答应，而是坚持走路，从钟楼旁走到外科大楼……"

张肇达说着说着，有些哽咽。

张肇达喜欢画画，他的手机上保存有自己业余时间画的画作。他用缓缓的语调，描绘了一幅画面：

黄昏，华西校园沐浴在金色余晖里。每当我走在长长的林荫道上时，总想到吴和光老师，他会不会从对面走过来？

他匆匆忙忙，在华西校园里来来往往了大半个世纪，那些老建筑、老树木、老荷塘、老员工都认得他。

在冬天，他总是穿着极为朴素的灰色棉大衣，夕照勾勒出他颀长的身影。他目不旁骛，脚步坚定而有力……

百年华西，因有吴和光而增光添彩。

和光同尘，永远是华西坝的一道靓丽风景。

第九章
华西泌尿外科泰斗邓显昭

一、共同的回忆

他头上有无数光环

任何一个都足以彪炳史册

我国泌尿外科泰斗级人物

华西医院泌尿外科创始人

教授、博导、外科主任、教务长、图书馆长

优秀教师

优秀共产党员

…………

然而，在所有认识他的人眼里

他就是一位朴实无华的慈祥老人

本应神一样存在的大咖

却默默隐身于红尘

他非凡的人格魅力

如同剑仙的内气

看似无形却有形。

…………

初读何生教授的这首《大医精诚礼赞》，除了被他的诗情感染，更被诗中包含的大量信息吸引。诗中描述的"他",就是华西泌尿外科创始人邓显昭教授。

邓显昭教授已于2014年仙逝。所幸,他的小儿子邓长春——华西坝长大的孩子们都亲切地叫他"邓四哥"——他头脑中还存储着鲜活的故事,手中也存有一些重要资料。

还有许多优秀的华西学子的大力支持,他们是:

邓显昭的学生兼数十年的同事、"柳叶刀诗人"何生教授;

现居国外、几乎每次回国探亲都要来看望恩师的张维本博士、伍波医生;

邓显昭的"亲弟子"——湖南的罗志刚,深圳的许四虎,成都的李响、沈宏等。

他们的共同回忆,描绘出邓显昭教授的名医风采。

二、一生与华西结缘

邓显昭,原名邓建初,字国庆,1919年出生于四川省崇宁县(今成都市郫县区唐昌镇)。1934年6月,邓家的姻亲、成都弟维小学的教务主任(副校长)冯道兰对邓显昭的父亲说:"不能再让国庆读私塾了,他应该到成都去上学。"经邓父同意,冯道兰就带着邓国庆到了成都。当时,邓国庆已经十五岁了,要取得小学毕业证最快的办法是考一个五年级的成绩,再读一年六年级就可以了。于是邓国庆参加了五年级的考试并以第一名的成绩升入六年级。可是问题又来了,五年级以前的成绩都没有,学籍档案里一至四年级的成绩栏为空白,怎么办?冯道兰就告诉他:"成都华英小学有一个叫邓显昭的学生退学了,你可以借用他一至四年级的成绩,但你的名字要改成邓显昭。"邓国庆听后非常高兴地说:"只要能上学,改名字就改吧,何况我早就不喜欢邓国庆这个名字了,因为'庆'的音同'磬',磬是庙里和尚念

邓显昭大学毕业照（摄于1948年）

经敲打的器物，我可不想被人常常敲打。我喜欢邓显昭这个名字。"从此以后，邓国庆就改名为邓显昭了。

邓显昭与华西结缘很深：小学就读于弟维小学，中学就读于高琦中学、华西协合中学，大学就读于华西协合大学。他是一个从小学读到大学的"纯华西"。如果从他考入华西协合大学算起，他在华西学习、生活和工作了六十五年，直到九十五岁辞世。遵照他的遗嘱，家人将他的遗体捐献给了他心中最神圣的医学事业。

三、街头演出《放下你的鞭子》

邓显昭从古老而沉闷的崇宁县来到华西坝后，感觉到了自由、快乐，性格变得很开朗。全面抗战爆发后，他参加了华西协合中学的演出队，下乡宣传抗日。

有一次，他们在万寿场演出自编自导的街头剧《放下你的鞭子》，效果很好。

那是个赶场天，一位江湖卖艺的老人敲着铜锣，哭丧着脸，有气无力地向赶场的人群说道："我是从东北逃难来的，路上遇见一个与父母走失的小姑娘，我看她很可怜，就收留了她，做我的孙女。她人虽小，但很聪明，今天唱几支歌，请大家捧捧场，赏几个饭钱。"小姑娘十来岁，非常羞涩。听到爷爷叫她唱歌，她紧张极了，牵着爷爷的破衣裳，看看爷爷，又看看围观的老乡，似乎有点不愿意唱。爷爷怕失去今天的饭钱，又哄又劝，小姑娘才转过身，刚唱了一句"我的家在东北松花江上"，便泪流满面，泣不成声。爷爷怕老乡们不满意，怒吼道："唱！唱！唱！你这傻闺女，你不唱，想挨揍了？"可小姑娘怎么也唱不出来，扑通一声给爷爷跪下说："爷爷，我实在不想唱了……"愤怒的爷爷，放下铜锣，拿起鞭子，高高扬起就要打小姑娘。老乡们看不下去了，高喊："不要打！不要打！"

这时，人群中挤出来一位老婆婆，一把拉过小女孩，护在怀里，伸手挡住鞭子说："老把子（四川人对老年男子的称呼），不要打，我知道你的苦楚，娃娃还小，你拖着她跑滩（四处漂泊），是个累赘，若丢下她不管，你又不放心。不如你把她留在我这个孤老婆子身边，我包她吃穿，等到把日本鬼子打跑了，你再来带她回东北，好不好？"老爷爷听了这些话，一时还没有转过弯，手里仍然举着鞭子。这时，一群歌咏队的学生挤进来，劝止老爷爷："放下你的鞭子！"他们又对老乡们说："小女孩没有唱完的歌，我们给大家唱。"老爷爷折服了，向人们打躬作揖，满含热泪地说道："从东北流亡了几千里，我心中的苦和愁啊，向谁说？"说着，他把鞭子狠狠地折断，表示再也不打自己的孙女了。小姑娘也从老婆婆怀中跑到爷爷面前，用手轻轻揩去爷爷脸上的泪水，然后唱道："我的家在东北松花江上，那里有森林煤矿，还有那满山遍野的大豆高粱……"

当唱到"爹娘啊，爹娘啊"时，现场已成了大合唱。爷爷、孙女，还有歌咏队，哭成一团，那情景真是感天动地。

此后，万寿场的乡民就把这场街头演出完全当作真人真事久久传诵。这场街头剧中扮演"爷爷"的人就是邓显昭。

后来崇宁县旅外学友会还在崇宁文庙里演出曹禺的话剧《雷雨》，引起不小的轰动。邓显昭是组织者，也是工作人员，参与化妆等，同时还在剧中扮演鲁贵，姐姐邓建平扮演鲁妈。

邓显昭的风趣和幽默，贯穿于教学之中，使学生们受益匪浅。至今，学生们回忆起他在课堂上讲的那些"经典段子"时，都还津津乐道。

四、荣获莫尔思奖章*

邓显昭属于当时新旧文化碰撞、中西文化交融时代的知识分子。他十四五岁才开始学习新学，此前读私塾，从童年到少年，学的是"四书五经"，临的是欧、褚、颜、柳各大家的字帖，师爷的戒尺总在眼前晃。稍有懈怠，戒尺打手板心。转学新学后，那背书的功夫，学习的定力，字斟句酌的严谨，尊师重教的习惯，使他受益匪浅。

邓显昭晚年的手稿中有他随手翻译的莫尔思的《紫色云雾中的华西》，那蝇头小楷，工整漂亮。字如其人，可见他就是一位学习非常认真、做事非常踏实的人。

崇宁县的老乡、老同学梁全海回忆道：

"有一天，我到显昭学长住的华英学舍去耍，无意间翻到了他的课堂笔记，至今仍给我留下深刻的印象，对我的启发很大。当时我们用的笔记本全是土纸，易破易裂，比起今天的笔记本质量差多了，可是他记得那么工整、

---

* 莫尔思奖章，华西协合大学医学院为纪念1937年退休的第二任院长莫尔思在学校辛勤工作二十四年所做出的杰出贡献，专门以他的名字设立的一个奖项。该奖每届授予一名品学兼优的医科毕业生，学校还将获奖者名字挂在医学院办公室，以激励学生努力学习，全面发展。最初一届是一枚金质奖章，之后改为荣誉奖。从1938年起到1949年止，共有十二届学生获奖。

详细，笔迹流畅，一丝不苟。笔记记了几大叠，堆放得整整齐齐，连边角都是平整的，这令我感到吃惊。后来我学着他的样子，取得了一些进步，但始终仍有差距。

"显昭学长不但学习成绩好，和同学们的关系也好，而且多才多艺，书画、唱歌、演剧、指挥啦啦队等样样在行。他还注意锻炼身体，喜欢用石杠铃举重，不分冬夏都用冷水洗澡。学生时期的全面发展，为他日后的事业发展奠定了坚实的基础。"

邓显昭自己也讲过：学医之苦——数不清的实验，背不完的课本，等等——几乎令每个医科学生谈之色变。有道是学医苦，学医累，细胞、组织都要背，解剖、手术都要会，一手拿笔，一手拿刀，不怕僵尸不怕鬼，死人看多无所谓。

一次解剖学考试，测试骨骼方面的知识，老师在解剖室沿墙脚放了一圈人体骨骼标本，每个标本对应一个具体问题，要求考生在试卷上作答。其中有一个标本，问题是"试分析此骨头骨龄"。邓显昭在这个问题上卡住了，他知道这是一块股骨，然而这块股骨非常小，却又发育正常、完整，这怎么可能是人的股骨呢？他仔细研究了标本，咬咬牙在试卷上填写了"不知道"。成绩出来后，他考了解剖课罕见的高分——九十分。原来那块股骨真的不是人的股骨，而是动物的股骨。老师出这道题，是为了考验学生是否具有实事求是的医学精神。

医科学生临床实习，随时都可能遇上考试。一天，一个六十多岁的外国人身穿便服，随主治医师查房。他将邓显昭负责的一位在日机轰炸中胸部受重伤的伤员从头到脚看了一遍，然后问邓显昭："换药了吗？"邓显昭详尽地向他介绍了伤员的伤情以及手术、术后治疗和近日恢复的情况。谁知第二天，那个外国老头又来了，指责邓显昭没有给病人换床单，并扬言要向院长报告。邓显昭也没有多想，就把护士的疏忽揽到自己身上，承认了过失并很快地换了床单。第三天，外国老头再次不请自来，一进病房就撸起袖子，递给邓显昭一只空针，让邓显昭给他抽血。邓显昭一番熟练操作后，外国老头露出了和蔼的笑容——邓显昭的一次临床考试结束。这个外国老头就是在华西教学和工作了三十多年的加拿大人胡祖遗教授。

当年与邓显昭一起考入华西协合大学医牙学院的有九十人，经过三年的严格考核和淘汰，只剩下十三位同学。他们是：梁永耀、邓显昭、叶成中、黄安华、胡镜尧、薛崇成、张慎徽、温光楠、杨式之、刘嘉伦、唐维晶、郭媛珠、刘源美。

邓显昭等欢送同学叶成中参加抗日远征军时在钟楼前合影（照片中只有十二人，刘源美因事离开）（摄于1944年）

1944年冬，十三位同学相聚，欢送老三叶成中参加抗日远征军。他们买来老字号"八号花生米"，在广益坝草坪上边吃边聊天，感觉还不过瘾，又来到钟楼前合影。身手矫捷、性格开朗的邓显昭就率先爬到银杏树的最高处。

邓显昭的毕业论文是《急性胰腺炎》，指导老师是王桂生教授，论文审核是曹钟樑教授，论文批准人是华西协合大学医学院院长启真道教授。

七年的医科学习培养了邓显昭的独立思考能力，他时刻谨记着要实事求是，不迷信权威，不固守陈规，还必须践行希波克拉底誓言，一旦穿上白大褂，凡事皆是"先病人后自己"。

1948年6月，邓显昭以医科学生第一名的成绩毕业，获得华西协合大学博士学位，同时获得美国纽约州立大学医学博士文凭。

当年6月28日，方叔轩校长在华西三十四届（1948级）毕业典礼大会上宣布："医科学生邓显昭，以品、德、学、健康均能达至高之发展，特授给莫尔思奖章。"

五、在抗美援朝手术队

1951年春，"雄赳赳，气昂昂，跨过鸭绿江"的歌声传遍成都大街小巷。4月30日清晨，走马街汽车站红旗招展，成都市各界人士汇成人海，欢送援朝手术队奔向战事正酣的前线。邓显昭作为当时的外科住院总医师，入选援朝手术队，并担任副队长。队长是华西牙学院院长宋儒耀教授。

当时，邓显昭的夫人肖淑芳有孕在身，她和援朝手术队队员王翰章的夫人、同样有孕在身的盛尔荃一起，去送别手术队。肖淑芳肚子里的孩子，就是邓四哥。所以，邓四哥曾骄傲地说："我曾经和妈妈一起送爸爸上前线。"

援朝手术队乘坐汽车离开成都，出东门翻山越岭到达重庆。又乘船经长江三峡到达武汉，再从武汉乘火车到达北京。在北京经过三个星期的培训之后，他们最终到达了设在长春的野战医院。

在野战医院，面对伤病员时，邓显昭和手术队其他成员才真正懂得了战争的惨烈。所有的伤员，都是卫生员从火线上抢救下来，又经运输员送到接收站，经简易清创、止血、包扎，又冒着敌人的炮火运送来的。

一位身材高挑、容貌俊美的女护士，双眼被缠上了白纱布。她是去抢救伤员时，被弹片击中了眼睛，导致双目失明的。她才十九岁，便永远坠入黑暗之中。然而，她却用乐观的情绪，不断地鼓舞着大家。此后多年，邓显昭每次说到这位护士，都感叹不已。

美军投下的凝固汽油弹爆炸后，溅到哪里就烧到哪里，这让我们的志愿军战士深受其害。医院住满了面部烧伤、瘢痕挛缩的伤员，真是看一眼就让人揪心！

邓显昭主要做植皮手术。从伤员的臀部、腿部、背部取下一块块完好的皮肤，去修补脸部、颈部的创伤部位。取皮既不能深也不能浅，那是一项极细心而又极需耐心的活儿。邓显昭越做越熟练，后来，他还"发明"了一种特殊刀具，能有效地成块地取皮。

在紧张的日子里，邓显昭和王翰章先后收到电报，邓夫人和王夫人都生下了一个男孩。为纪念援朝手术队的工作，邓显昭给小儿子取名邓长春。

1952年春，援朝手术队救治了上千名颌面受严重创伤的伤员之后，回到了华西。志愿军总部对援朝手术队出色的工作表示了充分的肯定，给手术队记了集体功，还颁发了奖状，进行了表彰。每一位队员，都经历了严峻的意志考验，磨炼了扎实技术，丰富了临床经验。邓显昭认为，抗美援朝的经历，为一生做一个好医生奠定了牢固的基础。

六、建设华西泌尿外科

1954年，四川医学院附属医院组建泌尿专业组，由杨嘉良教授任指导，邓显昭任主治医师。用老百姓玩笑的话来说，泌尿科干的就是"修补下水道"的活儿——这肯定是对泌尿科不了解所说的外行话。

其实，泌尿外科很复杂，主要涉及肾移植，腹腔镜手术，肾上腺瘤、嗜铬细胞瘤、原发性醛固酮增多症等肾上腺手术治疗，肾、膀胱、前列腺肿瘤摘除手术，肾、输尿管、膀胱结石手术，还有体外碎石治疗肾、输尿管、膀胱结石以及男性不育的诊治，等等。

何生教授说，如今，看到有关中国三甲医院学科排名的资料，华西医院泌尿外科一直名列前茅。这与杨嘉良、邓显昭等教授以及所有医护人员几十年来矢志不渝的努力是分不开的，他们为华西泌尿外科奠定了很好的基础。

杨嘉良教授，1935年毕业于华西协合大学医学院，获博士学位。1936年赴北平协和医学院进修，1944年赴加拿大麦吉尔大学进修泌尿外科。在加拿大进修期间，他节衣缩食，购置了膀胱镜、前列腺电切镜、丝状探条等并将其带回国，赠给医院。他是华西泌尿外科的先行者。

何生教授认为，邓显昭虽然没有留过洋，却一点也不比留过洋的老师差。他是"华西土特产"中的杰出代表。他用行动诠释了"清慎勤和，仁智忠勇"的校训，是华西医学精神最好的传承人之一。

邓四哥说："父亲潜心钻研业务，做事认真。每有重要手术，前一天晚上他总要再次仔细阅读病历，细细琢磨手术方案，做到成竹在胸，在无影灯下，就能应付裕如，一举成功。父亲有扎实的旧学功底，在华西坝这个中西文化碰撞、交融之地浸润多年，虚心学习先辈的经验，所以一步步走得很踏实。"

张维本教授说："我曾跟着邓老师查房和会诊。查房时，他多次当面纠正主管医生介绍情况时出现的差错；会诊时，他多次提出令人信服的治疗方案。他从来都不打无准备之仗，无论是查房还是会诊，一定要充分了解情况，经过一番深思熟虑，才提出自己的意见。时时、处处体现了老一辈学者严谨与认真的态度。"

何生教授说："我刚毕业，担任助理住院医师。有一次值班，接诊一位腹痛的中年女患者，无转移性腹痛病史，无恶心、呕吐、腹泻及尿路感染症状，也不发烧。查体无恒定压痛，反跳痛不明显。经请示住院总医师、值班主治医师后，均同意观察。适逢那天邓显昭老师作为值班主任来查房，他仔细检查病人后，果断地说：'阑尾炎，马上做手术！'当时所有值班医师均大感不解，因为患者阑尾炎的各项病理指标都不明显。然而，在切开腹膜时大家都傻眼了——腹膜充血、水肿、色泽晦暗，有脓液溢出……探查证实系急性阑尾炎穿孔致弥漫性腹膜炎的非典型病例。邓老师深入细致的作风和过硬的临床基本功使得一个个晚辈都佩服得五体投地。"

邓显昭于1962年晋升为外科副教授；1972年任医院大外科副主任，后任四川医学院教务长、图书馆馆长；1978年晋升为外科教授，是改革开放后中国泌尿外科学第一批硕士生、博士生导师。

早在1959年，邓显昭就同另外两位同事一起总结和报道了一百零九例尿路结石的诊治经验。此后，在杨嘉良教授的指导下，邓显昭开始进行膀胱全切、尿流改道的临床研究，总结临床经验，并根据当时人们的物质生活条件，重点开展了直肠膀胱术。

1980年，邓显昭在《中华泌尿外科杂志》第一卷第二期上发表了《输尿管结肠造瘘鱼嘴式吻合术》的重要论文。这篇论文，论及过去的十八年间，为重建结肠-膀胱术的输尿管口，施鱼嘴状输尿管直肠吻合术一百零六例，无手术死亡，无术后漏尿。

对于这篇发表于四十多年前的论文，何生教授做了解读：

"现代医学不断发展，对人体的探索和研究大大提高了人类的生存质量。在泌尿系统中再造单向阀为患者提供排尿新出路是一项较成功的手术方式。邓显昭老师这个手术，简而言之，就是利用结肠排小便，使小便从肛门排出。

"多年来，医生们前赴后继，想为患者建立一个尽可能接近天然括约机制的单向阀门，以尽可能为患者恢复天然生理功能。这一方面能保持通畅的引流，一方面又能有效防止远端器官（一般指肠道）内部返流造成感染等合并症。邓显昭老师的输尿管结肠造瘘鱼嘴式吻合术就是在这种背景下的努力与尝试，并取得了比较满意的效果。"

何生教授还说："这种手术有两个关键点，即通畅排泄和防止返流。迄今为止，人类尚未发明出人工括约肌装置，所以邓老师的努力和尝试更具有重要意义。"

七、平凡之人，勇担责任

邓四哥一直强调："父亲是一个平凡的人，千万别用'崇高'之类的'大词'形容他。"学生们都说："邓显昭老师在获得荣誉时，绝无沾沾自喜的神色；在遭贬斥挨批判之时，绝无垂头丧气的萎靡。他宠辱不惊，始终把自己当作一个平凡的人，无论做什么事都保持着良好的心态。"

何生教授提到有关邓老师的一件小事："由于整个外科大楼下水管老化，外科办公室与病房共用的厕所经常堵塞，当时又处于特殊时期，后勤工作有些混乱，无人疏通。当脏水漫出来，淹得下不了脚时，有人想办法找来砖头，如厕时就踩着砖头垫脚。邓老师见状，没有用任何工具，把衣袖一挽，直接把手伸进脏水里，硬是把残渣、烟头之类的东西抠出来，把下水道疏通了，之后又把厕所打扫得干干净净——一个大外科主任，一声不吭地掏通了下水道，他完全把自己当成了普通人。这件小事，给我留下了终生难忘的印象。"

邓四哥说：

"还有一件事，是父亲的笔记本上详细记录了的。那是1967年3月，渡口（今四川攀枝花）医院里的两个派别对立严重，医院已无法正常开展工作。渡口方面不断向省上紧急求援。当时，父亲正好卸任四川医学院附属医院外科教研室副主任一职，便参加了四川省卫生厅组织的'第三批支援渡口市的工业医疗队'，并担任队长。

"那时，交通条件很差，医疗队翻山越岭数日，才一脸尘土、一身疲惫地来到金沙江畔的渡口。到了医院，医疗队队员还来不及喘口气，就遇上了必须抢救的危重病人——几个农民抬着一位胃大出血的患者，从金沙江南岸的仁和公社匆匆赶到医院。

"患者痛苦地呻吟着，几个农民满头大汗，苦苦地哀求值班护士：'求求你们了，赶快救人吧！'值班护士感到非常为难，因为当时医院里一派掌握着手术刀，另一派掌握着麻醉剂，双方不但谈不拢，还担心对方使坏、设套，所以医生护士都躲得远远的。

"父亲当即表示：'这一台手术，由我们医疗队来做！'

"队员中有人犯嘀咕：'我们初来乍到，出了事咋个办？'

"父亲平静地说：'我是医疗队队长，出了事，我负责！'

"患者由于失血过多，呻吟声越来越小，呼吸越来越微弱，大家都很着急，就在这时，手术室的门终于打开了。父亲主刀，医疗队和当地医院个别医护人员配合，终于成功地完成了一台大手术。

"医疗队在渡口医院忙碌了半年多，救死扶伤，工作非常辛苦。说起那一段经历，父亲总是连声叹息：'医院里，我们一边不停地止血，一边拼命地缝合伤口，可医院外，却在不断制造流血，制造伤口……我们的能力实在太有限了，咋个搞得赢嘛！'"

还好的是，后来拨乱反正，人们的生活回归正轨。

八、为什么学生喜欢听他讲课

作为"传道授业解惑"的大学教授，能把浅显的知识讲得玄而又玄的，那不算本事，有本事的是把深奥的知识讲得深入浅出，妙趣横生。

为什么学生们喜欢听邓显昭老师上课？

华西医院泌尿外科教授李响讲述了"第一堂见习课"的故事：

"那天，同学们到泌尿科示教室上课。刚坐下来，邓老就说：'你们组还有一位同学没到。'同学们很纳闷，心想：这位慈眉善目的老师难道会掐算？邓老看到同学们很疑惑，就笑眯眯地说：'为啥我就晓得你们有一个同学还没来呢？'

"原来，邓老提前到教务处要来了实习小组的人数和名单，并且上课前他自己动手，在示教室只摆了对应数量的学习椅（华西老式的木椅，右手扶手是一个能放下书本的宽大支板），所以一眼就看得出来还有几个同学没到。

"好在邓老刚说完，最后一名同学卡着点进了教室。邓老说：'以后你们应该比我早到，自己摆好椅子。'

"邓老说完，面对黑板，随手就用粉笔画了几笔，等他一侧身，黑板上就是两颗形态逼真的肾脏。同学们刚刚露出惊讶的表情，邓老又几笔画出输尿管、膀胱和尿道，就像教科书上画的一样，并且他在画膀胱三角的时候，画了一个弯弯的笑脸，整个泌尿系统就像一个拖着两只大耳朵的调皮小孩。

"邓老接着说：'要当一个好的泌尿外科医生，就要学会画好这个娃娃。'逗得大家哈哈大笑，课堂气氛立刻活跃起来。

"接着进入正题。邓老就着泌尿系统简笔画，三言两语就把泌尿和排尿的生理和解剖要点给同学们做了概要复习。然后他说：'今天看病人之前，我们要了解泌尿系统疾病的诊断方法。以前没有先进的检查仪器，只有尝尿才能进行准确诊断，你们要练出尝尿的本领。'

"邓老一边说，一边双手比画，左手就像捏了个尿杯，右手一根手指在杯里蘸了蘸，然后举到嘴边，一边做品咂状，一边轻轻点头，好像真是要咂出尿里有啥味道、有啥疾病。有个女同学恍然大悟地说：'哦，邓老师，尝

出甜味，会不会就是糖尿病？'

"邓老从嘴边放下右手，露出似笑非笑的神情，逐一望向同学们。同时，他一边念叨'要像我这样尝尿'，一边重复比画蘸尿和尝尿的动作。

"有位同学正好坐在邓老侧面，这才注意到邓老蘸尿的手指是没有粉笔灰的（中指），而咂尿的手指是沾有粉笔灰的（食指）。就这样，邓老把医学生们进入临床前的课程中的精髓，诙谐传神地表达了出来，却又不说破。当时，我的内心连连称赞，同学们则个个喜笑颜开。"

伍波说：

"邓显昭老师为人特别谦和，上课尤为风趣。他讲尿路损伤，有偶然性，也有突发性。比如，他模仿农民挑担，战战兢兢过独木桥，不小心摔倒了，伤了裆部；模仿大学生在电影院翻椅子，骑跨在椅背上，出事了；等等。他让我们记住了耻骨下那几根脆弱的小管管是怎么断的，更让我们记住了这类病人的症状以及如何紧急处理。

"他讲的前列腺增生病人的症状'人急尿不急'（排尿初始困难）和'屙尿打湿鞋'（排尿中途断断续续）以及'滴滴答答'和'意犹未尽'（排尿有少量尿液溢出），既生动又容易记住，多年之后，同学们还记忆犹新。"

何生教授说："邓老师循循善诱，非常会教学生。比如，讨论一个病案，他总是启发学生大胆陈述自己的观点，引起争论。然后，他会梳理每一位同学的思路，指出对错，让同学们真正地掌握新的知识。"

九、与人相处，磨擦系数为零

邓显昭带出了十几个硕士生和博士生，学生们共同的看法是：邓老师是严师，也是慈父。整个华西医院，上上下下，老老少少，都认为邓老师既是非常有学问的教授，又是非常厚道、宽容、善良的人。都说他善于与人相处,"磨擦系数为零"。

他带的博士生、曾任深圳市卫计委副主任的许四虎说:"邓老师很严格,他是用师德来影响学生的好老师。他将自己多年积累的经验、方法、技巧毫无保留地、手把手地教给了学生。我的一篇论文,邓老师要求我反复写了好几次,每次他都会逐字逐句地修改,简直要修改得无可挑剔。邓老师太认真了!"

他带的硕士生、华西医院泌尿外科副教授沈宏说:"当年,我想考研究生,于是抱着试一试的态度,给邓老师写信。邓老师的回信,写得很认真,信中讲述了如何做好人生规划,对我的希望以及想把我培养成哪方面的人才。后来,我成了邓老师的研究生。他经常来宿舍看我们,嘘寒问暖:'你们习不习惯?你们缺啥子东西?有啥子事就给我说嘛。'"

邓四哥说:"年年大年初一,来我们家的客人络绎不绝。父亲的同

邓显昭九十五岁时还在与他的学生许四虎博士做交流(摄于2014年)

事、学生都来拜年。有的就留下吃担担面。看到学生们吃得高兴,父亲也特别开心。从20世纪50年代起,过年到我家吃担担面,成为华西泌尿外科的'传统',并一直延续下来。直到父亲年满九十,手脚不灵便时才不得不停下来。"

邓显昭带的研究生、南华大学教授罗志刚博士曾写文怀念恩师。他写道:"当我进入泌尿外科的临床学习以后,我感受到了大师的独特风范,这也是华西泌尿外科前辈们的共同风范。邓老师每周都会来参加科室的病历与术前讨论。七十多岁的老人,竟然在我就读的四年时间里,从来没有缺席过,也没有迟到过。他来时,对每个人,包括我们这些毛头小子都会亲切地点点头或打个招呼。在讨论环节,他仔细聆听我们汇报病历后,几乎可以完全复述,最后也能够恰到好处地提问。对于诊疗方法的决策,他也总是非常谦虚地提出自己的意见,然后加上一句'仅供参考'。"

罗志刚还写道:"邓老师与我们的接触虽不是特别多,但他在华西医护人员心中的地位是很高的。我亲身经历过的一件事情,至今我都将其作为教育年轻人的素材:那天,我到门诊去,邓老师自己也以病人的身份在看病,而且在排队交费,队伍中谁也不知道这位慈眉善目的老大爷就是鼎鼎有名的邓显昭教授。一位年长的护士经过队伍,大吃一惊:'邓教授,您老怎么在排队呢?'排队的患者听到了老护士的话,全都瞪大了眼睛,不相信地说:'华西老教授,还在排队?'护士急忙解释:'各位,这是解放前就在我们医院当医生的邓教授呀。他已经七十好几了。'所有的患者几乎同时发出了感叹:'啊!啊!'旋即,大家让开了一条道,对他说:'邓教授,您先交费吧。'然而邓老师却很平静地摆摆手说:'没关系,没关系!我退休了,有的是时间。插队不好,享受特殊照顾不好!'听了这话,在场的所有人都被感动了。我当场就愣在那里,止不住鼻子发酸,喉咙有一股热辣辣的感觉——这就是我们敬爱的邓老师,这就是华西泌尿外科的一代宗师!"

十、打开那只秘藏的盒子

邓显昭于2014年11月18日病逝，享年九十五岁。有关他的高寿，他的学生总结得很好：邓老师一辈子都很坦然，很淡定地对待人生，很谦和地对待学生，很体贴地对待患者。一辈子无欲无求，才得此高寿。

学生们还发现，邓老师的著作（包括译作），语言精练，文笔流畅，显示出深厚的文字功力，足以传之后世。从1985年开始，他作为主要撰稿人之一，参与撰写《华西医科大学校史》。在八十岁到九十岁期间，他翻译了莫尔思的《紫色云雾中的华西》、玛格丽特的《月亮门那边的故事》和黄思礼的《华西协合大学》，以及文佳兰的《竹石》（部分）。

最让人惊讶的是，他早早就写下遗嘱，安排好了"后事"：

在去世前十四年——2000年9月28日，他就签下了遗体捐赠书。受他的影响，他的夫人肖淑芳也签了遗体捐赠书。邓显昭郑重地对子女说："我和你们母亲死后要捐赠遗体给医院解剖室，你们要尊重我们的决定！"

邓四哥说："父亲给我留了一个盒子，说是只要打开盒子就知道咋个处理了……"说话间，他拿出一个标注着"遗体捐献登记表"的盒子。打开盒子，里面有一张纸条，纸条上有解剖教研室、解剖储备室的电话，旁边有这样一段文字：

我们夫妇无论在家或在医院因故或因病救治无效，在心跳停止后，立即按此号码通知我校，通知他们立即来接送遗体去进行药物注射，以保养遗体组织的质量。

邓四哥接着说："我们遵照父亲遗嘱里两个'立即'的要求，在他11月18日清晨七点四十五分去世后，立刻拨通了纸条上的电话，上午十一点五十分，父亲的遗体被送至华西解剖教研室，进行遗体处理。"

听闻此决定，记者急忙赶到华西南园邓显昭的家中，到达之后，感慨良多：小套三的房子看上去比较简陋，没有装修，但非常整洁。客厅摆放着简单的电器，一张老式饭桌，一张小沙发，一个立柜。这个立柜还是邓显昭和肖淑芳1949年结婚时买的，其他家具是1981年搬进来时买的，已经用了三十多年。

"根据父亲生前交代与母亲意愿，父亲去世后不设灵堂，不收礼金，不搞追思会，不搞告别仪式……"这是邓长春在父亲离开后发给父亲同事、学生以及亲友的短信。

邓显昭去世后，记者在华西南园门口、院内转了一圈，竟然找不到一张讣告。

华西医院泌尿外科泰斗邓显昭就这样静悄悄地走了。他一生为医学为病人奉献了那么多，却不愿意麻烦任何人。没有一张讣告来历数他的业绩，却有最好的口碑，传之后世。

邓显昭——他的名字在中国泌尿外科史上，熠熠生辉！

第十章
杨振华,让时间证明一切

一、走近杨振华教授

2007年4月17日,正在美国出席国际会议的中国"胸外一把刀"周清华教授,收到了恩师杨振华病危的消息,他立即中断了一切会务活动,当夜匆匆登机,飞回成都,送别恩师。

2016年6月,一个阳光明媚的日子,我在加拿大学者文佳兰家中,谈到她研究华西的专著,被《柳叶刀》杂志高度评价的《竹石》的写作过程。文佳兰说她多次采访乐以成、方谦逊、邓长安、曹钟樑、杨振华等人。提到杨振华时,她说:"想到白发苍苍的杨振华谈到自己所遭受的不公正待遇时,竟那么轻描淡写。平淡中有多少隐忍?每次想到这,我都会泪流满面,激动不已。"

2006年大年初二,崇敬岳飞的美国驻成都总领事岳雄飞和他的华裔泰籍妻子来我家做客。谈及中国知识分子的家国情怀时,岳雄飞说:"我非常敬佩华西的杨振华教授,他的口述史《让时间证明一切》真是棒极了,让我很受感动。中国,为什么能迅速崛起?中国优秀的知识分子起到了重要的作用!"

杨振华教授,不就是我的发小杨光曦的爸爸吗?小时候,我见他总是迈着矫健的步伐,步履匆匆;20世纪80年代见到他,他已是满头银发,真正的鹤发童颜。他带着外宾,在华西坝转悠,用风趣幽默的语言,讲述华西坝的故事……

我早就有写杨老伯的计划。直到2022年，我终于读到《让时间证明一切》的译稿，这让我再次对杨老伯肃然起敬，但是又感到有些遗憾——因为书中"欲说还休"，对"让时间证明什么"并未说破。

于是，我凭着对华西坝这块土地的了解，凭着华西发小们的讲述，以及《让时间证明一切》的素材，写下了我心目中的杨振华教授。

二、莫尔思金质奖章与罗斯福总统奖学金

出灌县县城，沿岷江北行，直到杂古脑河两岸的藏羌山寨，这是一条翻山越岭、险象环生的道路，也是西方探险家、摄影家、历史学家和考古学家们最爱行走的"热线"。1937年夏，华西协合大学医学院院长莫尔思带着他的学生杨振华一行，背着显微镜、测量仪器和测试药品，过索桥，走鸟道，抱溜筒，飞峡谷，在高海拔地区强紫外线的照射下，终于走到了云朵之上的佳山羌寨。

莫尔思当时在华西协合大学教授外科解剖学，也是一位有着解剖刀一样锋利思想的哲学家，还颇有诗人气质。那时在整个西方学术界，人类学蓬勃兴起。莫尔思投入了人类学的一个分支——体质人类学的研究。

莫尔思已经收集了三千多个汉族人的血液样本，还算比较顺利，但要在杂古脑河两岸收集藏、羌两个民族的血液样本，就很犯难了。结果，他们进村后，在一个小吃摊与羌民们闲聊，能说会道的杨振华逗得大家哈哈大笑。趁着大家高兴，杨振华请大家"帮帮忙"，伸出胳膊来，抽几滴血。杨振华解释说："有一丁点儿痛，就像蚊子叮了一下一样。"然后，大家乐乐呵呵地让莫尔思一行测量了身高、体重、头围、胸围等。预料中极其难办的事，出乎意料地顺利完成了。后来，莫尔思在英国的人类学研究刊物上发表了《四川人的血型研究》，受到高度评价。

自从1932年杨振华考入华西，莫尔思就一直看好他。

杨振华身材高大，性格开朗，热衷于体育运动，还喜欢唱歌，一天到晚乐乐呵呵的，浑身充满了青春的活力。

杨振华热情、正直、善良。苏道璞副校长遇害，是他和几位同学最先发现的。为苏道璞举行悼念活动，他忙里忙外，不辞辛劳。最后，他含泪抬棺，将苏道璞送到安息之地。更巧的是，他路过少城公园附近一家自行车修理店时，发现了苏道璞那辆被抢走的自行车，从而顺藤摸瓜，抓住了杀害苏道璞的凶犯。

杨振华喜爱自己的医学专业，对解剖学有着浓厚的兴趣。第一次上解剖课，莫尔思就指着用作解剖的遗体告诫学生："他们曾是你们的父母、兄弟、姐妹，是帮助你们学习医学的，要爱护他们，要按书上的要求进行解剖，不可随意切割。"莫尔思还告诫学生："在为病人缝合时要避免粗心，以免给病人造成痛苦。"

杨振华认真地吸收、消化莫尔思教导的点点滴滴，学习成绩一直很优异。一次宜宾之行，莫尔思面对滚滚江水，问杨振华未来想做什么。杨振华表示，想做一个既会看病又会教书的医生。莫尔思非常赞同地说："一个人一生也看不了多少病人，但如果你同时又是教师，那就可以收到若干倍的效果。"莫尔思的话，影响了杨振华一生。

莫尔思认为：将来的中国历史上，会记录下中国的教会医学院，是在他们自己的土地上，用他们自己的语言，培养为他们自己服务的医生。

请注意，莫尔思说了三个"他们自己"，这正是他坚持的，影响到整个华西协合大学办学的重要理念。

1938年，杨振华从华西协合大学医学院毕业，获得医学博士学位，同时获得美国纽约州立大学医学博士文凭，以及为表彰莫尔思为华西医学的贡献而设立的第一届"莫尔思金质奖章"。毕业后，杨振华留校任解剖系助教。

那时的华西坝，抗战的歌声响彻云霄。

1939年，杨振华到"五大学时期"的中央、齐鲁、华西三大学联合医院

杨振华大学毕业照（摄于1938年）

当了一名外科住院医师，并担任五大学战时志愿救护队教员。

1940年，日寇飞机更加疯狂地轰炸成都。10月的两次大轰炸，造成数百名无辜的平民死亡，许多伤员急需抢救。

华西医院灯火通明。杨振华连续三天三夜做手术，只能在两次手术的间隙打个盹。他强健的体魄，支撑住了高强度的体力消耗。

在爆炸声和伤员的呼救声中，他的外科手术水平得到迅速提高，1942年晋升为讲师，同时兼任联合医院副院长。

1942年12月15日，杨振华与杨嘉良教授、曾子耀医师在急诊手术病人的胆管中取出一条活体蛔虫，这也是世界胆道外科史上首次经手术证实的胆道蛔虫病病例，具有中国及亚洲特色的胆道外科由此形成。杨振华据此写成有关胆道蛔虫的论文并发表在美国《外科学年鉴》1946年第二期上。

1943年，杨振华晋升为外科主治医师，1945年又晋升为外科副教授，兼任华西协合大学医院院长。

抗战胜利后，美国政府以罗斯福总统的名义设立了针对中国学者的奖学金。启真道博士和林则博士推荐杨振华作为候选人，在华西协合大学校务会上获得通过。

1946年6月，获罗斯福总统奖学金的杨振华，搭乘美格将军号邮轮赴美，进入密歇根大学研究生院，师从世界胸外科手术开创者亚历山大教授学习胸外科。

胸外科，由于涉及心肺，又有肋骨形成腔体，手术的难度极大，风险性极高。在当时的中国，仅有董秉奇、王大同二位先驱成功完成了胸外手术。在亚历山大的指导下，杨振华于1949年获胸外科硕士学位。

其间，杨振华用支气管镜治疗结核病患者，由于病人对着他的脸咳嗽，他也染上了肺结核，不得不中断学业，住院治疗了半年。他还选修了病理学和麻醉学两门课程，尽量多学一些医学方面的新技术和新知识。

1947年9月，杨振华的妻子张君儒赴加拿大多伦多大学医学院儿科进修。当时杨振华在美国的学业已经结束，经启真道博士的推荐，多伦多大学同意杨振华赴该校继续深造。

1949年秋，杨振华、张君儒夫妇同去加拿大和美国东部的著名医学院校、医学中心参观考察医学教育情况及胸外科、儿科的新进展。习惯于写日记的杨振华，每天都会写下新的体会和新的收获。他想象着回国后，将大展宏图，把三年来学到的知识与技能全部奉献给祖国。

三、克利夫兰总统号

1950年8月底，杨振华和张君儒不顾朋友劝阻，抱着两个月大的小儿子"咪咪杨"（大名杨光理），开始了回国的漫长旅程。

他们从多伦多出发，乘火车到了旧金山，再准备前往洛杉矶。由于没有餐车，乘客们都在车站餐厅用餐。匆忙之中，张君儒的小包丢失了。没想到，几分钟之后，一名年轻的美国士兵举着小包挤了过来。为了表示感谢，杨振华夫妇邀请这名年轻士兵和他的朋友们去了旧金山最好的龙虾餐厅吃饭。在与这名士兵的交谈中，杨振华得知这几名美国士兵将赴朝参战。让他感到不安的是，这名年轻士兵对为什么要赴朝参战、战争有多么残酷等问题一无所知。杨振华告诉这名士兵说："战争是由政府决定的，而不是人民。"

难怪那么多朋友劝杨振华夫妇留在美国。因为小儿子才两个月，要在妈妈的怀抱中横渡太平洋，这确实有些冒险。再说，杨振华作为世界胸外科手术开创者亚历山大教授的高足，凭手中那把柳叶刀，就可以在美国过上优渥的生活。但是，他们仍然决定回祖国去。

杨振华夫妇登上了克利夫兰总统号邮轮，将与一百多名留美、留加的学子同船西渡。这些学子个个是业界精英，是国家建设急需的栋梁之材。他们来自积弱积贫的中国，被新中国成立的消息鼓舞着，憧憬着美好的未来，相聚在万吨邮轮的甲板上。而来自华西协合大学的，就有谢成科、罗宗贲、何伟发、陈钦才、江晴芬、刘正刚以及杨振华、张君儒八位。

笑容可掬的谢成科说："还有两个月就能读完药学硕士。算了，算了，华西协合大学药学系的洋教授都走了，催我赶快回去上课。"

文质彬彬的罗宗贲说："反正拿到了证书，多伦多大学牙学院希望我能再实习几个月，我只能婉拒了。"

老大哥何伟发，1942年就在华西协合大学化学系任教授。因发明了将普通汽油提炼成航空汽油的技术，曾获政府嘉奖。他在得克萨斯州进修，刚刚准备与美国同行搞一个项目，听说新中国成立了，便立刻决定回国。他说："我只能说：'对不起，我的祖国急需我回去。'"

陈钦才和江晴芬这对年轻夫妇，格外抢眼。他们是中国著名病理学家侯宝璋的高足，听到新中国成立的消息，他们立刻中断了在加拿大麦吉尔大学医学院的肿瘤病理研究，带着他们的女儿陈道玲一起回国。他们说："祖国更需要我们。"

杨振华夫妇乘坐克利夫兰总统号邮轮回国（摄于1950年）

在船上，中国学子们多次举行联谊会，唱歌跳舞，表演节目。罗宗贤教大家如何正确地刷牙，也成了一个赢得众多掌声的好节目。有人画出了五星红旗的图样，有人在教唱"山那边哟好地方""解放区的天是明朗的天"，有人在学习如何扭陕北大秧歌……最后，有人带头高喊："中华人民共和国万岁！""毛主席万岁！"

9月底，船到横滨，气氛突然变得紧张起来。因为朝鲜战争已经打了三个月。听说前不久，一艘邮轮被国民党的军舰劫持，把船上所有的中国学者强行带走，去了台湾。

杨振华和张君儒做了最坏的打算，坚决不去台湾！

邮轮一路南行，穿过台湾海峡时，所有的中国学子都捏了一把汗。不料邮轮驶向了马尼拉，停泊一天后才驶往香港。

两天后，杨振华夫妇等中国学子终于踏上了新中国的土地。

新中国，真是新面貌。街道整洁，社会秩序良好。人们热情友好，乐于助人，这让海归们个个喜笑颜开。

在香港逗留时，杨振华夫妇见到了准备从香港回加拿大的林则。林则从1907年开始，在中国从事口腔医学与教育达四十三年，是公认的中国口腔医学泰斗。听说林则夫人生病，杨振华夫妇便到他们的住所去探视。杨振华诊断，林则夫人染上了支气管炎，给她开了一些药。

杨振华和林则道别时，彼此都觉得有些悲凉。

杜甫有诗云："明日隔山岳，世事两茫茫。"从此之后，深爱着中国的林则再也没回过华西坝。1999年，即将进入新世纪时，一尊林则塑像伫立在华西口腔健康教育博物馆门前，供人们瞻仰与怀念。

克利夫兰总统号邮轮往返于太平洋两岸。1955年，邮轮第六十次航行时，将钱学森夫妇和他们的两个孩子送回了祖国。据统计，搭乘克利夫兰总统号邮轮归国的还有梁思礼、华罗庚、朱光亚、王希季、师昌绪、郭永怀、张文裕等。

1950年9月，搭乘克利夫兰总统号邮轮的中国学子和家人拍了一张大合影，那一张张笑脸，洋溢着对回到祖国怀抱的渴望。

这张珍贵的照片，杨振华早已上交。没想到，1980年，《人民画报》第十期上刊登了这张"克利夫兰总统号纪念照"。它是由同在这张照片上的王有辉、张惠珠夫妇提供的。

2009年9月5日，《人民日报》在第五版"新中国档案"一栏中写道："这些在新中国成立前出国的专家、学者和留学人员历经重重阻碍，放弃了优越的工作生活条件，回国定居工作。其中许多人成为我国高科技领域一些学科的开创者和奠基人，为当时我国教育和科技事业、经济建设和国防建设的发展做出了重大贡献。"

四、在朝鲜第十四兵站医院

> 嘿啦啦啦啦嘿啦啦啦，
>
> 嘿啦啦啦啦嘿啦啦啦，
>
> 天空出彩霞呀，
>
> 地上开红花呀，
>
> 中朝人民力量大，
>
> 打垮了美国兵呀，
>
> 全世界人民拍手笑，
>
> 帝国主义害了怕呀……

在抗美援朝岁月，从早到晚，成都的大街小巷，大喇叭都在播放这首歌，男女老少也都在唱。

1953年1月初，华西大学校长刘承钊、医院副院长曹钟樑来到杨振华家中。两位老学长一齐来访，肯定有什么要事。坐定之后，曹院长以商量的口吻说："抗美援朝战争已进入第四个年头，中国人民志愿军投入空前激烈的战斗中。我们四川省将组建一支外科手术队去朝鲜，救护伤病员。组织上考虑……"

不等曹院长说完，杨振华就拍拍胸脯说："我去！"

刘校长和曹院长相顾大笑。

就这样，无须任何动员，杨振华参加了四川省志愿援朝外科手术队（后被编为中国人民抗美援朝总会工作委员会国际医防服务队第十二队），并担任副队长。队长是杨振华非常熟悉的，1931年毕业于华西协合大学医学院的学长、骨科教授谢锡瑺。经谢锡瑺和杨振华商量，医疗队又增添了几名年轻得力的医生和护士。

3月7日，医疗队进入战火中的朝鲜。队员们目之所及，是燃烧的城市和一片片废墟，坦克和车辆的残骸遍布满是弹坑的道路上。一路上，他们听从

杨振华（前排右一）参加四川省志愿援朝外科手术队，任副队长（摄于1953年）

带队的志愿军军官指挥，一有情况就立刻寻找掩体，躲避低空飞行的敌机。第二天，他们到达一个前沿兵站，志愿军后勤部卫生部部长、外科医生吴之理对他们表示热烈欢迎。

吴之理先后就读于上海圣约翰大学预科和国立上海医学院，早年曾参加新四军。在抗美援朝战争中，他组织建立了比较完整的伤病员医疗后送体系。他解释说：每一位战士身上都带有医疗包，医疗包中有绷带、止血药、敷料和止血带，以便在第一时间相互救治。对于严重的伤员和急救人员，还必须用担架将他们抬下来，离开前线，送往部队所属的医疗队。医疗队救治不了的，再送往兵站医院。

吴之理部长明白无误地告诉他们："送到你们医院的，都是伤情比较严重的，急需做手术的伤员。"

吴部长交代了任务之后，医疗队经过整整一夜的急行军，来到隐蔽在山洞中的医院。

医院入口很低，用木头支撑着墙壁和天花板。每个入口都是用石头、木头建造的，上面覆盖着泥土，还种上了树木和玉米作为伪装。门洞的两侧开着小窗，用来通风，门上有一层厚厚的棉帘。每个洞穴中都有两个加热的炕，炕是用石头砌成的。两个隧道形成直角，贯穿整个坑道。洞穴中间还有一个烧木头的火炉。整个洞穴里，有大约二十名伤员躺在炕上。他们通常把脚朝向墙壁，头朝向中间的走廊，这样就便于医护人员给他们喂食。

谢锡瑹和杨振华被安置在医院主管使用的防空洞里。一开始，医院比较忙乱。医院接受了两位教授的建议，建立了急诊室，并加大了供血量，工作慢慢变得有序了。

在医院缺乏诊断和治疗仪器的困难情况下，他们就地取材，自制胸腔测压仪和胸腔闭式引流器，从而提高了对胸部受伤的伤员的诊断治疗水平。

外科手术总是在晚上进行，经常是一台接一台地做。一些想努力提高自身水平的军医，也在旁观或甘当助手，获得了极好的学习机会。

在坑道里，杨振华忘记了时间。一天，他被理发师撞见。理发师说："杨教授，你的头发都那么长了，我给你理一理吧。"杨振华坐在镜子前，几乎认不出头发蓬乱、胡子拉碴的自己了。理发师刚动剪子，就听到了机枪扫射和飞机俯冲的声音，杨振华还不知道是怎么回事，就被理发师拽进了防空洞。当一切恢复平静后，理发师继续给杨振华理发。没料到，不一会儿又有一架飞机飞来扫射，投弹，并炸伤了门帘旁的伤员。

此次空袭后，医院决定将谢锡瑹和杨振华留在第十四兵站，加强保护，再也不让他们穿过危险的山路去巡诊，这让杨振华又感动又不安。这时，原本患有高血压的谢锡瑹——之前他一直"隐瞒不报"，还让杨振华替他打掩护——血压一下子冲得老高，杨振华不得不报告医院院长。经过药物控制，虽然谢锡瑹的血压回落到接近正常值，但他不得不离开医疗队回国治疗，把队长的重担交给了杨振华。

进入5月，战事更加激烈，重伤员被不断送来。在轰隆隆的爆炸声中，脚下的土地在颤抖。杨振华拿着柳叶刀，没日没夜地做着手术，与死神争夺伤员的生命。仅胸外科手术一项，在志愿军全军医院死亡率的统计中，杨振华的医疗队是最低的。在那样恶劣的环境中，这不能不说是一个奇迹。

在极度繁忙中，医院还让杨振华去看了看四名受伤的美国俘虏。俘虏很年轻，让杨振华想起他在旧金山遇到的那名不知打仗目的的糊涂士兵。交谈中，他才发现，美国士兵因为听信了"东方有美女，还有金饭碗"（其实是朝鲜人爱用的铜饭碗），懵懵懂懂就上了前线。杨振华跟他们交谈之后，年轻的美国士兵才有种上当受骗的感觉。

7月27日，硝烟还未散尽，枪炮声却沉寂了，停战协定终于签订，前沿兵站医院里一片欢腾。

四川派出的外科手术队，究竟做出了怎样的成绩？若干年后，有人翻开杨振华的档案，在他亲笔写下的"交代"里看到了这样的记录：

> 第十四兵站医院，救治了一万零六百二十名伤病员，施行大手术四百三十二次、小手术二百五十次，挽救了垂危伤病员一百五十名，对所有送后方的伤员都做了石膏固定，大大减轻了伤员在运送途中的痛苦，做到了无一死亡。

杨振华被志愿军后勤部卫生部留下，并被邀请对一百五十名军医进行培训。杨振华年轻时就怀着既当医生又当教师的理想，这样的安排正合他意。正当他准备上课时，课堂里响起了热烈的掌声。志愿军首长来了，宣布杨振华荣获三等功，并将一枚军功章别在杨振华胸前。

10月，经调养后基本康复的谢锡琛回到医院，他和杨振华一边编写教材一边上课。学员们感觉到，三个月的培训，从基础理论到临床经验，学到的东西太多太丰富了，这让他们终生难忘。

从祖国来到朝鲜的慰问团，受到志愿军和朝鲜同胞的热烈欢迎。在慰问演出活动中，杨振华欣赏到了京剧大师梅兰芳表演的《贵妃醉酒》，又见到了女高音歌唱家郎毓秀。郎毓秀曾是华西协合大学音乐系教授，而杨振华一直学美声，是华西校友合唱团出色的高音部成员。老朋友相见于异国他乡，格外亲切。郎毓秀叮嘱杨振华："不要太疲倦了，对嗓子不好。"

杨振华笑着说："放心，我会保护好嗓子的，好为祖国引吭高歌。"

五、闲置的柳叶刀

1952年底，杨振华才做了从美国归国后的第一台胸外科手术。

这是一位脓胸患者，必须对其右下肺进行切除手术。杨振华手中的柳叶刀准确利索地解决了病灶，手术做得非常漂亮。

做胸外科手术，必须有麻醉配合，还要有充足的血液保障，更重要的是助手、护士们都得经过严格的培训。每一个细节都不容疏忽。没有正规的胸外科手术室，做这样的手术就有些冒险。

1954年4月8日，杨振华从朝鲜载誉归来。然而，走之前他热情高涨地投入大量精力筹建的胸外科手术室在他走后的一年多里不仅没有任何进展，还遇到了各种新的难题。细看眼下的华西坝，已变得有些陌生。

华西协合大学，1951年改名为华西大学，1953年在全国院系调整中并入其他院校，文理科全拆走，仅留下医、牙、药科，新校名是"四川医学院"，成都百姓简称"川医"。由于医牙科具有真正的实力，加之数十年积累的好名声，川医及其附属医院，仍然是老百姓心中的医学圣殿。

当时，苏联专家带来了巴甫洛夫、李森科、米丘林的理论，入夜之后，灯光闪亮处是不同等级的俄语学习班。从老教授到大学生，都在学习用舌头发出弹音。赴朝之前，杨振华学过几天俄语，赴朝归来后就跟不上了。图书馆中，大多数医学期刊都是俄文期刊，幸运的是，还有少量英文期刊混迹其间……

胸外科的建立愈加艰难。而让杨振华内心备感压抑的是，他的岳父张凌高，华西协合大学首任中国籍校长，1955年含冤病逝于狱中，三十年后才得以平反。

华西校史对张凌高在抗战最艰难的时期坚持办学，体恤师生，为学校生计绞尽脑汁、四处奔走做出了极高的评价。可是，在20世纪50年代，"张凌高的女婿"，再加上"罗斯福总统奖学金获得者"，这两大"污点"就不得不让人对杨振华"另眼相看"。

但是，杨振华对于各项运动的态度都是积极的：

大炼钢铁时，华西坝建起了十个大小高炉，一时间炉火熊熊，人声鼎沸。下了夜班的杨振华穿上工装，手执钢钎，搅动着炉中的铁水。若不是那一副近视眼镜，他完全就是一名炼钢工人！

"大跃进"时，医院举办了漫画展览。竭力推动胸外科建设的杨振华，被画成了一个招兵买马、贪心的大老板，这让杨振华十分难堪。成都市来参观漫画展的医界同行们络绎不绝，杨振华和他的同事们就站在漫画前，向同行们一一做解释，从上午八点讲解到下午六点。杨振华感受到了从未有过的侮辱，有好几次都快要哭出来。但漫画展一结束，他很快就恢复了平静。

环视四周，不少海归学者都受到了冲击。杨振华明白了：忍辱负重，是知识分子必须具备的基本素质。

毕竟有那么多需要做胸外科手术的患者，还有"川医"这块金字招牌需要高高挂起。1959年国庆节，新的外科大楼落成，胸外科有五十张床位。进入60年代，心脏外科迅速发展，杨振华参与了所有的基础工作。川医的"胸外"和"心外"成为四川乃至西南地区举大旗的先行者。杨振华晚年谈及此事，仍感到欣慰。

虽然同事们知道杨振华是胸外科的第一把刀，但在当时，这把锋利无比的柳叶刀常常被冷落。

然而，在胸外科手术遇上了从未遇到过的疑难问题或突然发生了什么无法应对的险情之时，临床医生总会想起他："快，快，快去请杨振华教授！"

杨振华的家就在校中路，他有意选定了这个离外科大楼最近的住所，需要他"亮剑"时，不到十分钟就可以把他请来。

多年来，邻居们经常在半夜三更听到急促的敲门声："杨教授，急诊！""杨教授，会诊！"

那时，没有电话，十几二十年，邻居们听惯了咚咚咚的敲门声。

六、"哑巴"和"二十四个女儿"

在杨振华的回忆中，"文化大革命"之前那些日子，最快乐的事情，就是参加四川医学院的巡回医疗队，到苦寒的三台县走村串户，为贫下中农解除病痛之苦。中午，他们在村民家，吃的是红薯、玉米、酸菜。晚上回到公

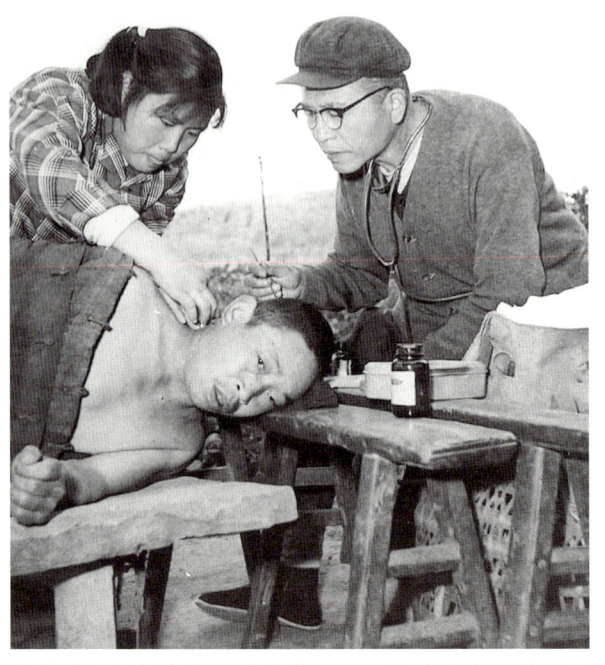

杨振华（右）参加四川医学院的巡回医疗队，到三台县为乡亲们治病（摄于1965年）

社，围着油灯讨论各种病例。

杨振华向擅长针灸的周教授学习，学会了使用银针，为患者缓解了腰肌劳损、肩周炎等疾病的疼痛，还为患者有效地治疗了失眠等毛病。吃苦与劳累，对于渴望工作的杨振华来说，算不了什么。

有一个赶场天，杨振华被几个农妇拦住，问他能不能治哑巴。杨振华认真聆听"哑巴"妈妈的陈述：娃娃十二岁了，还不会说话，因为十个月大的时候发烧、抽搐、拒食。当地草药医生说，这个娃儿没救了，就用盒子装上，放在猪圈里。半夜，婆婆发现可怜的孙孙体温正常了，才把他拉出来。一家人从此惴惴不安，看着他三岁才开始学走路，还一瘸一拐的，嘴边不停地流口水。大家都说他是残疾，不会说话，都叫他"哑巴"。

杨振华决定跟着农妇去看看"哑巴"。

走到不远的山村的山坡上，农妇大声呼喊"哑巴"过来。当时，"哑巴"正在山坡上手握粪夹拾狗粪。跛脚"哑巴"走了过来，大约距离二十米时，杨振华喊："把手上的夹夹放下！""哑巴"顺从地放下了粪夹。杨振华心中暗喜，这孩子听觉没有问题啊。然后，他把"哑巴"叫到身边，问了他几个问题。"哑巴"眨着眼睛努力在听，却只能用"啊、啊、啊"来回答。杨振华判断，他不是"哑巴"！

杨振华对农妇说，孩子不会说话不是生理上的原因。他解释说，娃从小生病，发育迟缓，大家都觉得他是哑巴，谁也没有认真耐心地教他说过话，家人和周边的人应当一起努力，教他说话。

农妇对杨振华的诊断感到非常惊讶，马上请他到家里去，然后去生火做饭。

院子里好热闹。杨振华对围观的孩子们说："你们今后不要再叫他'哑巴'了，好不好？"孩子们嘻嘻哈哈地说："要得，要得。"接着，杨振华把"哑巴"拉到身边，让他叫"妈妈"。一开始，他只能说："哇哇。"杨振华让他慢慢发"M——"音，他终于对着杨振华的嘴型，发出了"M——"音。多次发出"M——"音之后，杨振华夸他真聪明，太乖了。

当农妇煮好饭，出来叫杨振华和"哑巴"去吃饭时，围观的孩子们自动散开，"哑巴"竟然对着农妇大喊："妈——妈——"农妇惊呆了！这是十二岁的儿子喊的第一声"妈妈"。农妇抱着儿子，不禁号啕大哭起来："哦，哦，哦，我儿不是哑巴，你会说话！"

临走时，杨振华对孩子的父母说："你们下一步要教他说'爸爸''爷爷''婆婆'。过一段时间，我再来看你们。"

几周之后，杨振华带着糖果和小礼物来看望农妇一家。那个孩子已经能说好多话了，这让杨振华非常高兴。

事后，杨振华有过一番深思：假如这个十二岁的孩子没有遇上医疗队，还得被人当作哑巴，不知要在歧视与误解中生活多久。这是何等的不公平！广大农村，简直就是缺乏医药卫生的大荒漠，太需要科普知识的雨露浇灌了。

1964年，杨振华的女儿，学习刻苦努力，在班上成绩数一数二的杨光瑜没被大学录取。然而她并没有消沉，对她而言，所谓"一颗红心，两手准备"绝非空话。她毅然下乡，落户于华蓥山下的邻水县延胜公社，成为该公社的二十四名女知青之一。

那时，杨振华的妻子，儿科专家张君儒也常随医疗队下乡。回到家中，杨振华夫妇自然而然地谈起农村缺医少药的情况。联想到落户于邻水的女儿，夫妻二人不禁担心起来。杨振华向组织打了报告，获准携带医药用品、女性用品，坐了两天的长途汽车到邻水去探亲。

像山风吹遍田野果园，成都来了个医学大专家的消息传遍了延胜公社。

来了，来了，乡亲们牵线似的从田坎上走来了，层层围住了杨教授。问诊者也分不清是要看内科、外科、五官科、骨科还是妇科、儿科，反正有病有痛就来嘛！成都来的大医生，面相慈善，和蔼可亲，轻言细语，医术高超，机会难得啊！

杨振华白天忙着看病，晚上又被延胜公社包括女儿在内的二十四个女知青——他称之为二十四个女儿——包围。赤脚医生的培训，在昏暗的灯光下开始了：基础医学，急救常识，用药打针，针灸穴位，每天晚上讲到半夜，女儿们个个睁大眼睛仔细聆听，生怕漏掉了点滴知识。

二十四个女儿还轮流为他做饭，个个争献绝活，杨振华那几天吃得真是太好了，他太享受了！

不过，杨振华疑惑的是，站在山坡上，四下望去，绿油油的果树层层包围着农舍，有脐橙树，还有橘树、桃树、梨树、柚子树、樱桃树等，而且果树长势很好，说明当地农民包括下乡知青，都在大把洒汗水，拼命干活儿，这样的好地方，这样勤劳的人们，为什么还被贫困死死包围着？

在延胜公社的七天，真是奉献的七天，快乐的七天，幸福的七天，享受的七天。后来，二十四个女儿，有的成了基层医务工作者，有的当上了基层干部……总之，杨爸爸的出现，开阔了她们的眼界，为她们拓宽了未来之路。

延胜公社的领导相当满意。四川医学院的领导也很高兴，还在公开场合表扬了杨振华教授，说他自觉走向了伟大领袖指引的，与贫下中农相结合，为贫下中农服务的正确道路。

杨振华也感到欣慰，他又回到了教学和医院的正常工作中。他觉得，只要能发挥自己的本领，就是幸福。

七、三十四年之后才被评为教授

在"文化大革命"的十年中，杨振华大约有五年是待在"学习班"的。他最早进去，最后"毕业"。其间，连春节也在"学习班"过。工宣队和军宣队认为："华西坝的敌情非常严重，杨振华明摆着是一条'大鱼'。一定要从他身上找到美蒋特务、中央情报局间谍网的突破口！"他们反复研究杨振华从朝鲜带回来的照片，提出一些让人哭笑不得的问题。比如，有一张照片的背景是浮桥和桥上的苏联坦克，他们就问杨振华："你拍的这张照片，是什么时候交给美国中央情报局的？"又问："你获得了美国总统的奖学金，到了美国后是美国政府的官员接待你的。你若不是间谍，人家凭什么给你钱？"

杨振华用最大的耐心做解释，可越解释越没法说清。

"学习班"的同学离开时，总要暗示他说："杨老师，你要想开些。"他总是回答："你们放心，我很想得开。"

杨振华总是挺直腰板，微笑着面对一切。

在被监督劳动时，他负责清扫外科厕所。

那真是一段荒唐的岁月。医生，特别是很多老医生，因各种问题靠边站了，护士也消失了，保洁人员也没有了，无人做清洁。正好，让监督劳动的杨振华顶上，叫他打扫臭气刺鼻、屎尿横流的厕所。

杨振华竟做得如此认真。他先搭好梯子，爬上去把屋顶上密布的蛛网尘垢扫干净。一些老员工见状悄悄叮嘱："杨老师，你要小心点啊！"

打扫干净屋顶之后，他再动用多种工具，把尿池便池的积垢刮尽，使之露出白瓷本色。然后用力擦拭，把隔板上的污渍清除。最后再用拖布将地板拖得干干净净，亮得能照出人影。他天天都认真打扫，于是人们窃窃私语：这个老头，连打扫厕所都比别人做得认真，比别人做得好。

做事认真的杨振华就是这样，甚至在"学习班"时，他用浑厚的美声唱法唱语录歌，都是字正腔圆的，也比别人唱得好听。

1971年11月4日，是杨振华难忘的日子。由于反复审查，确实查无实据，有关特务间谍的嫌疑难以成立，组织上宣布，对杨振华的审查告一段落，他可以回到外科，当一名全职医生了。

1972年2月，尼克松访华之后，华西坝悄然兴起了一股英语热，因为学好英语意味着打开了一扇窗户。

一位中年医生，偶然翻到一本英文医学杂志，大吃一惊："我进校时，正值'大跃进'，吹'柳枝接骨'神奇，结果木头沤烂了，接骨失败了，病人遭惨了……再后来用不锈钢，觉得很先进。这才晓得欧美医院，早已不用那沉重的不锈钢，也不用第二代钴铬钼，已经发展到第三代钛合金，既轻便又结实。我们落后得太多了！"

外科组织英语学习，大家以为是几个人的小班，一听说是杨振华教英语，一下子来了五十多个人。每天下班之后，由杨振华负责授课。

当一个好医生和好教师是杨振华毕生追求的目标。他教英语的消息很快传遍了华西坝。1975年至1976年，学院安排杨振华正式开办医学英语课程，先由他教六个月的基础英语。然后，杨振华和他的团队一起教医学英语和医学拉丁语。

杨振华熬更守夜准备教材。他从英文医学杂志和最新的科教书中挑选精彩文章，以此作为基础课程的教学材料。他教学生如何使用美国出版的《累积医学索引》，以及如何用英语写病历笔记、报告或医学论文。这样，学生们可以边学英语边接触到一些新的医学知识。

在五年半的时间里，杨振华教授的十一个班共五百五十名学生的英语水平得到了明显提高。此外，他每年还要审改学生的英语医学论文和论文摘要约四十篇。

杨振华的所有学生，无论是学外科的还是学英语的，都觉得杨振华为人师表，可学的东西实在太多了。

1963年，一次偶然机会，医疗系学生王金生向杨振华学习如何收集、整理、保存、使用文献卡片。杨振华还说："掌握了这种方法对做学问大有好处，这是一种积累知识的基本功。"

王金生按杨振华教他的，在"文化大革命"中就收集了上千张"文献卡片"。改革开放后，他不太费力地就在医学期刊上发表了第一篇论文，得到一百二十二元稿费，相当于他三个月的工资，这在当时引起了医院的轰动。从此，他不断发表论文，在学术上、医术上不断提高，顺顺当当地被评为主任医生、医学教授。他说："一张小卡片，改变了我的一生。"

1981年，毕业于四川医学院的周清华，考取了杨振华的硕士研究生。杨振华精心培养，将其数十年的宝贵经验毫无保留地传授给弟子。周清华在群英荟萃的"中国胸外"脱颖而出，不断取得突破性的进展，继而成为业界的"世界名家"。

周清华的夫人曾光琳说："周清华不仅向恩师学知识，学技术，还向恩师学习如何做人。他这一生，影响他最大的就是杨振华老师。"

中国癌症基金会理事长赵平教授曾评价："周清华的手术水平代表了中国肺癌外科的最高水准，堪称卓越。然而，从专业到卓越，这背后是两万余次复杂手术积累的底气，是成功挑战不可能后的胸有成竹，是外科医生的硬实力，也是周清华教授在肺癌外科领域做出的中国贡献。"

多少肺癌患者，怀着求生的渴望，排着长长的队伍，等待周清华教授救命的一刀啊！

杨振华啊杨振华，你为什么不多培养几个周清华呢？

1945年杨振华就取得了华西协合大学副教授职称，熬了三十四年之后，1979年，杨振华才晋升为教授。

一把锋利的柳叶刀被闲置多年。喜欢当老师的杨振华，少有讲课的机会，他的教鞭也闲置了数十年。七十岁才有机会带一个研究生，这不知是杨振华本人的遗憾，还是中国医学无形的损失？

八、瑰丽晚霞，缓缓落下

1981年，杨振华收到一封信，北京阜外医院院长吴英恺邀请他出席一个国际心胸血管外科手术论坛。本以为这只是一个业内的小型会议，不料竟是近四百位专家出席的大会，还有三十位来自英、美等国的代表参会。在这次大会上，杨振华见到了一别三十多年的老友——美国医生赫伯特·斯隆博士。

早在1947年，杨振华在密歇根大学进修时就认识了斯隆博士。当杨振华告诉斯隆，他来自中国成都华西协合大学时，斯隆问他认不认识戴谦和。

杨振华讲，戴谦和曾是华西协合大学理学院院长，还是一位考古学家，非常有名，他们之间的关系非常好。而斯隆说，戴谦和夫妇是他的叔叔和婶婶，真是太巧了。后来，杨振华结束了在密歇根大学的学业去多伦多时，对斯隆说："欢迎你能来中国！"——如今，斯隆来到了中国。

大会请斯隆和杨振华主持会议，会场上顿时响起热烈的掌声。

原来，鉴于心胸外科的复杂性、风险性和高难度，全世界从事心胸外科的医师一直有着频繁的交流。杨振华一走进这个交流圈，就立即感受到各国同行是怎样努力地把新技术、新药物用于临床的。此后的几年，杨振华出访了九个国家，参加各种国际会议，让四川医学院（1985年更名为华西医科大学），迅速与国际接轨。同时，杨振华充分利用每一次机会，拜访了曾在华西协合大学任教的徐维理、韩诗梅、陶维义、苏道璞等前辈的家人，与他们重建了亲密关系。所有的新老朋友都热情表示，要为华西医科大学的发展贡献力量。

1998年11月16日，华西医科大学举办了盛大的庆祝活动，纪念杨振华教授从医执教六十周年。来自全国多家医院的嘉宾云集华西坝，向杨振华表示热烈祝贺。

杨振华在答谢词中表示：十几年来，我几乎走遍世界。和平与发展是当今时代的主流，所有的医务工作者，都应当是世界和平与发展的推动者。我们即将进入21世纪，这让我们想起了白求恩大夫，他把宝贵的生命献给了贫困的、受压迫的中国人民。今天，这种伟大的精神仍然值得我们继承和发扬。

他还表示：医学科学发展迅猛，我们要努力学习，包括学好英语，引进先进科学成果，努力培养学生调查问题、分析问题、解决问题的能力。最后，他提醒大家，团结协作才有力量。他说："难道你们不认为，有了良好的合作，我们就能取得更大的成绩吗？"

1999年7月，杨光瑜和杨光理分别从英国、加拿大回来，与杨光曦一起，去履行母亲的遗愿。

张君儒是两年前病逝的。遵照她的遗愿，儿女要将她的骨灰撒在她的故乡璧山她出生的小镇的那条小河里。

杨振华不能去璧山。那天午后，他独坐家中，他完全想象得到，那盒骨灰放在祖坟前祭奠时，自己的儿女、老家的亲友会讲些什么。

当儿女走向母亲故乡的小河边时，只见河边绿树成荫，野花盛开。那清亮的河水，曾照亮了张君儒和她童年玩伴的笑脸。

一把一把的馨香花瓣和着骨灰撒向了小河，平静的河面泛起了一圈圈涟漪。此时，杨振华耳边似乎响起了音乐之声。

1939年底，寒风刺骨，细雨霏霏。突患伤寒症的张君儒，躺在仁济女医院的病床上，浑身烧得滚烫，守护在床前的杨振华忧心如焚。入夜之后，张君儒体温降了下来。病友们说："今天洋人过平安夜，又是唱又是跳，平安夜嘛平平安安，我们也应该高兴高兴嘛。"

杨振华看张君儒露出了笑容，便抱起早已经备好的夏威夷吉他说："我给你们唱一曲吧。"

二十八岁的杨振华轻轻拨动着琴弦，悠扬的吉他声和深情的歌声在病房响起，那是舒伯特著名的《小夜曲》："我的歌声穿过黑夜，向你轻轻飞去……"

那吉他声，那歌声，回荡了六十年。

杨振华知道，一生的伴侣先走了，锦江河畔，瑰丽的晚霞在缓缓落下。在黑夜降临之前，应当对这个世界说点什么。

九、让时间证明一切

改革开放后，英国人帕特里克·伍德来华西教英语，他听人说到杨振华的故事，花了近三年时间，为杨振华撰写了一本口述史。杨振华在谈及曾视他为仇敌，强施暴力，手毒心狠的人，以及黑他整他的人，竟然没有一丝仇与怨，甚至没有提及其中任何一人的名字。他只说，那是特殊时期、特殊氛围下做的事，原谅他们吧！

这让伍德惊讶万分。

谈及强加在自己身上的不实之词，杨振华说到了新时期思想解放运动中最重要的一篇文章——《实践是检验真理的唯一标准》。他想到了：实践检验真理，时间证明一切。

他与伍德商定，书名就叫《让时间证明一切》。

在这本《让时间证明一切》中，杨振华仅仅按时间顺序讲述了一些事实，谦和得没有把"证明什么"说穿说透。不了解时代背景的年轻人，读完这本书也许就掂量不出它的厚重。但如果对杨振华有了更深的了解，就会明白——

克利夫兰总统号可以做证：杨振华是爱国者！

抱着两个月大的奶娃，横渡太平洋的杨振华夫妇，以及所有乘坐这艘邮轮回到祖国怀抱的中国学子，都是伟大的爱国者！

被中国志愿军鲜血浇灌的朝鲜大地可以做证：杨振华是好医生！

在战火纷飞的危险时刻，谢锡瑹、杨振华的第十四兵站医院救治了一万零六百二十名伤病员——上万名伤员，那是一个师的人数呀！——他们是对每一名志愿军战士满怀深情大爱的好医生！

华西坝的古老钟楼可以做证：杨振华是好老师！

他将毕生心血奉献给了他所挚爱的临床医学和教书育人事业，他是百年华西品质高尚、学养深厚、学贯中西、成就卓著的那一代老教授的代表！

一切针对杨振华教授的不实之词，统统见鬼去吧！

然后，请杨振华教授自己为自己做证——

2007年4月19日，九十六岁的杨振华病逝。他生前一再叮嘱儿子杨光曦："一定要把我的遗体捐献给母校，作为医学研究之用，最后制成骨架，放在教室里，这样，我就能永远为医学教育事业做贡献了！"

当年，校方在华西解剖大楼，也是杨振华大学毕业后从事第一份解剖工作的地方，举行了庄严的杨振华遗体捐赠仪式。如今，杨振华教授的完整骨架，屹立于解剖实验楼大厅中央。每当开学，新一届医学学生都要在这里来上他们的大学第一课。

在杨振华教授捐赠遗体前后，王永贵、林克勤、肖卓然、邓显昭夫妇、刘报晖等人，也怀着同样的为医学教育事业做贡献的愿望，愿在死后捐赠遗体。

杨振华教授的学生王金生满含热泪地写道：

> 我深深怀念那一段师生之情，是那样亲密无间，纯洁自然。教学时是师生，运动场上是兄弟，生活中是慈父，巡回医疗中是战友……是华西的老师把我们引进了医学圣殿，是华西的老师为我们开启了医学知识的大门。正因为华西有像恩师杨振华那样胸有大爱、心存善良的老师，才铸就了华西医学的百年辉煌！

请相信：只要有文佳兰总结的"咬定青山不放松"的"竹石精神"代代传承，已经拥有一百三十年历史的华西医院必将创造更大的辉煌——让时间证明一切吧！

第十一章
中国有朵"麻醉云"

一、刘进教授捐了一个亿

四川大学华西医院的刘进教授捐出一个亿之前,近十年网络上的帖子把他骂得很惨,说他是"周扒皮""黄世仁""魔鬼教练"。这还算是温柔的,诅咒他的那些污言秽语更是字字带刺、句句刻骨、充满怨恨。也有声音对他表示肯定的,但音量有限,影响不大。好在刘进是一位风轻云淡、不易冲动的人。他有足够的耐心,用事实证明自己坚持的是惠及亿万人民的重要"国策"。他对那些来自网络的"呛声"一直不闻不问。

刘进是四川大学华西医院麻醉科主任,在权威的评价体系中,华西医院的麻醉科十二年来一直占据着全国第一的位置,而他更是中国麻醉专业领域的重要领军人物之一,这方面没有什么非议。

他被骂的原因主要在于他坚持推行住院医生规范化培训(简称"规培"),他是吹鼓手,也是执行者。他认为,仅仅是在医学院读个学士,是"半成品"。所谓"规培",就是医学学士必须在大医院"狠狠地泡临床",当五年住院医生,经过各科室规范化培训,才能取得行医资格。这是全面提升中国医疗水平,与国际接轨的大事。

他的"规培"梦想,萌生于1991年的夏天。那时,他在美国读完博士后,和北京协和医院麻醉科主任黄宇光开车去黄石公园。一路上,他俩都在讨论共同的导师——中国医学科学院阜外医院徐守春教授的嘱咐:"你们不光要学医术,更要研究医疗的管理制度,哪些是值得我们借鉴和学习的,把它拿过来。"

他们讨论了百年来从英格兰到北美的医疗制度，以及所有发达国家对医学生的严格挑选。在美国，医学是比其他任何专业更磨人、更花时间的专业。高中毕业生必须读完大学本科，才有资格报考医学院。这还不算，他们注意到，无论走到哪一座偏远小城，一个小诊所的医生，都是医学本科毕业后又到名牌大医院"规培"了五年合格后才取得行医资格的。

刘进说："难怪啊，这几年我所见到的最年轻的医生，也有三十来岁了。在达拉斯的得克萨斯大学西南医学中心，跟我学麻醉的两个学生，胡子一大把了，看样子有四五十岁了吧。"

一路上，他俩谈论的都是关于"中国和医疗"的话题。

黄石公园用苍凉与神奇，展现了火山喷发、熔岩涌动后地球的创伤。而不经意间，刘进向黄宇光透露了隐藏心中的创伤。

刘进大学毕业后，分配到湖北省黄石市第二医院。他说："那时候，如果分配到区县医院，就只能具有区县医院的水平，受各种条件限制，难以提高。在黄石市第二医院，有一次一家加油站发生火灾，十一名烧伤者被抬到医院。而那时的医疗水平，真是穷于应付。请来武汉的专家，也未能奏效。那场紧张、混乱的抢救拖了三个月，我一直在重症监护室。医护人员累垮了，十一名烧伤者一个也没救活。"

这件事，也给刘进留下了一生难以愈合的"伤疤"。他想，如果当时医院的医疗水平再高一点，是不是可以在第一时间进行果断处理，救活几名烧伤者？十年后，他又想，如果能推行"规培"，让中基层医院的医生达到较高水平，让山区农民也能享受到与大城市一样的医疗福利，该有多好。这不仅能造福当地民众，还能缓解大医院的沉重压力，让"就医难"成为历史。

黄宇光认为："'规培'这件事，想起来很美好，执行起来却会困难重重！一个医学院毕业生，一家人眼睁睁地盼着他挣钱，你让他去'规培'，如果国家不给补贴，有几个人愿意干？这不仅涉及个人利益，更涉及医药卫生的国家大计，弄不好，就要挨骂！"

对于挨骂，刘进早就有了心理准备。

那一夜，两位中国医生，在美国黄石公园谈黄石，几乎谈了一个通宵。

升起在祖国黄石的那一轮明月，此刻，也悬挂在黄石公园山巅。同样的月光下，人类真是命运与共——都要面临生老病死，无一例外。怎样更好地治病救人？怎样维护健康机体？全世界的医生都在寻觅和探索。毋庸置疑，用生命换来的宝贵经验，包括行之有效的医疗管理制度，应当是人类的共同财富。

从2003年到2013年，作为全国人大代表，刘进心中牵挂着国家的医卫大计，年年提交全面推行"规培"的建议。十年坚持，终见成效。2013年12月31日，国家卫生计生委、教育部等七部委联合印发了《关于建立住院医师规范化培训制度的指导意见》。该文件规定从2015年起，从事临床医学的本科毕业生，在完成五年的专业教育后，必须经过三年以上住院医师规范化培训。

擅长算账的刘进说："这样，国家就要拿出四百亿来补贴'规培'。当时，全国投入医药卫生的总盘子是一万亿。四百亿，就是四两拨千斤。我相信，当我们的本科生一批一批都通过了'规培'，那医疗事故、医患矛盾肯定会减少。国家的投入，就会渐渐显出成效！"

然而，国家给每一位"规培生"的补贴毕竟有限，达不到同样资历干临床医生的工资待遇。当时，中央财政对住院医师规范化培训提供专项资金支援，资金补助标准为每人每年三万元，补助资金三分之二用于补助参培住院医师，三分之一用于补助基地和师资。这距离刘进之前的设想相去甚远。一些大医院招收的"规培生"，不仅待遇低、责任重，甚至被当作廉价劳动力使用。于是，在网络平台上，刘进成了重点的"批斗对象"，泄愤者想怎么骂就怎么骂。

属猴的刘进生性幽默，他说："我在骂声中成长。'规培'制度，对于中国医卫界，算是一件大事。在中国，干小事有小阻力，干大事肯定有大阻力，只有不干事才没阻力。但，我不能不干事啊。"

2021年9月27日，刘进做出一个惊人之举：个人捐出一个亿给华西医院。这笔钱，用于麻醉科的"规培生"——包括华西本院的"规培生"和面向社会招来的"规培生"。保证每人每年有十万元补贴。

采访的记者们蜂拥而至，刘进很委婉却很果断地说："只拣最重要的说。我希望通过我们（华西医院）这样的行动，引起社会的关注，让住院医师'规培'更加规范化。"

刘进的一亿"砸下去"，网络平台顿时哗然：刘进是什么牛人？刘进哪来那么多钱？刘进的"麻醉王国"隐藏着什么秘密啊？

二、经历：四个"四年半"

刘进，1956年出生于湖北省恩施土家族苗族自治州。那是一块偏僻而贫瘠的土地，父母亲都是音乐教师，没有教他唱过好听的歌，却留给他一个沉重的包袱。父亲因为"历史问题"被监督劳动，母亲带着他"下放"到另一山乡。

那时，生产队是按一天"两歇气"还是"三歇气"计工分的。而刘进总是"两歇气"。当时，耕田挣的工分高，他就跟老农学耕田。他回忆说，犁完一块地之后，要把犁头抬起来，转弯回头再犁。那一下子，要咬着牙使劲地搬动粘着泥巴的沉重犁头，搬动一次就会汗水直冒。他一想到挣足工分才能养活自己，就特别舍得下力气。

那一年，他十四岁，开始尝到了自己汗水的滋味——是咸的。

两年后，母亲又被调到区上去教书，他得到了上高中的机会。

读高二那一年，母亲因患癌症去世。他只觉得母亲消瘦得特别快，也没有听见她哼一声就倒下了。想起母亲忍耐着只是为了不让他难过，他禁不住对着大山号啕大哭，长跪不起。

那一年，他十八岁，吞咽下自己的泪水——是苦的。

1975年，刘进高中毕业后再次下乡，当了两年知青。

1977年，恢复高考，他考了全县第一，却因政审不过关而落榜。他对因同样原因落榜的第二名说："明年，我俩考北大、清华。"半年后，湖北恩施医学高等专科学校扩招本科生，录取了他。

他将知青屋所存的五谷杂粮换成了省粮票，背着行李卷，走进了大学。三十四斤定量，哪能填饱肚子？早上啃四个馒头，中午、晚上扒掉一斤米饭，他说："食堂的饭票过期作废。同小组的几个女生支援我饭票，由于没有什么油荤，一个月我要吃掉九十多斤粮食！"

比胃口更大的是对知识的"贪婪"。他对死记硬背教科书不感兴趣，而是喜欢泡图书馆，不管是专业的还是非专业的书，一借一大摞，经常读到深夜。同学们都在猜测："这个刘进，'野心'究竟有多大？"

1982年，刘进被分配到黄石市第二医院工作。1984年，他考上了中国医学科学院阜外医院硕博连读研究生，师从中国著名的麻醉医学教授徐守春。

徐老师慈眉善目，和蔼可亲，1954年从北京协和医学院毕业后，一直在阜外医院这个中国心脏外科的最高殿堂行医。除了深研麻醉，他还参与医疗设备的研发。他兴趣广泛，思想活跃，无论寒暑，总骑着一辆摩托车穿街过巷上下班。直到八十多岁，还满腔热情地投入新课题的研究。他一辈子"高调做事，低调做人"的风格对刘进影响很深。

1988年，刘进完成了博士学业，在阜外医院任主治医生。不久，他获得了香港郑裕彤奖学金，赴美国旧金山医学院读了两年博士。他牢记恩师徐守春的嘱托，应聘去得克萨斯大学西南医学中心，一边做主治医生，一边体验和考察住院医生"规培"的种种细节。

1994年，三十八岁的刘进学成归来，回到阜外医院麻醉科，半年后被评定为主任医师，成为阜外医院最年轻的科主任。

回望昨天：四年半"土插队"，四年半"洋插队"，四年半上大学，四年半读硕博。岁月给予了他知识、勇气、信心，使他变得强大。

当年，他能驱使一头牛，深耕一片田地；今天，他要在中国医学的麻醉学科这块特殊的土地上，进行一番前所未有的深耕！

三、刘进来到华西医院麻醉科

2000年，迎着新世纪的曙光，刘进独自"空降"华西医院。刘进来了，平静的麻醉科"风乍起，吹皱一池春水"。二十多年"风"不断，刘主任"发飙"之时，有住院医生被吓得浑身颤抖。

美国的一位麻醉专家，列举了九十九个因麻醉引起死亡的病例，令人胆寒。而麻醉医生追求的终极目标是最低的死亡率！

一批接一批的来自各地的"规培生"，难免带来一些顽固的小毛病、小动作，这些纰漏很小，却有可能造成大的医疗事故。况且，"规培生"有上百人，刘进怎么管？后来发展到几百人、上千人，且来自全国各地，刘进又怎么管？那就定下铁规，坚决执行，抓住典型，"惩一儆百"。否则，如何保证麻醉科所追求的目标——降低死亡率？

"是谁在更衣间不把换下的衣服放进筐里而是乱扔一地？是谁在全科例会时迟到？是谁在手术间乱放器械？这里是抢救生命的地方，小小陋习要坏大事！"

刘主任在大声呵斥："是幼儿园老师没有把你教好，还是爸爸妈妈没有把你教好？连最基本的规定你都做不到，你说说，你到麻醉科来干什么？"被批评的人，后背直冒冷汗。刘进锐利的目光扫过去，很多人都低下了头。

只因为一次迟到，一位"规培生"被退回原单位；只因为离开了病床几分钟去吃饭，一位高年资的医生被罚了一千元。

刘进宣布，全科实施严格的主治医生负责制。他拟定了一本《麻醉科工作手册》，写明了各项操作规程与医护人员职责，必须遵照执行。其中有一条，病人在围术期（从病人决定接受手术治疗开始，到手术治疗直至基本康复），分分秒秒必须有住院医生守护。这是不是有点严苛？

刘进说："迈克尔·杰克逊是怎么死的？因为他严重失眠，家庭医生给他注射了丙泊酚，见他安稳地睡着了，就离开了五分钟，迈克尔·杰克逊就是在这五分钟内死去的。因为丙泊酚让他熟睡，也抑制了他的呼吸。"

得益于刘进的"坏脾气"，麻醉科有了"铁纪律"。也许，某些医生被伤了面子，但对于患者来说，就是安全放心，生命得到保障。

新来的"规培生"，要戴三个月的红帽子。这样，建立了识别标志，如同新手司机贴上了"新手上路，请多关照"的标签。谁要临时办急事，请"红帽子"助力，请先掂量掂量。七十岁以上的老医生，可以上门诊，不能再上临床。因为眼花、手抖、记忆力衰退，该恭请你退下来了，敬请谅解！

刘进还说："我最痛恨撒谎！从病历书写到工时计算，从数据整理到撰写论文，绝对不准造假！有胆敢以身试法的，必定严惩！"

各种考核指标，激励你踏实工作；各种科研项目，希望你释放潜能。刘进反复强调："我们麻醉科是学习型的科室，我们给有抱负的年轻人开拓上升的空间。想'躺平'的人，眼看自己的工资、奖金、职称原地踏步，与同事的差距越拉越大，也会躺不住了。"

当年，刘进考上阜外研究生时，感觉那是一座充满火热学习气氛的熔炉，让学生不断地熔炼、锻造、提升。如今，刘进的想法就是把华西麻醉科建成一座大熔炉，所有医护人员只要投身"熔炉"，必将发生质的飞跃。

刘进竭力推行的"规培"，其复杂的过程难以赘述，让我们看看"规培"的成果吧。

一个周四的早上，还不到七点，华西医院麻醉科的门口就已经聚集了不少医护人员。因为七点十五分至八点会举行雷打不动地执行了多年的"每周一歌"——麻醉科病例讨论会。由于疫情，人数有所限制，不少人只能上网观看。若不限制，一百五十人的大厅就会座无虚席，后面还会站满听众。

这次讨论会由陈婵博士主讲。如果不是身穿工作服站在讲台上，这位娇小可爱的川妹子可能会被当作初入校的新生。陈婵在麻醉学科很强的湘雅医学院读博士，又在美国哈佛大学麻省总医院做过两年科研。身披"哈佛"光环的她说："我的学历、学位不代表临床。按华西麻醉科的要求，将湘雅和哈佛做的临床进行折算，不够五年，得补两年。我先后到内科、外科，硬是补足了两年的'规培'。现在，我专做耳鼻喉科的麻醉，做得得心应手。"

陈婵可以说是经过五年"规培"的典型代表。

她思路清晰，语言简洁，讲述了一位体重八十六公斤的男人因为颈部的淋巴瘤扼住咽喉，挤压得气管只剩下一毫米的通道，为配合外科手术，是如何插管建立呼吸通道，又是如何进行麻醉的，并分享了一上麻醉淋巴瘤"塌陷"下来的应对措施。她讲得精彩，大家听得很认真。其间，她还回答了坐在前排的朱涛主任、左云霞副主任以及听众的提问。

陈婵还说："一年中，除了春节，每周四都有一位主治医生以上的医生来上一堂课。我这一堂课，是一年前就通知了的，以便我提前做好充分的准备。"

刘进对"星期四"的交流非常满意，他说："一个科室水平的高低不取决于某一个人，而取决于整个科室的平均水平。这就需要科室内医师之间互相学习，共同提高。最简单、最有效的办法就是，搞个科内的'论坛'，大家坐在一起，轮流举出自己亲历的典型的或罕见的病例进行讨论。把一个人的经验、教训和智慧变成集体的经验、教训和智慧。这样，就能推动整个科室前进。"

西北某省医院的一位医生来华西麻醉科进修了一年，回到原单位后，该院的领导向刘进反映："嗨，真是太奇妙了！这名年轻人原来吊儿郎当，经常迟到，现在上班总是第一个到；以前做事挑挑拣拣，现在变得积极主动了。而在技术方面，进步更是特别大……你们是用了什么样的魔法，让他脱胎换骨的？"

严格的纪律，有效的"规培"，在前三年已经初显成效。2000年，刘进初上任时，华西麻醉的死亡率是万分之一，2003年死亡率已经小于五万分之一。此后，麻醉各亚学科蓬勃发展，超声可视化技术的推广运用，新药的研发，面向全国的"规培"队伍不断扩大，若算上"规培生"和本科生竟有一千五百多人，不仅体量大，而且实力强，媒体称赞华西麻醉为："天下第一麻"。

一位华裔加籍麻醉师彼得·唐，在华西医院麻醉科做了三个月的志愿者，也做了三个月冷静的观察者。临走时，他对左云霞说："可能没有人说刘进教授心地善良，因为他处理违规的事是那样不讲情面。但我看到他勤奋工作背后，有一颗善良的心。他严格'规培'住院医生，是希望让农民在内的所有人都能得到合格的医生的治疗；他研究新药，是为了让患者有更好的副作用更少的药可用；他狠心处理个别人，是为了让更多的人不犯错误。他的善，是一种大善。你、刘进、朱涛都是大善之人，你们这些大善之人志同道合，所以能把科室建设好。"

四、麻醉亚学科在迅速发展

左云霞副主任二十多年来一直辅佐刘进，先后分管教学、科研，她又是小儿麻醉专业的知名专家。她面容和善，声音甜糯，能用特有的川味普通话把枯燥的科技知识讲得娓娓动听。

她介绍说：

"什么是麻醉呢？自1846年10月16日美国医生威廉·莫顿在波士顿麻省总医院公开表演乙醚麻醉，从而创立了麻醉专业，至今已一百七十多年了。人们总以为麻醉就是打一针或吸入麻醉药，让人昏睡，失去疼痛感，好让外科医生做手术。这种理解比较片面。其实，随着医学科学的发展，麻醉科早已经独立出来成为单独的二级学科，并渗透到医学的各个分支形成三级学科，比如小儿麻醉、心胸外科麻醉。且不说重症监护、器官移植、开颅开胸离不开麻醉，就连做个小手术也离不开麻醉。今天才发现，麻醉已经发展成为医学的'航母'，你想取得什么样的破纪录的成果，就要看'航母'能不能载你走那么远。

"实际上，病人在手术期间，是把生命交给了麻醉医生保管的，从头到脚，从里到外，所有器官都得保管好。什么时候用什么方法把生命安全地交还给病人，也考验着麻醉师的水平。安全、感控、无痛、高效是刘进主任给麻醉科提出的四大要求，它书写在麻醉科走廊的墙上，更是牢记在每个医护人员的心上。

"以前，判断一个人是不是麻醉医生，就看他的耳心是不是黑的。因为，在使用超声之前，麻醉医生是使用听诊器，听患者的心跳与呼吸来控制使用麻醉药。手术期间一直要注意听着。听诊器戴得太久，耳塞掉色，耳心发黑。刘主任一来就力推超声的应用，让麻醉走向了可视化。从此以后，年轻的麻醉医生耳心不会再发黑了。

"麻醉医生是很辛苦的，来得最早，走得最晚。手术结束了外科医生的工作就结束了，但麻醉医生要等到病人苏醒并安全回到病房后才可以离开。一台手术，麻醉医生的神经是高度紧绷着的，我刚入职时，在大手术的前夜通宵失眠。有一位年轻医生，发现用针扎错了位置，吓得当场晕倒。华西现有四千个床位，2021年做了二十三万个麻醉，其中十三万是手术室内的麻醉。要保证这十三万名病人从生死之间安全度过，工作压力是相当大的。

"我们麻醉科这二十年来，亚学科蓬勃发展，得益于刘主任一上任就对绩效考核动了大手术。过去挣多挣少，取决于与麻醉对应的手术是大还是小，做心脏大手术与做眼科小手术挣的肯定不一样。为了平衡麻醉师的收入，便将不同类的手术搭配安排，虽然收入拉平了，但麻醉师难有专长。经过修订，以上班时间定'工分'。你主攻小儿手术麻醉，他主攻心肺手术麻醉，就按你的主攻方向发展，各个亚科齐头并进，不仅人才培养起来了，整个科室的实力也大大增强了。

"凡是有抱负的年轻人，在麻醉科都有发展的空间。你可以做纯粹的临床医生，也可以临床加科研，还可以临床加教学，等等。搞科研，你若申请到省部级的项目，便可调整时间，每周做几天临床几天科研完全灵活处理。

不管是申请项目还是评定奖金，绝对是公正、公开、透明的，上网就可以查得一清二楚。刘主任的'经济头脑'也是非常厉害的，这主要表现在科研成果的转换上。通过科研成果的转换，我们麻醉科所属的公司拥有了多项专利，这在全国同行中处于领先的地位。"

2022年春，六十六岁的刘进将麻醉科主任一职交给了"大弟子"——五十六岁的朱涛。高大帅气的朱涛，讲话语速极快，透着江浙人的精明与干练。他主攻难度极大的肝移植外科麻醉，在肝移植快速康复方面颇有建树。他与于海、姜春玲、李茜、陈果组成了麻醉科新的年轻的领导班子。

三十九岁的姜春玲，吉林人，北大医学院麻醉博士，抛下深圳一家大医院的良好待遇，"离海逆行"全家搬到成都。从北到南折向西，是人生大迁徙的轨迹。她说："华西麻醉的学术声誉，令我震撼。走进麻醉科，一帮为梦想拼搏的人所创造的氛围，深深吸引了我。'规培'的魔鬼训练不说，单说前面有刘主任带头攀登，后面有比我更年轻的医生在催促，简直停不下脚步！"

左云霞说："在小儿外科做麻醉，我遇到几千例患有先天性病症的婴儿，那真是五花八门。就说消化道吧，食道闭锁，十二指肠闭锁，还有管道乱接，都是要命的。在我们的密切配合下，外科医生通过手术硬是从死神手中把许多婴儿救了下来。当家属们欢天喜地地抱着婴儿出院，向着医生护士告别时，他们根本不晓得麻醉医生在背后的艰辛与付出，我们就甘当无影灯下的无名英雄吧。"

五、"一个亿"的来历

刘进捐的一个亿，来自哪里？来自他主持研究与开发新药。在美国读博士后时，他选修了制药，初步了解了新药研发的流程。

刘进说："二十年来，中国麻醉产业规模已从二十亿元扩大到了二百三十亿元以上，且每年仍以百分之八左右的速度增长。行业内预估，到2023年，中国麻醉行业市场总规模将达到三百四十多亿元。

"而新药的产生需要制药公司、研发者和临床医生三者结合。华西医学中心有药学院，可以在研发中给予重要的支撑，我们还自组了科研团队，在三结合中就占了研发者和临床医生两条，只要定好方向，我们就大胆去实践。"

2002年，麻醉科仅有新药的研究小组，创业之初，在华西医院信息楼，实验室不足二百平方米，人只有四五个，显得势单力薄。

经两次搬迁，如今，在成都天府生命科技园B2栋，麻醉转化医学国家地方联合工程研究中心占据了九楼和十楼整整两层，面积约三千平方米。按说已经不小，可由于不断有新课题进入，仍显得非常拥挤。真是"小博士挤大博士，小白鼠挤大白鼠"。负责新药检验的张文胜工作室，只有六七平方米。来自新疆的张文胜本人，也被书籍、打印稿、电脑和打印机团团包围。

在新疆长大的张文胜说："小时候，我一直想不明白，四川民歌高唱'太阳出来喜洋洋'。在新疆，太阳天天要出来，有什么值得喜洋洋的？来到四川后才明白，太阳，特别是冬天的太阳，实在是挺宝贵的。"

张文胜在新疆上大学、读硕士，一直做临床麻醉，在华西读完生物工程学博士，就被刘进选中，让他"从零开始"，改行去开发新麻醉药。刘进说："有扎实的临床基础，对新药会更有感觉。"

张文胜说：

"对医药科学而言，开发新药，等于是参加人生的'马拉松'，一种新药，动辄就要搞十几二十年。2002年，我的儿子两岁，才蹒跚学步，我开始研发新药，十九年过去了，我的儿子已长得牛高马大，'马拉松'才跑到终点，拿到了国家的证书。

"研发新药的成功率，只有百分之十，烧钱又烧脑。刘主任好像从来不怕失败，我们也就习惯于失败。他每周二都会来，和团队的成员们一起深入研讨。把化合物变成药品用于临床，一直是我的梦想。理想很美好，现实很骨感。同学相遇，一问起我在搞科研，都说我有点傻，怎么不搞临床呢？刘主任太能体谅我们年轻人了。他想尽各种办法，申请研究基金，动用他的科学奖金，保证了科研团队年年飙升的劳动力成本。没有他的大公无私，科研真的难以坚持下去。

"2013年，团队开发了一种全身麻醉药物，前期的实验数据让人兴奋，而且在小白鼠身上的实验效果都很好，可后来用到狗身上，药效一下子变得非常差。这个项目先后投入了八百万元，这八百万元是团队以往所有的成果转化的收入，一下子整个团队都很沮丧。刘主任非常淡定地安慰大家：'你们看，这个研究方向是有希望的。或许往这个方向再走一步就能获得更多的数据、更好的结果。'

"要问我什么时候最快乐、最激动？我真是想不起来。二十多年，平平淡淡，陪着我们失败的一批小白鼠死了，还有大白鼠、狗等，一批又一批的实验动物，为了帮助人类研发新药，倒在漫长的路上。新药研发成功了，那高兴的劲儿已经拖得太久，也就没感觉了。"

在刘进的新药研发团队，还有一位重要人物柯博文，他是一位来自广安的快乐青年。

2013年，柯博文从美国佐治亚州立大学取得药学博士学位后，国内多家药厂高薪诚聘，均被他婉拒。偏偏刘进只给他谈了十分钟，不谈任何待遇他就到麻醉科投入了新药研究。刘进下的是什么样的"麻药"？

柯博文说：

"首先，我是华西本、硕、博'穿山（三）甲'，有华西情结；其次，刘主任说，他不满足于做个好医生，想做药，他的雄心壮志让我振奋；第三，科研团队的氛围相当好。

"深入相处，我更了解刘主任的想法。他认为，医生和制麻药是两个不同的专业，如果'角色'对调，让医生去研制新麻药，就会考虑如何规避老麻药的缺陷，而让研制麻药的人去好好泡临床，就会了解到临床究竟需要什么样的麻药。

"由医院的麻醉科研发新药，在全国实属罕见。刘主任说，中国的麻醉药百分之百是进口或仿制的。就这样，也难以满足患者的需求。如果哪一天，外国制药老板发了疯，要卡我们脖子，才最要命！因为，全中国每年要进行六千万台手术，对麻醉药的需求量实在太大了。麻醉药绝不能断供。还有，不同的手术和患者，对麻醉药的要求差异很大。安全可控，是对麻醉药最基本的要求。安全，就是要保证患者生命无恙；可控，就是麻药剂量恰到好处。麻醉药又分镇痛、麻醉、松弛肌肉等几个类型，我们主要研发的是短效全身麻醉药和长效局部麻醉药。

"为什么需要短效全身麻醉药？因为手术室很紧张，排在前面的手术做完后，患者一醒来就可以离开手术室，让下一位患者做手术。若是患者尚未醒来，久久占着手术室而不能被推走，就会影响后面的手术。新的短效全身麻醉药，不仅对患者有好处，还会提高手术室的使用效率。若在全国临床推广，每台手术都能节约十几二十分钟，六千万台手术节约下来，该是多大一笔财富！

"最近，我们的长效局部麻醉新药LL-50研发成功。第一个'L'表示长效，第二个'L'表示局部麻醉，'50'表示麻醉效果长达五十小时。为了测试这药是否长效，动物实验早已经做过了，我们仨——刘主任、张文胜和我，把自己当小白鼠，做了好多次人体实验。

"刘主任总是带头，伸出左胳膊，画出一个个圆圈，分别在每一个圈内注射不同剂量的局部麻醉药，并在右胳膊弯插好留置针，便于产生药物过敏反应时，立即采取有效的应急措施。

"有一次，我拿自己做实验时，只注意记下左胳膊每个圆圈内的麻醉效果，没有注意到右胳膊弯的留置针脱落。一个护士发现了，惊叫起来：'柯医生，血，血！'我才发现，至少有上百毫升血流出来，把我的衣服裤子都打湿了一大片。

"回到家里，爱人看到我衣服裤子上都是血迹时，我本想撒个谎，说是小白鼠的血溅到的，却支支吾吾，难以自圆其说。她心痛地哭起来：'你这样粗心，要出了事咋办？你不为自己着想，也要为娃儿着想嘛！'我有一个可爱的女儿，那时爱人又怀着四个月的身孕。我生怕她着急伤了身体，便使尽浑身解数，哄着她，让她相信绝不会有下一次。"

刘进不仅是华西医院麻醉科的"掌门人"，同时也是科研成果转化的"先行者"。经过二十多年的实践，他总结出了一套从临床发现问题到提出需求，再到科学研发做出新的医药产品，再回到临床试用修订，直到正式投入医药市场的理论。华西麻醉科的多项科研成果，经过转化，都成功地走向了市场。

2003年，刘进团队开发的第一个药物品种的专利在临床前阶段就获得转让费二百万元。十七年之后，新药物品种专利临床前转让的合同总金额已经到了五亿元。按照华西医院的政策，这些收入的百分之二十交给医院，剩下的百分之八十留给科室（其中百分之三十用作继续研究经费，剩余的按个人贡献分成）。

2021年6月，华西医院与宜昌人福药业签署了"新型骨骼肌松弛药物""超长效局麻药"两项专利许可及项目合作开发合同，总金额为七亿五千万元，因两项合同涉及专利均由刘进教授及其团队研发产出，按照"华西九条"规定，刘进教授个人获得了一亿元奖励资金。

这一次，刘进没有像以往一样将经费的个人部分再投入新药的研制中，他提出，捐赠资金用于培训住院医师，激励带教师资，以及加强医院培训能力的建设。

央视《面对面》栏目采访刘进的专题片播出之后，十几年来在网上吐槽，骂刘进"周扒皮"的人，仿佛是朝天吐唾沫，掉在自己脸上，一个个悄悄删去贴子。刘进坚持推进"规培"的事迹，被越来越多的年轻医学士理解和点赞。

正是秋阳高照、晴空万里的好天气，柯博文说："去年，我们独自研发的，具有自主知识产权的磷丙泊酚二钠上市，加上其他合作的药企的新药上市，国产麻醉药'杀出了一条血路'，占了中国市场百分之十的销售额，今后这个比例会不断扩大。国产麻醉药的上市，降低了医疗费用，减轻了患者的负担，这是刘主任反反复复、经常念叨的。"

六、在华西想起路遥叔叔

宋海波教授，一个浓眉大眼的陕北帅哥。一走进他的"华西维思模共享教室"，他就展示了他的最新成果——"超声心电贴片"。他说："如果城里有一位老板，惦记着乡下患有心脏病的老娘，可乡下医院只有听诊器、血压计，还离老娘住处挺远，那么现在，只需要在老娘的胸口贴上'超声心电贴片'。贴片好比一部超轻超薄的小手机，老板只需打开手机，动态心电图就在屏幕上显现出来了。这能让老板有效地监测令他牵挂的老娘的那颗心脏。"

这不是科幻小说。宋海波教授主导研发的"超声心电贴片"，是"华西维思模"最新的医疗产品。"维思模"与"为什么"谐音，"华西维思模"既是独立的公司和教学机构的名称，也是华西麻醉科将超声运用于医学、医学教育的各个方面的理论与技术的总称。

宋海波说："我们充分利用了'互联网+'。'华西维思模+''5G+''掌上超声+'，这些对于边远地区，实用性非常强。以我们的陕北为例，如果让年轻的乡村医生身怀'利器'，那么他们走村串户的积极性会大为提高。他们可以用'掌上超声'，凭图像诊断心肺疾病。治不了的，可以立刻连线大医院，并传递图像，让患者及时得到医治。这该有多好！"

宋海波频繁说到"陕北"，源于他很深的家乡情结。他说：

"我来自陕北延安凤凰山，毛主席和白求恩谈话的那个窑洞离我老家也就一百米。小时候，我就想过，要做白求恩那样的医生。"

"大学毕业后，我应召入伍成为当地部队医院的军医。正好，上级给医院下拨了一台进口彩超机，便派我去第四军医大学跟钱蕴秋教授学超声。我对超声产生了浓厚兴趣，将进口彩超机和进口麻醉机玩得非常娴熟。当时我已经意识到，超声和临床结合起来，应用范围相当广阔。

"进入新世纪，我考上了华西医学中心心脏内科唐红教授的研究生，研究方向正好是超声心动图。那时，刘进教授对我说，我们最缺搞超声的，你到麻醉科来吧！当时我很犹豫。因为硕士毕业后，若到华西麻醉科还要做'规培'，不仅会丢掉'军饭碗'，还要面临与爱人分居、与父母远离以及女儿上学等难题。

"刘进教授一到华西，就将超声引入麻醉，走在了全国前列。麻醉的关键是对基本生命体征的监测与脏器的保护，如果能实现看图穿刺、看图给药、看图下刀，那该有多好。我想通了，留在华西！把超声影像技术和手术安全结合起来，这就是我想要去做的，也是很有意义的事情。

"其实，过去麻醉科医生的许多临床操作都非常危险，如各类神经阻滞、椎管内阻滞、中心静脉穿刺置管、动脉置管等。神经附近就是血管，一旦将局部麻醉药物注入血管，患者不死则残。而中心静脉附近有不少重要结构，稍有不慎就可能发生误穿动脉、血气胸等事故。传统穿刺的盲穿和盲打，风险高，效果差。有了超声引导，一切操作可视，安全性得到了极大的提高，这是麻醉革命性的巨大进步。

"如果将一个超声探头，通过喉咙送入食道，就能将心、肺看得非常清楚，这叫作'术中经食道超声（TEE）'。TEE不仅方便医师进行心肺手术，也方便麻醉师监控。但是，TEE很难学。你让一个清醒的病人张嘴，往食管里插探头，太困难了，想找'模特'几乎不可能。我们在中科院成都分院的帮助下，进行了经食管超声模拟教学，用假人做练习，练好了之后再给病人做，这样就减少了对病人的不必要的伤害。2012年，我们去美国耶鲁大学医学院麻醉科交流，麻醉学专家维吉教授非常认可这个项目，邀请我们写成综述在国际麻醉学权威杂志上发表，并欣然写了一篇编者按，介绍了华西经食管超声模拟教学的方法，影响很大。

"刘进教授当时既是麻醉科主任，又是中华医学会麻醉学分会主委，提出TEE监测技术是麻醉医师必须掌握的基本技术。在刘进教授的倡导下，华西医院心脏内科、心脏外科、心脏超声、麻醉、重症、急诊的医师们团结在一起，为了让病人更安全，大家拧成一股绳，迅速在院内普及了临床医师主导的床旁超声。在此基础上，医院举办了华西可视化技术大会，一办就是十多年。

"TEE模拟教学成功之后，我们又设计出'维思模超声断层解剖数字人'。超声探头在'数字人'身体上任意移动，屏幕上就显示出与超声切面相对应的断层解剖结构，便于医学生捋清并记牢血管、脏器、神经的位置与相互的关联。通过'数字人'，医学生能更快地建立临床操作需要的立体感和'动态解剖'的整体感，这是麻醉可视化教学的一次大革新。

"随着教学能力的提升，我们还开发了新型可穿戴彩色多普勒超声诊断仪，使探头缩成手表那么小的'贴片'，实现超声心动图的长时间稳定监测，还可以用来优化心肺功能运动负荷试验方法。这个产品，目前在全世界是独一无二的，在国内外有着广阔的市场前景。

"目前，我们的核心产品TEE模拟人教学设备升级成了四代机，还依托华西医院建立了'华西围术期TEE培训联盟'，推动可视化技术在临床中的应用，为青年医师赋能。联盟目前已经在深圳、郑州和德阳三地建立了基地。

"华西医院麻醉科从2000年开展术中TEE，并启动了三个月的心脏超声培训，先后有三百多名同行从全国各地来培训中心学习TEE。目前华西医院麻醉科已成为全国公认的最好的术中TEE培训中心。"

2016年1月，亚洲麻醉论坛在泰国曼谷朱拉隆功大学举行，来自亚洲各国的一千多名麻醉师参加了会议。宋海波作了有关中国TEE应用的报告。会后，宋海波对来自泰国、日本、韩国、印度等国的数十名学员进行了培训，推广了华西维思模教学法，并担任主考官。

2019年10月，华西维思模教学法助力甘肃省人民医院顺利完成了国家科技部国际合作司主办的TEE国际培训班。来自蒙古、马达加斯加、巴基斯坦等七国的二十名学员完成了十五天的培训。用于TEE培训的模拟人，受到国际麻醉学界很高的评价。

宋海波说："这些成果的取得，离不开刘进教授。他总结了一句话：失败是成功的妈，坚持是成功的爹，团队是成功的家。"

生活工作中，宋海波随时会收到求助电话。一次是山东潍坊的一位在华西进修的外科医生向他请教，说一名三岁的孩子正躺在手术台上做心脏手术，术中出现异常，并不断发来动态的图像。经验丰富的宋海波，立即从手机上看到了病灶，做了指导。半小时后，对方对他说："谢谢，手术成功了！"

宋海波最后还说到心中的一件憾事：

"我来自陕北。我父亲曾经是延安美协主席。著名作家路遥是我父亲的好友。路遥重病住院想喝小米粥，父亲就安排我母亲帮他熬好，由曹谷溪和高其国叔叔轮流给他送。他们说起路遥叔叔疼痛难忍、大汗淋漓、呻吟不止的情景，令我难忘。

"后来，每当阅读小说《平凡的世界》或观看电视剧《平凡的世界》的时候，我都有一种揪心的痛感。我想说，如果路遥叔叔的肝硬化能早一点被发现，早得到治疗，那该多好！即便是临终，如果能运用现在的麻醉手段，他也不至于走得那么痛苦。

"想起路遥叔叔，我就感到自己应坚守初心，一定要做有意义的工作，踏踏实实走好人生的道路。"

七、不要一人麻，要麻大家麻

每当李崎走过启德堂，看一眼宫殿式的金瓦飞檐下那"华西临床医学院"的匾额，他心中总有一种神圣感油然而生。

1892年，加拿大医生启尔德等人在成都创办的福音诊所，后来成为华西协合大学附属医院，如今是四川大学华西医学中心临床医学院，已经历时一百三十年！这座中西合璧的百年老建筑，经历了日寇飞机的轰炸、多次地震的考验、无情的风吹雨打，始终是巍然挺立，气宇轩昂，见证了数万学子的来来往往。

楼前的石阶和汉白玉栏杆，花木环绕的小广场，是拍毕业照的首选之地。从抗战时送"投笔从戎"的学生上前线，到2020年春节抗击新冠的华西医疗队出征武汉，那气壮山河的宣誓之声，一次次让周边的老银杏树簌簌震颤。

启德堂又叫第八教学楼，简称"老八教"。在"老八教"对面，有一座体量更大的"新八教"。李崎所在的住院医生培训中心，就在"新八教"九楼。李崎说："在这老医学院的核心地带，有一种催人奋进的气场，让我做好培训工作。"

走进一间能容纳五六十人的电化教室，大屏幕显示出手术室的多角度画面。走廊担架上，躺着模拟人。李崎推开手术室，在无影灯下，只见手术台上躺着一位价值两百万元，能发出呻吟声的"病人"。"他"的鼻腔和口腔插着管道，床前吊着多种输液瓶，监护仪上显示出心率、血压、血氧饱和度等生命体征数据。轻微的嗡嗡的电流声，烘托出严肃气氛。这间模拟手术室与真实的手术室毫无差别。

李崎说：

"我们的住院医师，要在这里上模拟课，其要求与真正的临床同样的严格。美国麻醉学家列举了九十九种麻醉后可能引起死亡的原因，说起来让人惊心动魄。被麻醉的人，可能发生呛咳，也可能发生血压骤变，还可能发生过敏反应，由于失去意识，无法向医生述说，而医护人员稍有疏忽，就会造成死亡。这是九十九种死亡风险啊！

"刘进主任多次痛心疾首地说：中国有两个地方培养'杀手'，一个地方是驾校，一个地方是医学院。分析起来，越是高年资的医生，'杀人'越多。'规培'就是不认学位、不认论文发表数量，而必须熬够临床，严格训练，这是避免将医生变成'杀手'的重要举措。"

李崎是刘进来到华西医院之后，第一批扎扎实实做足了五年临床的"规培生"。他说："如果说'规培'是'魔鬼式的训练'，那么习惯了也就不觉得有多苦了。那时，我住单身宿舍，早上六点过起床，七点到医院，晚上九点回宿舍，中午能打个盹就很奢侈了。我轮转在各科做麻醉，学习应对各种挑战。若是从1999年毕业算起，到2009年搞模拟教学之前，已经做了上万次麻醉。而刘进老师，至少做过两万次麻醉。"

晚上七点，三十多名来自各科室的住院医生，脚步放轻，在电化教室入座。大口罩遮住了面庞，只见一双双眼睛闪亮，充满求知的渴望。走上讲台的李崎教授，风度翩翩，声音洪亮，他言简意赅地说："今天晚上的'手术'，有部分同学参与，一部分同学围观。手术中，按'剧本'的发展，会遇到突发事件，你们会出现抢救中的混乱。没关系，这是安全地犯错误的地方。在这里犯错误，一点也不丢人！"

李崎还特别叮嘱，各位签了名报了到，同时也算是签了一份保密协议。因为这一班所演练的"剧本"，下一班有可能再次使用，如果"剧透"给下一班的同学，就达不到培训的目的了。

接着，有七名同学分别担任主刀医生、副手、麻醉师、护士等，换上手术衣，走进了手术室。"病人"需要做直肠癌手术，麻醉药和肌肉松弛药已经注射。主刀医生发现"病人"腹部肌肉仍然绷紧，再追加肌肉松弛药，竟毫无作用。这时，"病人"体温骤然升高，呼吸急促。顿时，手术室出现了混乱。究竟该怎样抢救？抢救前，是不是先得弄清楚"病人"突发了什么病？七名同学意见纷纷，莫衷一是。在电化教室观看的同学也陷入热烈的讨论之中。最后李崎教授说出了答案：这是罕见的，只有十万分之一概率的"恶性高热"，全世界见诸记载的有二十五万例。在华西医院，也有五例在手术中突发。接着，李崎详细解说了如何确诊"恶性高热"及如何对症下药。

李崎说："我们有十六个基础的'剧本'，可以排列组合成多个'剧本'，涵盖临床思维、团队协作、沟通交流、领导力等多方面，涉及专业有普外、神外、产科、心脏、骨科、泌尿等，能让学生们充分演练。为什么搞模拟教学？是为了解决安全、教育公平、同质化三个问题。一是安全。模拟教学不用担心给患者造成伤害，可以大胆实践。二是实现教育公平。因为在临床的教学中，有的学生会遇上疑难险情，这样就能获得重要的经验；如果缺少类似的经验，又得不到锻炼，以后在临床中遇上险情，就会手忙脚乱，甚至出事故。有了模拟教学，就可以让所有的学生都公平地获得同样的机会来提高自己。这样，也就解决了第三个问题，即通过学习，实现学生水平的同质化。"

2009年，华西医院麻醉科招收的住院医师为二十五名，2010年为二十四名，2011年为三十五名。2013年，国家卫生计生委等七部门联合发文，"规培"成为国家制度后，报名人数陡增。近几年，每年有来自全国各地的"规培生"三百人，共有三千多人在华西接受了三年的"规培"。李崎深有体会地说："好医生不等于好老师。我觉得自己在教学方面还有待提高，便到行业内'模拟教学法'的世界强手渥太华大学去进修了一年。2014年，我们又开办了师资培训班。目前，有近四百名'规培师'在我们的培训中心学习，他们回到各自的医院后，将会'规培'更多的住院医生。"

面对医学科学日新月异的发展，刘进希望不断地加强交流，为全国的麻醉同行建立一个学习平台。他有一句口头禅："不要一人麻，要麻大家麻。"即是说，麻醉科学的发展不是哪一个人的事，应该让全国的同行们都掌握最先进的麻醉技术，造福中国人民。

2020年5月16日，华西麻醉云学院上线。观众只要动动手指头，手机上、电脑上，就会看见华西麻醉名家刘进、朱涛、左云霞、于海、李崎等在热烈交流。刘进编了一句广告词："华西麻醉云学院，每逢周日来充电！"每周日晚上七点半开始，除了华西，还有北京协和、上海瑞金、广州中山等全国著名医院的知名麻醉专家云集线上。他们用精心制作的课件，讲述着典型医案，他们分享的内容可以说是他们用心血提炼的，一生中的学术精华。

这朵"麻醉云"，让一位名家的经验变成全国八万名麻醉医生的共同经验；这朵"麻醉云"，鼓励后来者勇敢提问，专家当场答疑，观众各抒己见，营造出轻松、热烈的学术氛围；这朵"麻醉云"，吸纳八面来风，洒下新理念、新知识、新技术的甘霖；这朵"麻醉云"，从数千人的课堂迅速变成四万人正式登录的大课堂，每天四十万人次的点击量还在不断地"涨潮"。

这朵"麻醉云"，可以从手机上点击登录，十元钱一堂课，可以听三位名师的精彩演讲，千值万值。它拒绝任何广告与赞助，自己养自己，是一朵没有一点商业气息的纯粹的"学术云"。

刘进说，按照发达国家的比例，每两万人就应该有五名合格的麻醉医生。如此算来，中国还缺少近三十万名麻醉医生。而这三十万名麻醉医生，要规避九十九种死亡风险，成为生命的守护者，这是一个宏伟的计划，是值得全国同行共同努力去实现的大目标。

八、一生中最幸福的时光

2021年夏天，刘进走进了平均海拔四千五百米的西藏阿里地区，没有任何高山反应。他饱览了无比璀璨的星空，亲近了银镜般镶嵌在大地上的高原湖泊，还勇敢地爬到海拔五千五百米的一座雪山垭口。他还想往更高的地方爬，却被朋友劝阻了。他很满意，身体很忠实，配合了几十年的拼搏，还满足了他攀登的欲望。

刘进说："人所站的位置，决定了他的眼界。不去阿里，就看不到那样美丽的星空！我只有一个业余爱好，那就是爬山。我曾两次浏览峨眉山，从山下报国寺一直爬上金顶，再从金顶下山，来回一百一十多公里。一路上观山望景，大汗淋漓。游览下来，吃得很香，睡得踏实，确实爽快。可惜啊，我平时没有机会爬山，只能尽量多走一些路。"

据麻醉科的同事观察，刘主任总是凌晨即起，早餐后步行五十分钟，到华西医院第一住院大楼排队，乘电梯上十楼麻醉科。他手腕上缠着的擦汗毛巾是他步行上班的标志。若是手腕上没有缠毛巾，他就不乘电梯，而是以矫健的步伐，一口气爬上十楼。

谈及捐出一个亿时，刘进说："我今年六十六岁了。过去的六十六年，可以说头三十年还是非常艰苦的。后三十几年生活质量有了很大提高，我已经很满足了，再拿很多钱去过更好的退休生活，完全是浪费。三十岁之前，对于'一分钱困死英雄汉'，我有很深的体会。读高二时，母亲去世，生活无着落，我得到每个月八元钱的助学金。八元钱，包括伙食和生活的一切开销，我必须一分一厘地精打细算。读大学，学费、书本费、伙食费全免，每月发两元零用钱。两元钱，要买牙膏、肥皂、铅笔、墨水等，恨不得一分钱掰成两半花。六十六年的人生经历，早已经让我懂得，金钱不是万能的东西，关键是掌握在谁手中，怎么用它，让钱值钱。读高中若是每月没有八元钱，读大学没有两元钱，怎么会有我这个麻醉医师？那时候，国家给的八元钱、两元钱，真是太值了！现在，遇上了新问题：'规培生'要养家糊口，又要坚持临床，而国家补贴不足，老是让他们'囊中羞涩'怎么行？在我力所能及的范围内，要让'规培生'安心接受'规培'，收入不能低于临床。他们没有了后顾之忧，一个个都成了优秀的麻醉医师，国家得到一批宝贵的人才，一个亿变成好多个亿，大大地升值了。"

而谈到成绩时，刘进总是很谨慎：

"我们的死亡率降到百万分之一，这是硬指标，应当算是世界先进水平。局部麻醉经典教材《外周神经阻滞与超声介入解剖》的作者阿德米尔·哈季奇是鼎鼎有名的麻醉医学权威，他在旧金山召开的美国麻醉学会年会上，观摩并体验了华西维思模第四代TEE模拟教学设备及超声解剖数字人后，高度评价道：'华西团队展示的超声数字人特别适合超声引导下局部麻

醉的解剖教学，其图像的实时性是最好的，且可用于提升围术期超声的教学能力和临床应用水平。'

"2023年，由我们麻醉科主办的全英文学术期刊《麻醉与围术期科学》即将创刊，它将是我们中国向世界展示麻醉学科成绩、促进交流的重要平台。只要我们紧紧盯住世界最先进的技术并不断超越自我，中国的麻醉医学肯定会在世界上占有一席之地。"

刘进谈得有些兴奋。当谈到什么时候是他一生中最幸福的时刻时，他的眼睛眯缝起来，这是他陷入沉思时的表情，很像一位悲天悯人的抒情诗人。他慢慢说道："每天早上的大繁忙之后，一个个病人被推进了手术室，到了上午九点钟左右，听不到一点声音。在手术室的走廊，来来回回走一走，那种感觉啊，如何形容呢？"

顿时，刘进的眼前仿佛呈现出这样一幅画面：在住院大楼，二十间手术室沿着长长的走廊一字排开。每一盏无影灯下，病人都在安详地深睡，外科医生在有条不紊地做着手术。仪表灯在闪烁，药液在滴流，麻醉医生分分秒秒监护着生命。每一间手术室门口，都亮起了"手术中"的指示灯。早晨的阳光，轻轻落在东窗，使长长的走廊温暖而明亮。

这正是刘进一天中闲暇的片刻，他独自徘徊在走廊上，享受这难得的宁静。他的脚步很轻，仿佛是在"麻醉云"中漫步；他缓缓而行，仿佛是在金顶之上观赏"众山小"的壮丽风景。

此刻，刘进突然爆发出激情，他说："这是多少金钱也买不来的感觉：在手术室外的走廊，安安静静地走一走，我好享受，这真是一生中最幸福的时刻啊！"

附篇

附篇一
川医创造的松田宏也的奇迹

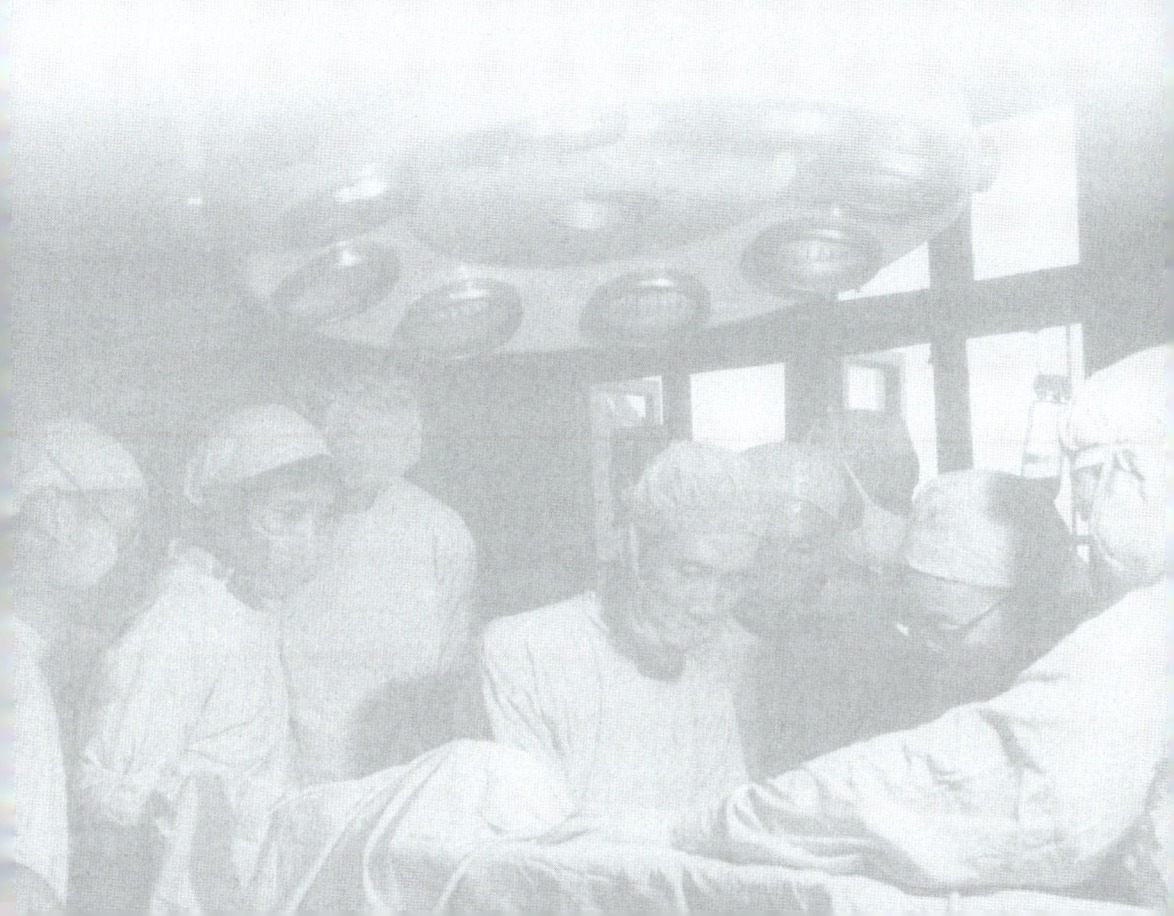

一、不仅仅是一位日本母亲的期望

　　1982年5月21日凌晨五点半，一阵急促的电话铃声在日本神奈川县松田君子家里震响。这铃声，使沉浸在悲怆气氛中的松田一家人感到惊心、刺耳。松田君子拿起话筒，耳畔立刻传来市川市山岳会登山队队长育滕激动得发颤的声音："刚才，中国的广播电台播发了一条新闻，说你的小儿子松田宏也还活着。他被四位中国农民发现了，中国政府已派人把他营救下山了……你听见了吗？"

　　"宏也还活着？"松田君子惊呆了。

　　"你马上准备一下，到中国去吧！"育滕挂上了电话。

　　死去的人能够复活吗？两天前，市川市山岳会已为松田宏也和菅原信两名登山队队员举行了隆重的追悼会，松田君子家里也布置好了灵堂。灵堂中间悬挂着松田宏也的大幅相片，相片前摆放着供果、鲜花。松田君子已订好5月30日去九州老家的火车票，准备把小儿子的衣物葬在他父亲墓旁。连日来，松田君子这位劳碌了大半生的慈母哭得死去活来，心痛欲裂。此刻，听到小儿子生还的消息，她怎么会不感到万分震惊？

　　5月22日中午，松田君子在大儿子的陪伴下从东京飞抵北京。当天下午五点，又由北京飞抵成都。

　　5月23日，四川省登山协会一位联络员和翻译张建国陪同松田母子乘车由成都急赴泸定县磨西公社（今磨西镇）。

茂密的杉林，满坡的野花，翻卷的云涛，在车窗前闪过，汽车在莽苍苍、雾茫茫的群山中颠簸。坎坷不平的山间公路，使松田君子回忆起自己和小儿子走过的坎坷之路……

1955年10月，一个凄风苦雨的日子，松田君子的丈夫不幸病逝，两个月后，松田君子生下遗腹子松田宏也。一个产妇在最需要得到丈夫安慰和照料的时候却失去了丈夫，怀中是嗷嗷待哺的婴儿，肩上是沉重的经济负担。生活，对于这个二十八岁的寡妇来说是何等艰难啊。她咬紧牙关，拼命做活——给宾馆做绸花、绢花，给工厂做和服，尽管双手磨起了血泡，她还是没日没夜地飞针走线——以维持一家人的生计。

在贫穷中长大的松田宏也，养成了吃苦耐劳、坚强好胜的性格。从中学到大学，他都是成绩优异的好学生。上高中时，他狂热地爱上了最能锻炼意志的登山运动，并发誓三十岁之前不结婚。他节衣缩食，购买登山器材和装备，攀登过美国几座著名的山峰，并六次登上富士山。为锻炼耐寒能力，他经常穿着单薄的衣衫躺在雪地里。逢年过节，全家欢聚的时候，他总是故作神秘地对母亲说："我要去和恋人约会了。"

"你的恋人？"

"我的恋人就是大山！"松田宏也调皮地做了一个鬼脸。

1982年春，松田宏也决定随市川市山岳会登山队攀登中国四川第一高峰——贡嘎山。

贡嘎山，被国外称为"死亡之山"。它位于青藏高原的东部边缘，受温暖的东南季风影响，积雪松脆，极易出现雪崩。加之它的山势陡峭，又大大增加了登顶的难度。在此之前，除了两个美国人和1957年中华全国总工会登山队利用罕见的好天气登上顶峰，一直没有人征服过它。1981年，日本北海道登山队在登顶时遇到了可怕的大雪崩，八名队员遇难，在世界登山史上写下了极其悲壮的一页。

越是难以攀登的山峰，越是激励着松田宏也去征服它。

松田君子起初是不太同意儿子去攀登贡嘎山的，但儿子决心早已下定，做母亲的也就不再阻拦……

汽车在群山中急驶，离磨西越近，松田君子越是惴惴不安。三天三夜，她吃不下饭，睡不着觉，盼望着早点与小儿子团聚。5月24日下午，车到磨西。医生对松田君子讲："松田宏也做完手术不到四十八小时，他还不能与家属见面。否则，激动起来会影响伤口的愈合。"

松田君子向医生深深地鞠了一躬。

在医院，她见到了彝族农民毛光荣、毛绍军、倪明全、倪红军，称赞他们是"活神仙"。

原来，3月18日，日本市川市山岳会登山队从磨西进山，经过艰苦努力，松田宏也和菅原信登上了海拔七千米的高处。5月1日，他们与大本营失去联系，一连十九天音信全无。医学常识告诉我们：一个人在断粮后，靠喝水只能维持七天的生命。而松田宏也经历了菅原信遇难的打击，在十天左右的时间内靠残存的干粮维持生命，后来的九天是在完全断粮的情况下熬过来的。更令人钦佩的是，他居然能从海拔七千米的高处，下到海拔两千九百米的地方。在海拔四千一百米的地方，他冻伤的双手握不住保险绳，全凭牙齿咬着二十米长的绳索，拖住身体，在绝壁上挣扎了四个小时，终于蹭着下来了。冻伤的双脚无法支撑身体直立，他便用膝盖在深深的积雪中跪着行走。5月17日，他终于回到大本营，可营地上只有空荡荡的旗杆和棚子——登山队早已回到日本。他悲痛欲绝，再也没有力气继续往前爬了。5月19日，毛光荣等四位彝族农民上山挖虫草时意外地发现了奄奄一息的他……

5月20日凌晨五点，毛绍军、倪红军飞奔下山，一天一夜跑完了平时要三天才能走完的路程，到公社报了信。公社立即向上级汇报。5月21日凌晨，中央人民广播电台播报了失踪了十九天的日本登山队队员松田宏也还活着的新闻。

5月20日晚上十点，甘孜州皮肤病防治院副院长屈维华、医生蔡其华以及州体委干部张强、公安特派员昌明勇和十八位村民，急行五十多公里，于

21日清晨七点见到松田宏也。他们没有迟延一分钟，立即将他放上担架。担架队越高山，穿密林，过索桥，在暴风雨中行走了五个小时，终于在当天夜里十点将松田宏也抬到磨西医院。

5月22日，甘孜州人民医院外科副主任黄嘉寿从康定赶来，为松田宏也做了胃穿孔修补手术和腹腔引流……

5月24日薄暮时，松田宏也醒来，松田君子获准在窗口看看自己心爱的小儿子。

机敏的松田宏也听见了熟悉的脚步声，眼珠立刻转向窗口——他看见了母亲和哥哥。

松田宏也面如黑炭，瘦得变了形。但是，浓眉下那双又大又亮的眼睛是母亲十分熟悉的。

松田君子举起拳头，不断地摇晃，仿佛在喊："加油，儿子！你一定要挺住啊！"松田宏也向母亲微微地点了点头。

坚强的母亲，没有当着儿子掉一滴眼泪。

"我原以为，能见到宏也最后一面就算不错了，谁知道，他还活着……"松田君子老泪纵横，对中国医生说。

在场的中国医护人员和记者都激动得热泪盈眶，他们深深地感到：抢救松田宏也不仅仅是一位日本母亲的期望……

二、攻克死神盘踞的顽堡

5月27日，电闪雷鸣，大雨席卷成都。

幸好前一天晚上松田宏也被医护人员送到了成都。运送途中，考虑到四百多公里漫长的道路上可能发生意外，四川省人民政府还指示沿途的天全、雅安、邛崃等地的医院随时做好抢救准备。

此时，四川医学院附属医院早已为松田宏也布置了专用病房。

入院检查，松田宏也的情况让医生们愁眉紧皱。

松田宏也，身高一米七五，体重却只有六十多斤，简直像一具骷髅。腹部下陷呈舟状，至少有五种病威胁着他的生命：双手双脚重度冻伤、胃穿孔加腹膜炎术后感染、败血症、脱水、重度营养不良。此外，还有褥疮、肺炎，双下肺也已听不到一点呼吸声……

松田宏也病房隔壁的值班室，成了临时抢救小组指挥部，云集了一批著名的教授和专家，他们是：四川医学院附属医院副院长张光儒教授、外科主任沈怀信副教授、外科副主任敬以庄副教授、吴言涛讲师、内科副主任邓长安教授、梁荩忠副教授、柏传贤副主任，还有年富力强的外科和内科主治医生孔繁成、肖乾虎、李又环，住院医生杜锦平、陈传贞，等等。

窗外，暴雨哗哗地下个不停；室内，热烈发言的声音盖过了风雨声。

病人身上出现了新的病兆：伤口渗血不止，身上出现了血斑，不排除有DIC（弥散性血管内凝血）的可能。正在这时，电话铃响了，听筒里传来检验科主任吴良行的声音："根据验血的第一项指标——凝血酶副凝结试验结果，初步可以确定：松田宏也患有DIC并发症！"

最危险的情况出现了，因为DIC症可以说是死神的代名词。

DIC是由败血症、癌症、休克等引起的一种严重的并发症，它会大量消耗血液内的凝血因子，造成血管堵塞，使器官坏死，迅速置患者于死地。这是国际公认的极难医治的顽症。

张光儒教授说："松田宏也的DIC症，是由败血症引起的，败血症又是由于双脚冻伤继发感染引起的。要控制败血症，必须消除感染源，尽快锯掉双脚。但是，由于DIC消耗了凝血因子，血液不易凝固，手术时很可能出现喷血的险情，使病人死于手术之中。"

欲锯不行，欲罢不能。一道道焦灼的目光集聚在血液科专家邓长安教授身上。邓教授和DIC打过多年交道，一次次的生死鏖战让他积累了宝贵经验。他说："我同意张副院长的意见，病人必须进行截肢手术，否则DIC会越来越严重。目前的关键是选择好手术时间，一面抗DIC，一面进行手术。"这个决定得到了麻醉科主任闵龙秋副教授和在座专家们的支持。

手术前，医院先给松田宏也注射了肝素。肝素是一种延长凝血时间的"爆炸"性药物，根据邓教授的经验：肝素在进入人体内三小时之后是做手术的最佳时间。

为配合手术，川医的小车在大雨中急驶，取回了几十毫升血小板。这是中国医学科学院血液研究所特地用九百毫升鲜血制成的，它能增强机体内的凝血功能。

为缩短手术时间，左右双脚截肢术将分别由外科主治医生林启勋和石道源同时进行。林启勋这一组先进行试探，拉开一根血管，立即堵上一根，防止流血不止……

讨论完手术的若干细节，张教授光秃秃的前额已沁出大颗大颗的汗珠。这位有着四十多年医龄的老教授近年来曾数次为外宾治病，但像抢救松田宏也这样的危重病人还是第一次。他也反复想过：不做手术，便可以不冒风险，用药物进行姑息疗法，控制DIC，即使病人死亡，也可以宣布抢救无效，无论到哪里，都有一百条道理可讲。而做手术，要冒很大的风险。做不成功不但会影响四川医学院的声誉，还会影响祖国的声誉。但只有手术，才能攻克DIC这座顽固的堡垒。

"不敢担风险的医生不是好医生！"想到这里，张教授轻轻拭去额头上的汗水，像一位久经沙场的老将一般做出决断："立即做好手术准备！"

手术前，日本驻华大使馆医务官池田裕在手术单上签上名字。这位医学博士深知中国医生是在何等紧急的情况下做出这生死攸关的决定的。他说："我完全同意张教授的诊断。东京的大医院对DIC也没有什么特殊治疗办法。"

中国医生以高度的责任感和国际主义精神拿起了手术刀，"外科手术刀就是剑"，剑指死神——向DIC这座顽固的堡垒发起了总攻。

手术室内，只有手术器械放进盘子里发出的金属声和医生们急促的呼吸声。短暂的目光交流浓缩了复杂的语言。这可是中日两国人民瞩目的攻坚战啊！

手术室外，暴雨如注。松田君子的心，就像风雨中的树枝，摇曳不定。医护人员放轻脚步，从她身旁匆匆走过。从他们从容镇定的目光里，松田君子仿佛看见了一线希望。

松田君子想起松田宏也年幼生病时，她总是急得六神无主。无论是大雪纷飞的半夜还是烈日炎炎的正午，她——一个身体单薄的妇女独自背着小宏也上医院，累得两臂酸痛，双脚打战。那时，她多想有一双强有力的手来帮助她，哪怕是扶她一把也好啊。此刻，多少陌生的中国人像关心自己的亲人一样关心着宏也的命运，希望宏也顽强地和死神抗争。想到这里，松田君子顿时觉得一股热流暖彻肺腑。

手术不到两小时便顺利结束。

5月31日，松田宏也又做了第二次截肢手术——除了拇指和食指留下一截，其余的指头全部截去。

截肢后，各项检验指标表明：DIC这座顽固的堡垒被攻破了！

6月1日，在锦江宾馆西二楼会议室，张光儒教授代表四川医学院附属医院向中外记者宣布：松田宏也已经开始进食，如果不发生意外，他的病情将会继续好转……

记者迅速记录，争相把松田宏也病情好转的消息通过报纸、广播和电视告诉中日两国人民……

中国医生治好DIC的消息震动了日本医学界。

日本著名的高山医学专家金田正树盛赞："中国医生对松田症状的一系列判断是非常准确的，治疗是及时的。尤其是对危险性很大的DIC的治疗，是在医学的极限上进行的。对这一成功应予以高度评价。"

《东京新闻》称中国医生的治疗是"大胆的献身的治疗"，所付出的努力是"非凡的"。

三、在"钢丝绳上"移动脚步

就在张光儒教授刚刚向新闻界宣布了好消息后，松田宏也的病情却急剧恶化。上消化道大出血和真菌性肠炎像两个恶魔，以意想不到的速度向松田宏也十分虚弱的身体发起了猛攻。

一团团污黑的大便说明出血部位在上消化道。至少有两百毫升的血从伤口流出来。从胃部吸出的胃液是清亮的，说明出血点在幽门到空肠上段之间。究竟在哪里，要进一步确定。

要确定出血点是困难的。可供采用的是纤维胃镜——把一根安有金属头的管子，通过食道插进胃部，再穿过幽门，入十二指肠，医生通过纤维胃镜寻找伤口。另一种办法是手术探查……

"松田宏也在不到十天的时间内已经做了三次大手术，全是在非做不可的情况下做的。我认为胃镜检查、第四次大手术会极大地增加他的痛苦。我的意见是不到万不得已，不再动手术！"抢救组组长、外科副主任吴言涛在"作战图"前，指着有关数据，陈述着自己的观点。

"作战图"是外科主治医生们用四大张纸拼贴起来的一幅"松田宏也先生病情观察一览表"。这张大表详细记录了松田宏也每天的生命体征（体温、脉搏、呼吸、血压）以及各种营养液的总入量、总热量、大小便的总出量、药物的使用情况、尿和血的化验结果等，有四十多个项目。

这天夜里，"作战图"前，气氛极其紧张，最后大家达成一致：不再动手术。

由于对病情判断准确，及时对松田宏也进行了加压快速输血和口服止血药治疗，两天之后，松田宏也的大出血得到了控制。可是，医生们还没来得及绽开笑脸，护士季巧就端来一盆海水样的蓝色大便："松田腹泻不止，一次就拉了一千五百毫升！"

经过化验，松田宏也患了致命的真菌性肠炎。如不能迅速控制，会造成脱水死亡。

原来，生活在人体内的一定数量的大肠杆菌，对于消化和吸收是必不可少的。由于松田宏也患有严重的败血症，使用了大量的广谱抗生素，抑制了有益的大肠杆菌的生长，使一种酵母菌样的病菌得到发展，造成电解质紊乱，腹泻不止。

如停用抗生素，让大肠杆菌恢复生长，又怕败血症卷土重来，如不停用抗生素，真菌性肠炎又难以医治，真是进退维谷。

孔繁成医生说："为了两全其美，我们小心翼翼地，就像在钢丝绳上移动脚步，不能错半步，否则将功亏一篑！"

经过紧急会诊，抢救组决定对松田宏也停用一部分抗生素，同时使用抗真菌药物。一周后，松田宏也的腹泻逐渐停止。中国医护人员齐心协力，再次打退了死神的进攻。

在十分紧张的日日夜夜，松田宏也得到了被日本报界称为"让人从心里感到温暖的护理和治疗"。

以鲜血为例，松田宏也先后在磨西医院和四川医学院输血总计六千七百毫升。另外，他还输了用大量鲜血制成的干血浆两千六百毫升、人血白蛋白一千一百五十毫升、血小板五十毫升。这样，输入松田宏也体内的鲜血和血液制品折合成总用血量多达三万六千毫升！

如果一个献血者能献出三百毫升的鲜血，松田宏也的血管里至少流淌着一百二十个中国人的鲜血！

抢救组的四位中青年医生孔繁成、肖乾虎、杜锦平、陈传贞夜以继日，事无巨细，担负起庞杂的日常工作。松田宏也的体重在明显地增加，从入院时的六十多斤增长到出院时的八十七斤，脸色也一天比一天红润。而医生们一个个眼窝深陷、面色蜡黄、两眼通红，一天比一天消瘦。

主治医生孔繁成，和善而富于幽默感。他从5月22日乘直升机赶往磨西到7月12日送松田宏也登机回国，一天也未离开过松田宏也。为了全力以赴地投入抢救工作，他放弃了雷打不动的德语学习。他凭着一杯浓茶一支烟，连续熬夜，始终保持着旺盛的精力。

外科主治医生肖乾虎，他和他的爱人陈克芳护士长都加入了抢救组，丢下一个十四岁的孩子肖毅在家。孩子自幼没离开过父母，洗衣煮饭全都不会。爸爸妈妈对他说："宏也哥哥的病情严重，你要支持我们的工作，学着做家务。"小肖毅看见爸爸清晨归来，累得连鞋子也没脱便倒床睡熟了，心里十分感动。在四十多天里，他给爸爸妈妈洗衣服，做全家的饭菜，锻炼成了一个能干的孩子。当肖毅到医院去探望松田宏也时，松田宏也搂着他，流着泪说："肖毅小弟弟，你为我吃苦了！"

四、明亮的眼睛灵巧的手

　　眼睛——明亮、善良、温和的眼睛呀，从磨西医院到四川医学院附属医院的五十多天，无论是白天还是黑夜，任何时候，只要松田宏也睁开眼睛，就有一双眼睛在注视着他，安慰着他。

　　手——灵巧、有力、温暖的手呀，为他赶走了死神，解除了病痛，将活力注入他虚弱的体内，扶着他奔向康复的道路。

　　张光儒教授说："松田宏也不仅得到了最好的治疗，还得到了最好的护理。"最好的护理，全靠护士们明亮的眼睛灵巧的手。

　　护士长陈克芳有近二十年的护理经验。她泼辣能干，勤奋好学，娇小的身体内仿佛蕴藏着使不完的力气。由于有护理危重病人的经验，她被任命为抢救组的护士长。她同钟维加、卫芝玲、季巧、徐小萍四位护士合作制订了十分严密的护理计划。在四十多天里，护理记录密密麻麻地写了三百五十多页，像一部厚厚的长篇小说：

　　——为防止松田宏也的褥疮继续发展，刚入院的几天，至少每两个小时要翻一次身，有时半小时就要翻一次身。翻身时，至少要四名医护人员一齐动手：有的抱肩，有的抱腿，还要有人扶输液瓶、胃管……

　　——为活动肌肉，减轻骨骼突出部位的疼痛感，每天要给松田宏也进行若干次全身按摩……

——为保持皮肤干燥，每天要给松田宏也擦六次澡……

——每天，还要给松田宏也漱口、洗脸、喂药、喂饭、打针、换药、端屎、倒尿、换衣服、换床单……

松田宏也长期卧床，很多关节几乎失去功能。每天，护士们都要帮助他重新学习坐，学习翻身。

"来，松田，做一做深呼吸。"护士笑吟吟地扶着他的手臂，让他慢慢做深呼吸。经过治疗与锻炼，松田宏也的双下肺逐渐复苏，终于恢复了功能。

"松田，来拔河，中日友好拔河比赛。"护士将一根纱布绷带套在松田宏也的胳膊上，和他"拔河"，让他试着用力，活动腰部和手臂的肌肉。

老护士钟维加，已经是当外婆的人了，为了达到护理要求，还不断地学习新技术；年轻护士季巧，给松田宏也端屎倒尿洗屁股从不怕脏……还有卫芝玲、徐小萍，护理小组的每个成员都以"谦虚、谨慎、齐心合力"来要求自己。

6月6日，为锻炼松田宏也手的功能，她们把一叠纸和一支笔递给他。这是松田宏也做完截肢手术后，第一次用残存的一段拇指和食指夹着笔写字。

松田宏也手握着笔，满怀激情地写下一行字：日中友好万万岁，松田宏也感谢。

医护人员都发自内心地笑了，他们看到了日夜辛劳的成果，看到了血汗浇灌的友谊之花粲然盛开。

松田宏也的迅速康复也与他的饮食分不开。为调配他的饮食，副主任营养师、营养科主任刘冰蓉真是绞尽了脑汁。

刚入院时，松田宏也体况极差，他们根据松田宏也的病情、体况，对他每天摄入的蛋白质、脂肪、碳水化合物进行精确计算，然后调制成一种极易消化吸收的营养食物——要素饮食，供松田宏也食用。随着松田宏也身体的好转，为他做饭的炊事员宋玉泉又千方百计地为他做香甜可口的饭菜。

小宋了解到日本人特别爱吃鱼，就委托采购员四处去购买一至两斤重的鲜鱼，做鱼片、鱼丝、鱼丁，并小心地剔掉每一块鱼肉的鱼刺。

昨天吃的是英式红烩鸡，今天吃日式大酱汤，明天吃中国菜……搜尽五洲食谱，不断变换花样，让松田宏也胃口大开，吃得又饱又好。

"松田宏也最近便秘，需要多吃菜，是不是给他做一份俄式浓汤？"刘主任给小宋点了个题。

一碗俄式浓汤，做法可真复杂：先用鸡、鸭、蹄髈和棒子骨煨成雪白的"奶汤"，去净骨、肉，再加蔬菜。其中有鲜红的番茄、翠绿的芹菜、雪白的卷心菜，再加上四川特有的又嫩又爽口的藠菜尖，色香味俱佳，令人叫绝！

五、生活在姐妹兄弟中间

白色的墙壁，白色的被单，白色的衣服，一切都是白色的，只有屋角那盆青翠欲滴的云竹和床头柜花瓶里盛开的鲜花显得生机盎然。

松田宏也静静地躺在病床上，浓眉下的一双大眼一动不动，直勾勾地望着天花板出神。

天花板就像是一本读腻了的书，松田宏也开始厌倦了。

经过医护人员的精心治疗、护理，他的身体开始康复，但随之而来的"思想问题"也开始露头了。

"宏也，你在想什么呢？"翻译张建国亲切地问他。

这位三十七岁的女翻译，丈夫在外地工作，家中只有一个小儿子。为了抢救松田宏也，中国国际旅行社成都分社的好几位日语翻译都参加了翻译工作，而张翻译参加的时间最长，和松田宏也的感情最深，被松田宏也亲切地称为"姐姐"。医护人员的意见，由她转告松田宏也；松田宏也的心思，由她转给医护人员。多少个日日夜夜，张翻译守候在松田宏也的身边，松田宏也的病情好转，她高兴；松田宏也的病情恶化，她流泪。有时深更半夜，隔壁病房的病人发出了痛苦的呻吟，她以为是松田宏也，大声呼喊："医生，医生，快来，快来！"医务人员嗔怪地说："她呀，天生一副糍粑心肠。"

张建国全心全意守护着松田宏也，小儿子有意见了。一个星期天，张翻译答应带儿子到街上去买玩具。母子俩正准备出门，一辆小轿车开到了宿舍门前，"快，张翻译，医院请你马上去一趟。"小汽车开走了，小儿子哭了。是啊，这么多天来，妈妈凌晨五点起床，熬好了够儿子吃一天的稀饭，就匆匆来到医院；深夜，儿子早已进入了甜蜜的梦乡，她才疲惫不堪地回到家里。

望着"姐姐"消瘦的面容、熬红的双眼，松田宏也悄悄地撒了一个谎。

"又在想你的手和脚了吧！"张翻译一眼看出了"弟弟"的心思。

松田宏也不说话了。

记得截去双脚和双手后，松田宏也苏醒过来，望着缠满纱布的手和脚，他伤心地哭了："我的手，我的脚，我今年才二十七岁呀！人生的黄金时代，我才刚刚开始呀！"

松田宏也的哭声，惹得张翻译也开始抹眼泪了。

"宏也——"张翻译亲切地对他说，"你听过无脚飞将军的故事吗？"松田宏也摇了摇头。"你读过关于保尔·柯察金的书吗？"松田宏也又摇了摇头。于是，张翻译便娓娓动听地讲起了无脚飞将军失去双脚，安上假肢，重返蓝天的故事；讲保尔·柯察金的故事和抗美援朝中的英雄残疾后仍然顽强地工作、学习、生活的故事。

为了不使松田宏也感到寂寞，医院在他的病房里放了一台电视机，让他能看到世界杯足球赛；为了调节病房的温度，医院特地安装了一部柜式空调。有时，松田宏也烦躁了，姑娘们又唱起了《牧羊曲》："日出嵩山坳，晨钟惊飞鸟……"

歌声像一股清清的溪流，注入了松田宏也的心田。

其实，关心松田宏也的，何止张翻译和医院的工作人员呢？来自中国各地的信件，雪片似的飞到松田宏也身旁。松田宏也说："我虽然远离祖国，但却生活在许许多多姐妹兄弟中间。"

山东省青岛市化工厂张说写信给松田宏也："您失去手脚的生活一定是不方便的……我愿为您服务，直至您装上假肢；我愿无偿为您服务，为中日友好竭尽全力……"

河南省漯河市马路街商店美工朱智勇寄来一封热情洋溢的信和一件珍贵的礼物。他用自己掌握的微刻技术，在一根头发上精心雕刻了一朵花，花的下面，又刻上了六个字："中日友好之花"。

得知在我国的一切医疗、伙食费用全部免费的时候，松田宏也和他的母亲简直不相信自己的耳朵。他们问翻译张建国："难道这是真的吗？"

几十天来，他们一直在为这件事发愁。松田君子，这位劳动妇女，一到成都就要求住最差的房间，吃最差的伙食，以便节衣缩食，偿付巨额医药费。

当医生和翻译反复告诉他们，这是四川省人民政府的决定时，母子二人哭了。

是啊，中日人民的友谊，难道是可以用金钱来计算的吗？

六、中国四川，第二故乡

1982年7月10日中午，四川医学院附属医院外科大楼前聚满了医护人员、住院病员，还有附近的群众，他们的脸上洋溢着欢笑，他们的目光停留在高悬的大横幅上："欢送日本登山队队员松田宏也出院回国"。

然而，时间观念特别强的松田宏也却没有准时下楼。此刻，他正静静地躺在病床上，双眉紧锁，不说一句话。

前一天下午，四川省人民政府的领导和有关方面的负责人来到病房，送别松田宏也。领导紧紧地握着松田宏也的手,对他说:"祝贺你,这么快就病愈出院了。希望你回国后继续战胜困难,顽强地生活、学习、工作……"

松田宏也的眼眶湿润了,这位从小就没有看见过自己的父亲究竟是什么模样的倔强汉子,眼里滚动着晶莹的泪花。在与死神搏斗的日日夜夜,他不止一次地想起了长眠地下的父亲。

"父亲啊,你显显神灵,保佑保佑你的儿子吧!"

眼前这位慈祥的长者,多么像自己想象中的父亲啊!

7月8日,当医生告诉松田宏也7月10日就可以出院回国的消息时,他是那样地欣喜、激动。在病床上,他侧着头向左边望去,绿茸茸的云竹旁边,是一串从日本家乡送来的五彩缤纷的千羽鹤。

这一千只精心折叠的千羽鹤,是日本民间祈求幸福的象征。他曾经幻想着,有一天能够像千羽鹤一样,展翅东飞,回到故乡,回到伙伴们的身旁,

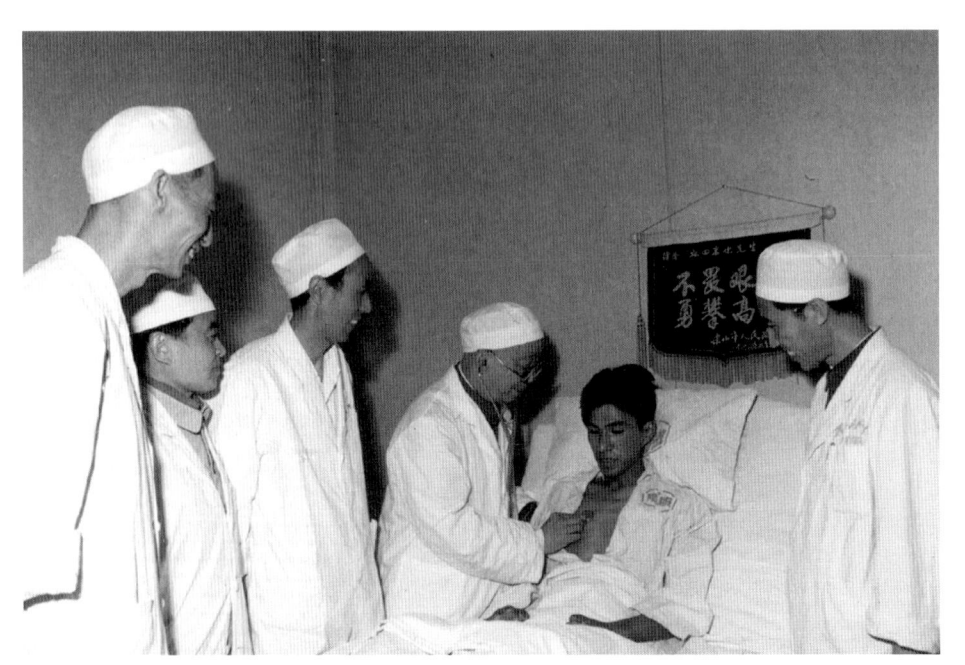

川医医生团队正在为即将出院的松田宏也做检查(从左到右:孔繁成、陈传真、吴言涛、张光儒、松田宏也、肖乾虎)(摄于1982年)

让他们看一看战胜死亡的自己吧！

现在，他怎么不急于走了呢？从他紧锁的双眉、沉思的眼睛中可以看出，痛苦和喜悦交织的感情，正折磨着他。日本，是他魂牵梦绕的故乡，是生他、养他的祖国；但中国四川，是给了他第二次生命的地方，是他的第二故乡。如今，自己却要离开第二故乡了！

想当初，在风云莫测的贡嘎山，当他和大本营失去联系的时候，他没有流一滴眼泪；当他在风雪严寒中和死神顽强搏斗的时候，他没有流一滴眼泪；可是现在，止不住的热泪，终于流了下来。

7月10日下午，在孔繁成医生、陈克芳护士长的护送下，松田宏也到达北京，日本驻中国大使鹿取泰卫破例到首都机场迎接。松田宏也病愈出院即将回国的消息也通过通信卫星向全世界进行了播报。

当天晚上，张光儒教授和中国医护人员从电视上看到松田宏也红光满面、精神饱满地接受中外记者采访时，感到无比兴奋。是啊，中国医护人员没有辜负中日两国人民的期望，经过五十多个日日夜夜，凭着高度的责任心和精湛的医术，使松田宏也得以康复。他们登上了医学科学的一座难以攀登的高峰！

7月11日晚，在北京前门建国饭店二楼的一间套房里，人们举行了一场别开生面的联欢会。松田宏也兴高采烈，首先唱起了《拉网小调》，然后他把妈妈叫到床前，悄悄地不知说了些什么，妈妈的脸唰地红了。原来，儿子要妈妈为中国的亲人跳舞。

已经五十五岁的松田君子拗不过儿子，在《拉网小调》的歌声中翩翩起舞，松田宏也乐得在床上频频挥手，喊着："欢迎孔医生唱一支歌！"

这位医术十分高明的外科医生，对于唱歌却一窍不通，他憋红了脸，还是没有唱出来。幸好陈克芳护士长解了围，她清了清喉咙，唱起了《敖包相会》："十五的月亮，升上了天空哟……"翻译小唐和松田君子也一起唱起了日本民歌。

歌声，飞向窗外，飘向十里长街，飘向首都的夜空。

7月12日下午三点半，巨大的波音飞机呼啸着、轰鸣着，载着松田宏也和他的母亲升上了天空。透过舷窗，松田宏也溢满泪水的眼睛看到了欢送的人群挥动的手臂。

"啊，多么像3月初我们从日本出发到中国来时的情景啊！"那时，英气勃勃的松田宏也背着登山包，用右手的食指和中指比了一个"V"，表示此去必定胜利的意思。而今，松田宏也，你千万不要气馁呀！你不是一个失败者，你是胜利者。你没有登上白雪皑皑的贡嘎山顶峰，却和中国医护人员共同努力登上了中日友谊的"高峰"，你是中日友谊的象征，你是中日友谊新篇章的见证人！

附篇二
欢乐颂

一、贝多芬与《欢乐颂》

1984年，在洛杉矶奥运会的开幕式上，身着世界各地民族服装的两千多名洛杉矶市民，伴随着贝多芬的《欢乐颂》放歌狂舞，让全世界亿万观众感动不已。这让我感到《欢乐颂》有着永恒的生命力。

贝多芬饱受病痛折磨，特别是失聪之后，坚持创作完成了酝酿数年的《第九交响曲》。《第九交响曲》的最后一章，是将席勒的诗《欢乐颂》谱写成气势磅礴的大合唱。贝多芬凭着超人的感觉，亲自指挥演奏《第九交响曲》。当《欢乐颂》唱毕，指挥棒落下之后，耳聋的他却听不到欢呼声。一位乐手扳过他的身子，让他看到整个大剧院沸腾了。听众挥舞着帽子、头巾，狂摇手臂，向着贝多芬欢呼、致敬。

这一刻，成为永恒。

苦难的贝多芬，为什么要献给世界《欢乐颂》？

华西校友合唱团老团长、中国人民志愿军赴朝翻译官刘开政说，在板门店，停战协定签订并生效的那一刻，有着血海深仇的交战双方，纷纷跳出战壕来欢呼，个个高兴得如痴如狂。"联合国军"那一方，有人唱起了《欢乐颂》，于是所有的美国人举起啤酒瓶、水杯，跟着齐声高唱起来。志愿军这边，翻译们大都来自教会大学（华西学子在板门店的中方翻译中占了三分之一），他们也应和着唱起了《欢乐颂》。翻译一唱，大伙儿就跟着唱。于是在被战火烧焦的大地上，响起了"乐圣"贝多芬《欢乐颂》

那动人心魄的大合唱：

> 欢乐女神，
> 圣洁美丽，
> 灿烂光芒照大地！
> 我们心中充满热情，
> 来到你的圣殿里！
> 你的力量能使人们消除一切分歧，
> 在你光辉照耀下面，
> 人们团结成兄弟！
> …………

席勒和贝多芬在《欢乐颂》中表达了一种超越分歧、超越仇恨的情怀，他们站在理想的高度，呼吁人类团结、合作，成为好兄弟。

华西校友合唱团，也将《欢乐颂》作为重要的保留节目。

承载辉煌历史的华西坝，是个欢乐的坝子。

二、华西坝的歌声

初冬时节，一个晴朗的下午，我走过华西坝钟楼下铺满金黄色银杏叶的小路，去采访华西校友合唱团。钟楼下的月牙形荷花池，满池残荷，展现着凋零的凄美。荷花池四周，有遛鸟的、晒太阳的、练小提琴的、背英语的，还有一些摄影爱好者架起一排排"长枪短炮"，对准飞行于残荷与浅水间的翠鸟，咔嚓咔嚓拍个不停。所有的人，都在享受着暖暖的阳光。

树林深处，有一个小院落，内有一栋两层楼房，它就是四川大学华西校区离退休工作处和四川大学老年大学一分校办公室所在地。二楼有一间教室，是华西校友合唱团的活动场地。还未走进院子，就听见奥地利著名作曲家约翰·施特劳斯的 *One Day When We Were Young*（《当我们年轻时》）的混声合唱飘来。初听此曲时，我还是个天天背着书包，路过荷花池，去成都七中上学的青涩少年。

华西协合大学自建校起，就设有圣乐团、唱诗班，后来发展成为合唱团。20世纪30年代之后，合唱团由牙科教授、加拿大人刘延龄任指挥。他留着卓别林式的小胡子，颇有幽默感。小棍轻轻一点，合唱团成员就齐刷刷张开嘴，不是比谁牙齿白，而是让你发出美声。

据毕业于华西协合大学的李元春回忆，合唱团以唱诗班为基础，参加的同学并非教徒，而是出于对音乐的热爱。合唱团之所以能保持较高的水平，除了同学们自身努力，还得归功于一位钢琴造诣很深、要求十分严格的汪德光小姐担任排练指挥。她要求五线谱上的每一个音符都不能唱错。如果唱得好，她就高兴地继续排练下去；如果哪个地方唱得不准，或哪个声部不好，那她就一定要重练。她用双手重重地挥动，还用她那条萎缩的腿在地板上咚咚地用力打着节拍，直到满意为止。如果哪一个人出错了，那个人就要重来。每次排练下来，大家都感到又有进步了，而汪小姐已经累得大汗淋漓了。

20世纪50年代，新礼堂是工会俱乐部所在地，从那里传出的电吉他演奏的音乐极富韵味，有中国新疆民歌《阿瓦尔古丽》、印度尼西亚民歌《美丽的梭罗河》、古巴民歌《鸽子》……音乐这种"世界语言"，在华西坝非常流行。

每逢夏夜，新礼堂的草坪上，灯光柔和，靠椅舒适，听着舒缓的轻音乐，喝着八分钱一杯的加了冰的泗瓜泗，那份惬意，令人回味无穷。礼堂的图书室里，人头攒动，正是借书还书的时刻。爱读书的人总是聚在一起，交流最新出版的名著和好书。礼堂的一隅，高贤华老师正在上"交响乐欣赏课"。他守着留声机放黑胶唱片，从贝多芬到柴可夫斯基，放完一面，他做一段精辟的解说，让人顿然开悟。

音乐之声，百年来已融入华西坝的空气里、生活中。

记得是1957年夏天，第六届世界青年与学生和平友谊联欢节在莫斯科举行，一首《莫斯科郊外的晚上》在莫斯科广播电台播出之后，立刻风靡世界。不到三天，华西坝就传唱开了，林义祥教授（当时还是名青年教师）非常得意地说："华西坝的歌声，完全与世界同步！"

"文化大革命"中，一些老教授的家多次被抄，但抄不走的是他们心中的歌。1985年，在纪念华西协合大学建校七十五周年时，刘开政、姚恒瑞等教授发起恢复华西校友合唱团的倡议，得到校内外人士热烈响应。著名音乐家、资深校友郎毓秀首先表示支持。老教授杨振华、肖卓然、宋蜀芳、罗德诚，以及张扬、滕彩华、舒雪华、李元春、肖路加、高贤华、刘永璧等纷纷加盟。校长曹泽毅、副校长杨光华不仅积极支持恢复校友合唱团，还在校庆音乐会上分别参演了小提琴、钢琴独奏，得到广大师生的称赞。华西校友合唱团重建以来，刘开政、柴源、刘报晖、周荣丰、曾勤先后担任团长，现任团长是胡小明。

我要采访的胡小明，正在办公室值班。相对于我认识的刘开政、柴源和刘报晖三位团长，她实在太年轻了。

她说："重建后的华西校友合唱团，虽说只有三十七年的历史，但华西的合唱活动，已经有一百多年历史了。让我来担任这个团长，我真是觉得责任重大。我们的艺术水准，也在与时俱进，稳步提高。我们的声乐老师、钢琴伴奏老师，都是很有责任心的专业老师，从排练到演出，严格，认真。华西校友合唱团，名声在外，获奖无数。这都不是最重要的，最重要的是我要珍惜每位成员的艺术生命。为了唱歌，他们可以忘记一切，而我却要时时刻刻想到他们的健康问题、安全问题。比如，大合唱时，男声部站后排，位置要高一些，上下台阶，都要提醒他们慢点，小心点。每当演出来临，我总是紧张得睡不好觉。"

我问她："一直听说，进入华西校友合唱团要考试，非常不容易。真不明白，这是为什么？"

胡小明说:"老干处提供的数据表明,华西与四川大学合并之后,离退休职工已超过八千人,七十岁以上的就有五千多人,八十岁以上的有两千多人。我们老年大学声乐班,每个班一百二十人,五个班,每个班都爆满。许多年过八十岁的老同志,学了一年又一年,不愿意退出。但我们的教室只能容纳一百多人。老人不退出,稍微年轻一点的根本进不来。人多了,空气很糟糕,而老人对空气质量的要求本应更高。一到夏天,我就更加担心出事。省上、市上都出台了一个规定,年满七十岁的老人,就请退出老年大学,我们放宽了政策,请年满七十五岁的老人退出。但是,我们只能动员,不能强迫。校友合唱团更是如此,老团员退下一个,年轻一点的才能进来一个。"

说话间,就来了一对白发夫妇。老婆婆自我介绍是华西的教授,八十多岁了,要求保留"学籍",继续留在老年大学的声乐班。她的丈夫是来为她做证的,他们还愿意与老年大学签订一份"如果在上学期间出现意外,老年大学没有任何责任"的协议。老婆婆和颜悦色地说:"唱了十几年合唱,感觉非常好,我还想继续唱下去。"

——为了唱歌而立"生死状",真让我心中为之一震!

胡小明微笑着,耐心地再三解释。老夫妇最后表示理解,然后与胡小明依依不舍地道别。

胡小明说:"我们合唱团的好团风,是几十年形成的。像杨振华、肖卓然这样的老教授,早在20世纪30年代就是合唱团成员。华西校友合唱团重建后,他们是功勋成员。每当合唱团有活动,他们总是准时到达,从不迟到,并且认真参加排练,成为全团的表率。你看到那些坐着轮椅来的,拄着拐杖来的,子女护送着来的,你会觉得,唱歌是他们生命的一部分。"

胡小明继续说:"记得是2015年,合唱团准备三十年团庆。八十八岁的刘永璧是混声合唱的领唱。她非常认真地做着准备,忘我地苦练。没料到,她在家中后退入座时,没坐到椅子上,摔倒在地,伤了筋骨,只得入院治疗。三十年团庆会上,她没能登台领唱,但是她一养好伤,就恢复了训练。她曾领唱 *One Day When We Were Young*,让全体团员都很感动。如今,她已经九十多岁了，天天还在家唱歌。"

我拨通了刘永璧老人的电话。老人的嗓音清脆悦耳，全然听不出一丝衰老之气。她告诉我："抗战刚开始的时候，我在武昌读中学，大街小巷都传遍了抗日的歌声。我参加了歌咏队，用歌声表达自己的感情，这一唱就是一辈子。"

是啊，所有热爱音乐的人，生命之花都开得特别璀璨。

与胡小明道别时，她赠送给我一本厚厚的《华西坝歌声》，书中有郎毓秀、李秀君、张锡康、李元春、张扬、刘开政、刘报晖、林义祥、唐雨文、徐维光、姜世洁、许明成、李天平等人对华西合唱团的深切回忆。

徐维光在回忆中写道："讴歌生命，同时也是生命的讴歌。以生命的气息，传送人间真情；以美妙乐声陶醉听众，也感动着自身。"

伫立于1925年修建的钟楼之下，我忽然感到：

时针与分针像张开又合拢的剪刀，它剪碎了多少白天黑夜、春花秋月，而永远剪不断的是华西坝动人心魄的歌声。

三、奥运火炬手龚锦源教授

成都人都知道：华西坝，真好耍!

因为这里环境幽静，宛如世外桃源；因为这里有那么多洋人，除了传授知识，还带来了西洋乐器、欧美歌舞、体育运动等，加之足球场、篮球场、网球场等体育设施一应俱全，提供了释放体能、挥洒青春的条件。

1925年，在杨森的支持下，四川省召开了首届体育运动会。赛程一开始，华西协合大学代表团就垄断了多个项目的冠军。一个大省的运动会，竟成了华西协合大学的独家秀，这引发了其他代表团的联合抗议。为此，组织方只好设置两套评分体系，一套用于其他代表团，一套专门用于华西协合大学。

华西坝的球类运动中，最激动人心的是足球。英国人陶维新、陶维义兄弟，不仅是华西协合大学早期的创业者，还是优秀的足球运动员，把英式足球原汁原味地引进华西坝。

20世纪40年代，足球运动更是风靡华西坝。老一辈的华西人总是津津乐道，后来成为骨科教授的沈怀信、放射科教授的胡连璧当时就是名噪一时的坝上球星。

1952年，全国高校院系调整之后，在重庆大学读大二的龚锦源来到华西大学医疗系。幽美的学习环境，硕大的运动场，完备的体育设施，还有那么多足球迷，让龚锦源如鱼得水，喜不自胜。

龚锦源在上海读小学时就迷上了踢小皮球。抗战爆发后，举家内迁，龚锦源进入重庆广益中学。当时，校长陶维义是英国皇家空军足球队的优秀前锋、射手，他在校教授英语和足球。广益中学有着1905年建成的中国西部第一座英式标准足球场，那如茵的草坪，简直是阿拉伯传说中的飞毯，载着龚锦源的足球梦飞翔。

最难忘的是1944年，威震亚洲的中国"球王"李惠堂率东方足球队，先后造访了重庆的广益中学和成都的华西协合大学，并举行了友谊比赛。这给龚锦源留下了永生难忘的回忆。

1951年，第一届全国足球比赛大会在天津举行，西南队十八名队员中，就有张幼凌、张维华、黄纲维、欧建勋和吴晋鑫五人来自华西，加上当时在重庆读书，后来转入华西的龚锦源、翁先弟，华西就占了七人。当时，全国体育总会西南总分会秘书长李梦华挺纳闷："足球队怎么那么多外科医生？"龚锦源快人快语答道："外科医生用脚踢球，锻炼好身体，好用双手来开刀，为病人服务。"李梦华称赞龚锦源回答得真妙。

1956年，龚锦源以全班唯一一个十门功课全部为五分的优异成绩留校，开始了他的从医之路。

1958年，以贺龙元帅组建的西南队为班底的四川足球队，面临降级的危险。省体委带着贺老总的"口谕"借调龚锦源，龚锦源不得不暂时脱下白大褂，穿上运动服，奔驰于绿茵场。

龚锦源上场，川军士气大振，后三场两胜一平积七分，保级成功。龚锦源独进三球，成为四川队的一员福将。

1959年，第一届全国运动会在北京举行。在足球比赛小组赛第一轮中，四川队对阵夺冠呼声最高的上海队。上海队实力强大，现场观众倾向性明显，"上海队加油"的喊声响彻云天。没料到，一开场，四川队就踢得非常放松，利用双快前锋打防守反击。在一片混战之中，龚锦源接右路传球，来到禁区左前方，二十五米外的一脚凌空抽射，手术刀般一道亮光，划破了"上海之门"。这道弧线，如此精准，直挂死角，真是"世界波"！顿时，全场响起了山呼海啸般的"四川队加油"的喊声。最终，那场比赛以1∶1的比分结束，全中国的球迷都在惊叹："完全出人意料！"小组赛第三轮，四川队超水平发挥，竟然以3∶0的比分将广东队斩于马下。小组赛中，龚锦源打进两球。

丰富的比赛经验，扎实的基本功，惊人的快速突破能力，这是对足球运动员龚锦源的评价。1960年，龚锦源荣获国家级"足球健将"的称号，这不仅在四川是获此殊荣的唯一一个，至今在全国业余运动员中也是获此殊荣的唯一一个。

鉴于龚锦源出色的专业条件，国家足球队曾于1953年、1956年和1960年三次选中了他，均被他婉拒。因为他深深爱着自己的医学专业，愿意将踢足球作为一辈子的业余爱好。

从球队回到医院，龚锦源发现自己对运动损伤的认知与同行们很不相同，而自己有切身体验，这是最难得的优势。通过分析自身经历，他认为骨科专业比神经外科专业更适合自己。恩师吴和光对这位爱好体育运动的学生特别理解，很快就同意了龚锦源"走医体结合之路"。从此，骨科成为龚锦源终身为之奉献的专业。

半个世纪，匆匆而过。龚锦源已成为华西骨科著名教授、华西运动医学奠基人。他长期担任四川体操队、四川足球队等多支运动队的医学顾问与总监,为不少体坛名人、世界冠军治疗过伤痛,他用高超的医术为许多运动员挽回了运动生命。

比如,四川全兴足球队著名前锋彭晓方,曾在比赛中因对方的严重犯规而被铲翻。经检查,彭晓方的膝关节髌腱断裂,这对足球运动员来说是一种致命伤。幸运的是,彭晓方一回到成都就找到龚锦源,接受了手术治疗。一个月后,彭晓方就能下地活动了,百日后便开始轻度训练。第二年,在1998年甲A联赛的压轴戏上,彭晓方突破对方防线,一脚超远射定乾坤,震惊足坛。奇迹背后,是龚锦源创造的奇迹。

2001年,龚锦源被选为"20世纪四川足球形象大使"。

2007年6月23日,烈日当空,龚锦源在小儿子龚全的鼓动下,骑着一辆自行车,到《华西都市报》去报名,参加CCTV"你就是火炬手"的选拔赛。

经过一系列测试,龚锦源成为四川赛区的十名候选人之一。

2007年8月中旬,北京奥运会火炬手西南赛区选拔赛在央视演播大厅举行。在三十进十的决赛中,身穿"四川教授"足球队战袍的龚锦源,盘带着一只足球入场,其身姿之矫健、灵活,令人叫绝。再看他,满头银丝,面如

七十四岁的龚锦源在华西坝足球场上展示他的经典
射门球技右外足背凌空抽射(摄于2004年)

童颜。主持人张斌问他年龄，他答："七十七岁。"顿时，全场轰动。且看他，声如洪钟地进行自我介绍："我是华西临床医学院的骨科教授——"当夜，龚教授力压群芳，以一百四十四票的最高票当选火炬手。

接着，在赴海外火炬手的选拔中，龚锦源又以高票当选。

2008年春天，龚锦源只身飞赴足球大国阿根廷。

在布宜诺斯艾利斯最繁华的大街上，来自中国的老教授龚锦源，高擎着象征奥运精神的神圣火炬，轻松愉快地跑过了人生道路上最神圣、最辉煌、最难忘的二百米路程。

数十万激情如火的阿根廷民众，全球亿万电视观众都看到了红光满面、鹤发如银的老一辈中国足球运动员的迷人风采。

铅华褪尽，归于平寂。在龚教授家中，听他谈完"足球往事"之后，我告诉他，有一帮华西学子在加拿大多伦多组建了一支"华西足球队"，经常踢球。我请他对这支海外的"华西足球队"讲几句话，我录下来，好带到多伦多去，鼓励一下踢球的后辈。

录完像之后，我便与龚教授道别。这时我才发现，墙上挂着他的书法作品与好友的赠画。其中，最引人注目的是他与夫人孙恪勤的合影。

当年，孙恪勤是他的同班同学，聪慧、靓丽，是一朵引人注目的"校花"。她不仅学习成绩好，还是成都女排的队长。他俩都爱运动，又在一个学习小组，相处得非常好。同学们都认为他俩是"天生的一对，地造的一双"，可是谁也没将话说破。一次，同学们在草坪上讨论功课，有一只蝴蝶竟始终绕着孙恪勤和龚锦源的头顶飞，有一位同学发现了，喊道："你们看，蝴蝶都飞来给他们做媒了！"这一说，让孙恪勤和龚锦源闹了个大红脸。

爱情，从蝴蝶飞来开始，演绎成一个幸福家庭的故事。他们相濡以沫四十年，非常恩爱。不幸的是，孙恪勤因病不治，于2000年元旦辞世。

看看龚锦源教授的家，窗明几净，一尘不染，整洁胜过五星级宾馆，仿佛照片上那位美丽贤惠的女主人，还在井井有条地打理着这个家。

四、把"快乐足球"踢到多伦多

2015年,相隔五十五年,在多伦多"CS孩子"的聚会上,我见到了他——高大魁梧的身材,国字脸,太像我的小学同学杨光曦了。他是光曦的弟弟光理。于是,一声"咪咪杨"脱口而出。

20世纪五六十年代,生活在华西坝的孩子们,哪个不知道有个"咪咪杨"?这个绰号太好记了,况且,他是坝上的少年球星。

那个年代,放学之后,整个华西坝都是快乐天堂。一广场、二广场大大的草坪,够你去疯去野。两只书包一摆,就是球门,一阵欢吼,激动人心的球赛就开打。

除了"咪咪杨",少年球星还有他的哥哥杨光曦、黄竟成(黄克维之子)、连娃儿(本名连信先,连瑞华之子)、刘开(刘明儒、周多福之子)、谢三胖(本名谢晋达,谢成科之子)、刘安国(刘昌永之子)、过子(过基同之子)、王大淳与王大朴兄弟、罗氏兄弟(特别是小弟罗明贵)以及奇哥(曹钟樑之子)等。

我从小好静不好动。入夏之后,爱到肖崇俊(肖卓然之子)家去玩。他家在校南路,院子旁有一条小溪,清澈见底。坐在树荫下,将脚泡在溪水里,汗水顿收,一身清爽。聊着聊着,忽然觉得脚丫有点痒,低头一看,原来是几条小鱼在啃我的脚趾头。

在小溪边,看球星们打着光膀子,晒出一身油汗,气喘如牛还乐此不疲,心想:他们这样围着一只足球疯抢,何苦呢?

后来,上了中学,看了几场成都市中学生联赛,才看懂了足球的门道,也爱上了足球。几十年来,熬夜看世界杯、欧洲杯成为人生之乐。

又见"咪咪杨",真是喜从天降。他的脸微黑透红,头发已花白。我问他:"还在踢球?"他笑笑说:"还在踢。"

我心中一算,1950年出生于多伦多的"咪咪杨",已年过花甲,还在踢足球,球瘾也太大了;再一想,足球是高耗能高对抗的剧烈运动,他这把年纪，吃得消吗？

2016年初夏，我再到多伦多。6月11日，加拿大华西校友会的刘军开车，陪我去格雷文赫斯特小镇参观白求恩故居。归途中，刘军接到"咪咪杨"的电话，通知他尽快到百年公园去踢球。

刘军略瘦，但非常结实，标准的运动员身材。2006年，他在多伦多与林代平、倪祖尧、刘健等几个校友组建了足球队。2008年，"咪咪杨"闻讯加入。后来，这支球队以华西校友为核心，家属、朋友、邻居，还有几个老外也陆续加入，发展成有着二十多人的业余足球队。

整整十年，无论是下雨还是飞雪，无论是阴云满天还是晴空万里，只要约定了，球员们就会从多伦多市区或周边的小城镇开车赶来，像赴一场正式的约会。

多伦多有很多免费的足球场，为足球爱好者提供了极佳的场地。

我问刘军踢哪个位置，怎么那么容易就成足球运动员了。刘军说："我哪个位置都在踢。踢足球，这太容易了，多实战，多向别人学习，进步快得很。"

说话间，我们到了目的地。这里有三个足球场，连成了一大片，华西校友们已经开始在靠路边的足球场上踢球了。

蓝天澄澈，阳光明丽，球场边树荫下的草坡上，是花花绿绿的女人们。她们是替先生守着衣服的"太太观光团"。"咪咪杨"的太太王秋，老远就招呼我："谭大哥来了！"她向众太太介绍了我。我便在草坡上坐下，认真观起战来。

哦，这真是一场无规则的足球赛，没有裁判，也没有计时，一边九个人，另一边八个人，看不出踢的是英式足球还是桑巴足球。只见人群潮水一样跑过去，又潮水一样退回来。跑不动的，就慢跑；想进球的，就猛冲。

换了衣服的刘军，当上了守门员。"咪咪杨"坐镇中场，动作不多，但传球精准。一脚直传，给冲在最前面的前锋喂了一个好球。守门员已经出来了。面对大大的空门，只需轻轻一推就能进球，可以说踢不进比踢进难得多。偏偏此公大脚踢了个冲天炮，球嗖的一声飞到场外，让专门捡球的玫瑰太太（李渝玫）扔了高跟鞋，光着脚丫子跟着圆滚滚的足球跑了好远。场内场外，一片笑声。

太阳底下，风儿吹着，球场边小树摇摆着，就像不知疲倦的啦啦队队员在为双方加油。鏖战了一小时，才中场休息。

有太太早已将两只大西瓜切开，一人啃一大块，外籍球员也不例外。啃完西瓜就把身体往茸茸的草地上随便一扔，躺个七仰八叉。有的太太生怕老公累着，又是按摩又是捶背，就像保健医生小心伺候皇家马德里队的大球星，仿佛老公刚踢了半场西甲。

下半场，更是精彩，乌龙球就出现了好几个。"咪咪杨"一点也不生气，双手叉腰，呼这个吼那个，更像是教练跑进了球场在训练自己的队伍。那位积极争抢的外籍球员，大概是体力透支，也放慢速度玩起了人球分离、盘带过人的花活。于是，小范围的短传配合，提起众球员的兴趣，有人玩得太高兴了，竟朝着自家球门射门，被队友们一阵好骂。

这是我从未观看过的"快乐足球"。众球员跟着旋转的足球奔跑，只为了沐浴阳光，吞吐草香，让肺腑充分洗涤，让身体自由飞翔。输赢何足挂齿，参与更加重要。大家追逐着共同目标：快乐，快乐，无比的快乐！

下半场，除了玫瑰太太继续司职捡球，太太们的目光收拢，才发现今天穿着都是"大红大绿，艳而不俗"，一品评你的裙子她的披肩，个个眼光独到。一会儿叽叽喳喳，不知道在吵什么、争什么，一会儿又笑得花枝乱颤。

球赛结束后，是例行的AA制大会餐。长长的车队，直奔"巴山蜀水"川菜馆。一想起鲜香麻辣的家乡味，球员们个个腮帮子发酸，流够了汗水之后，禁不住又直咽口水。

匆匆忙忙，我零星记下了当天的球星：刘军（公共卫生学院1981级）、倪祖尧（公共卫生学院1980级，携太太曾莉，公共卫生学院1980级）、李良宏（临床医学院1979级，携太太李渝玫，临床医学院1979级）、郭运通（药学专业1981级）、林代平（临床医学院1980级，携太太王枢）、沈建华（神经内科研究生）、李峰（药物化学专业1989级孙静先的先生）……

"咪咪杨"说："今天的人不算多，还有好几个没来。"

刘军补充道："常参加踢球的还有唐勇（公共卫生学院2011级，博士后）、曹宁（临床医学院1988级蔡若葱的先生），公共卫生学院1982级赖溶冰家的两个儿子属于青少年球星。"

我说："你们把华西坝的'快乐足球'踢到了多伦多。"

我把手机上录制的龚锦源的视频放给众球员看。老教授那浑厚的嗓音，在"巴山蜀水"响起："'咪咪杨'，还有华西足球队的朋友们，我了解到，你们沿袭了老华西的传统，在多伦多组建了一支足球队，非常高兴！希望你们充分利用加拿大良好的足球环境，继续踢华西坝的'快乐足球'。祝你们事业有成，幸福快乐！"

我请众队员谈谈十年来踢球的感受。大家七嘴八舌，概括起来就是：我们在多伦多的绿茵场上，踢的是没有一丝一毫功利目的、健康向上、老少咸宜的"快乐足球"，体现的也是伟大的奥运精神，虽然我们的手中没有那一支有形的火炬。

五、"华西坝第一耍哥"

殷荈康是成都人，1943年以优异成绩考入华西协合大学，读医学系预科。他说，华西坝出名教授，也出耍哥。他自称"华西坝第一耍哥"。

他爱好广泛，唱歌、跳舞、吟诗、作画，样样涉猎。那时，莫尔思、黄思礼等人爱绘画，常举行小型画展，他就经常去观摩；刘延龄、汪德光等人教声乐，他也经常去旁听。久而久之，他变成了"耍哥"。他住万德门，同寝室的有外语系的谢桐、经济系的王朝文、牙学系的陈典文。在他的"蛊惑"下，几个人都成了耍哥。

万德门背后的丛林里有一座疗养所，常见披着紫红睡袍的盟军伤病员出来散步。"耍哥"跟他们亲切打招呼，从他们手中买黑胶唱片，收集了一大堆流行舞曲和古典名曲唱片。他家有高品质的音频放大器，有了这些唱片，等于是把世界著名乐团请到了家里。当时，华西坝玩吉他的高手是关肇坤、林建邦，功夫娴熟，远近闻名。而"耍哥"托人从上海买得一把电吉他，音色更美，音量更大，洋味更浓，号称"成都第一把"。挥手一拨弦，吸引了众多男男女女。牛锡光家的舞会，洋人们的节日派对，华西坝哪里好玩，哪里就必定有"耍哥"的身影。

"耍哥"的父亲是一位医生，见"耍哥"太贪耍，奈何不得，只得让步说："你耍也要耍出个名堂嘛！"

隆隆炮声，震动了云贵高原，也震动了华西坝。1944年12月，侵华日军以最后的疯狂攻下贵州独山，战时的民国陪都重庆，南大门洞开，危在旦夕。被漫长的战争拖得精疲力竭的中国，再次发出召唤：一寸山河一寸血，十万青年十万兵！

华西坝，站出来一排排热血青年。

"耍哥"参军了！仅华西协合大学就有戴保民、曹振家、成恩元等多名学生穿上了军装。一起参军的还有张群的儿子张继正、杨森的儿子杨汉生、顾祝同的儿子顾潮生等"高官子弟"。

青年军二〇三师学生团，驻防川南泸县。兵营墙上，赫然写着"誓死保卫重庆"的大标语，让人感到一场血战即将开打。

同济大学的学生兵组成了工兵连，华西坝五大学的学生兵组成了搜索连。"耍哥"成为搜索连的一名战士。急行军，夜行军，站岗放哨，摸爬滚打，格斗摔跤，实弹演习……两三个月下来，学生兵经受住了考验，个个变得又黑又瘦，却也显出几分木讷。

如何鼓舞士气，提高战斗力？长官注意到身高不到一米六的小个子兵殷荓康。只要他指挥唱歌，手臂一挥，军歌就唱得非常嘹亮。

长官问："除了指挥唱歌，你还会什么？"

"耍哥"答："吹、拉、弹、唱，我全会。"

长官问："搞个乐队，怎么样？"

"耍哥"笑了："长官放心，这事我包了！"

半个月后，乐队组建起来了。管弦之声，让青春热血沸腾了。学生兵们，眼中有了视死如归的坚定目光。

战事激烈，急需翻译，曹振家等人调到滇缅给美军当了翻译官。英语娴熟的"耍哥"也有条件去，但长官舍不得放人：别说是调走，就是在我们师、团，这个小个子兵，也舍不得让他上前线。他指挥乐队唱军歌，那威力不亚于炸药包！

"耍哥"成了军中红人，殷父接到家书，喜不自胜："这娃硬是要出名堂了！"

抗战胜利后，"耍哥"复员改读经济系。几年后，"耍哥"修完经济学课程，便去重庆寻求经济独立之路，却陷入困境。他沦落舞厅当乐手，卖衣物被褥以维持生计。在他走投无路之时，一位解放军军官找上门来，请他到部队文工团去组织乐队。

此时，文工团正在排练歌剧《白毛女》，只有三把二胡（其中两把还是坏的）一面鼓，怎么办？"耍哥"自有办法。

两个月后，《白毛女》成功上演。领导觉得，这个小个子太有本事了，一身军装发下来，殷荸康同志成为中国人民解放军的一员。

那时候，交谊舞开始流行。民乐队发展成管弦乐队，"耍哥"指挥得十分吃力，这才发现乐队成员们只认得简谱"1、2、3、4、5、6、7"，根本不认识五线谱。队员都说："那豆芽瓣瓣好难认啊！""耍哥"说："五线谱，最直观也最科学。搞乐器，非认熟五线谱不可。"于是，队员们跟着殷老师认"豆芽瓣瓣"，学习乐理知识，演艺水平迅速提高。

"耍哥"说，在华西坝学的"豆芽瓣瓣"竟成了安身立命之本。1955年授衔时，按文职，"耍哥"被授予文艺十七级，在当时这是相当高的级别了。

1957年，"耍哥"与湖南医学院毕业的湘妹子龚一娴喜结良缘。殷父大喜过望，说道："这下子，有人把我儿管住了。"

那时，部队看坝坝电影，放映之前会先播放英模事迹、好人好事的幻灯片。"耍哥"凭着美术才能与勤奋，把幻灯片绘制得非常精美有趣，深受全体指战员的喜爱。

北京的中国人民革命军事博物馆，是"耍哥"心中的艺术殿堂。1967年，"耍哥"被调到中国人民革命军事博物馆，跟画家何孔德、高虹、董辰生、康东等人交上朋友。在那里一年多，"耍哥"没日没夜地画画，自认为是绘画长进最快的时期。

快乐的日子总是短暂的。"文化大革命"进入清理阶级队伍阶段，"耍哥"岂能躲过？他被挂上"国民党残渣余孽"的黑牌子挨批斗，还被勒令脱下军装，限时遣送原籍。牛棚中，"耍哥"挥泪修书，请龚一娴同意离婚。他含泪吟道："今宵自碎合欢镜，铭记分别刻骨冤！"

成都东方红机械厂（原东华机械厂）紧邻华西坝，"耍哥"被安排在该厂当工人。深夜，华西坝钟声响起，一声声，凄凉而悲怆。锦江湘江，万山阻隔，骨肉分离是为了什么？只因自己一腔热血，参加了青年军，背上"历史问题"。不，绝不后悔——在中华民族最危险的时候，我是一条汉子！

喜从天降，坚决不离婚的龚一娴，放弃了长沙的优厚待遇和大学校园较为宽敞的住所，带着两个女儿，到又阴暗又狭窄的小屋团聚来了！一时间，全厂哗然：你们猜，新来的那个又漂亮又端庄的厂医龚一娴的男人是哪个，就是那个被监督劳动的"爆烟子老头"殷苇康！

长沙政治学校的老首长一直在暗中保护"耍哥"，通过各种关系，一路打招呼，让他少受了许多折磨。

终于熬到了"四人帮"垮台，全国平反冤假错案。机械厂的车铣刨床，也没能把"耍哥"的艺术才华废掉。他被安排到四川省科学技术协会普及部当一名科员。蹊跷的是，多年来一直没有给他评定高级技术职称。

"耍哥"1983年退休，三十多年弹指一挥间，"耍哥"越活越精彩！

他加入华西校友合唱团，只要合唱团有活动，他从不缺席。在合唱团的队伍中一站,那强大的气场,让他感到一种莫大的安慰与享受。从未当过官的他,当上了"部长"——高音部部长。合唱团的新老朋友聚在一起,摆摆龙门阵,哈哈一笑,百病难侵!

他和龚一娴组建的老年时装模特队,开展活动二十多年,多次参加全省、全国大赛,多次捧得金杯、银杯。服装总设计殷茀康,总是不断推出让人眼睛一亮的老年时装,加之一口流利的英语,常被业内人士误认为是一位"海归"服装大师。

他还亲自教授舞蹈。说到国际公认的十种舞蹈,可分为两大类,即摩登舞一类(华尔兹、狐步、快步、探戈、维也纳华尔兹)和拉丁舞一类(伦巴、桑巴、牛仔、斗牛、恰恰)。他从历史渊源、民族性格、表现方式等角度条分缕析,阐述得妙趣横生。讲完课下来,等着跟他跳上一曲的舞伴,排成了一条长龙。

步入老年,"耍哥"更沉醉于中国山水画,他与蜀中国画大师赵蕴玉、岑学恭、黄纯尧、周北溪,还有美食家李树人组成了"转转会",相互唱和,轮流做东,吟诗作画,无比快活。

随着山水画创作的丰收,"耍哥"八十岁在成都和深圳举办的两次个人画展大获成功。他的诗词写作也渐入佳境,八十九岁时有《离草楼吟稿》出版。

《离草楼吟稿》抒写了大半生沧桑,其中有怀念赵蕴玉、岑学恭等国画大师的诗词,也有献给妻子龚一娴的作品。

喜庆金婚之前,老两口为一点小事发生口角,龚一娴负气离家十天,"耍哥"的生活完全乱套——"三餐失味昏昏咦,四顾无抓懒懒撑"。他这才悟出,"怕老婆""妻管严"真是一种不可多得的男人智慧,绝对的优秀品质!于是写道:"有妻当怕直须怕,莫待无妻怕不成。"这首题名《促老妻返家》的七言律诗,让龚一娴扑哧一笑,欣然回家。

1983年退休的科员,退休金很少,为此,"耍哥"从不怄闲气。他的书画作品,一幅的价格,远高于一月退休金。说起金钱,他背了一首顺口溜:

"耍中找钱，找钱为耍，耍找结合，按揭快乐。"

"耍哥"还说，老年是实现人生价值的最后阶段，也是完善自我的宝贵机会，人越老，时光越珍贵，哪有工夫去怄气哦！

2015年9月3日，纪念中国人民抗日战争暨世界反法西斯战争胜利七十周年大会在北京举行，这又勾起了"耍哥"沉重的回忆。当年参军抗日，究竟是不是"历史问题"？

四川省科协逐级上报后，一枚金光闪闪的由中共中央、国务院、中央军委颁发的"中国人民抗日战争胜利七十周年纪念章"（编号：2015194665）挂在他的胸前。

手捧沉甸甸的纪念章，"耍哥"欲哭无泪，他说："和我一起参军的华西坝的铁哥们儿，只有我一个人活到了今天，只有我得到这一枚纪念章！只有我一个人哪！我真算是最幸运的人了！"

回顾此生，他说："这一生得益于在华西坝受到的'华而求实'的教育。哪怕是唱歌，也有严格的要求；纵然是耍，也要耍出名堂。"

"华西坝第一耍哥"殷荫康，在一直高唱着《欢乐颂》。

"耍哥"殷荫康（左）与本书作者谭楷的合影（摄于2015年）

后 记

2019年6月28日，是一百零四岁的伊莎白·柯鲁克回乡之旅的最后一天。她坐在轮椅上，我推着她，围着校南路七号她家的老房子转悠。然后，我们走向荷花池畔的钟楼。望着钟楼，伊莎白执意要下轮椅，扶着轮椅走几步，仿佛去会见一位老朋友。

钟楼建成于1926年。伊莎白看着它，从挖地基，一直长到一百英尺（约三十米）高。还是小姑娘的伊莎白，每天都能看到钟楼上那跳动的指针，都能听到钟楼上那悠扬的钟声。在钟声里，她度过了儿童、少女时光。

一百零四岁的伊莎白，还清晰地记得一百年前她在华西坝的快乐生活。这让我想起一句名言："人永远走不出自己的童年。"

八年前，我开始回到童年，投入华西坝系列故事的写作。

《华西坝的钟声》是有关华西坝的第四本书（前三本分别是《枫落华西坝》《你们是最美的天使》《我用一生爱中国：伊莎白·柯鲁克的故事》）。这本书主要写了华西的几位大师，以及抗战时期与华西坝相关的几位英雄人物的故事。

这本书的写作，使我有一种越写越完不了工的陷进去的感觉。

当我写到吴和光院长时，他的弟子张肇达、严律南等人的故事吸引了我。张肇达曾任华西医科大学的校长，经历了恩师未经历过的大事，能率领全校师生渡过道道难关，确实不易；严律南做肝移植手术，风险那么大，他是怎么闯过来的？要写，必须大量采访，收集素材，需要另起炉灶，重新谋篇布局。

在我写杨振华教授之前，他的弟子周清华的大名早已如雷贯耳。周清华被誉为中国"胸外第一把刀"，且不说那么多患者排着长长的队等着他做手术，就是从网上抢到一个他的门诊号都千难万难。一次邂逅，他对我说："我每天早上四点起床……"我就知道，时间对于他是多么重要，分分秒秒都在与死神争夺生命，我能忍心让他停下手中的工作，接受采访吗？

越写作越陷进去，如同深秋时，身处钟楼前不能自拔。

那一排老银杏身披灿烂的阳光，满地银杏叶铺出一条金色大道。最美的是，风乍起，黄透的银杏叶被阳光镀成了一片片闪闪发亮的金叶，满天旋舞。我很想拾起一片，却又发现另一片更美。哪一片金叶最美？又能拾起多少片金叶？百年华西，多少故事，就如同这数不尽的金叶……

有关华西坝的故事，我一辈子也写不完！

对我而言，写《华西坝的钟声》又是一次收集历史碎片后的拼接活动。抗战中的英雄，学界的大师，留下的文字资料有限，许多故事深藏在后辈大脑之中。所以，这又是一次开挖相关的华西学子、华西子弟"脑矿"的活动。

高富华、李迪、伍进一分别为本书有关乐以琴、曹泽毅和松田宏也的章节提供了素材，与我进行了深入的交流与合作；"邓四哥"邓长春，有求必应，助我收集资料，给了我很多的帮助；何生教授，多次接受我这个对现代医学啥也不懂的"老瓜娃子"的咨询，态度极好；还有传媒界朋友和众多华西子弟，给了我热情的鼓励和帮助，他们是：金开泰、杨光曦、曹国正、雷文景、戚亚男、王曙生、张维本、金贵主、张昂、陈芙君、程永忠、郑源、蓝天宝、吕帖、曹泽奇、吴大可、吴大勇、吴大怡、龚一娴、胡小明、刘军、黄娟、伍波、彭远波、马卡琪、左云霞、刘格林、赵霞、吴名、邱建义、朱磊、张梦凡、王岚汇、杨柳、郭建超，等等。在此一并致谢！

写完后记，终于喘了一口大气。

我的四本书，只能算是敲了一通开场锣鼓，相信会有更多的新老朋友来讲更精彩、更动人的华西坝故事！